台灣の讀者の皆さんへのコメント

海を越えて旅したことのない私の書いた小說が、
海を越えて多くの讀者の皆樣のもとに届いていることを、
心から嬉しく思っています。
この作品も、どうぞお樂しみいただけますように！

致親愛的台灣讀者

從未出國旅行的我，
這次很高興自己寫的小說能跨海與許多讀者見面，
希望這部作品能帶給您無上的閱讀樂趣。

宮部みゆき

獵捕
スナーク狩り
史奈克

宮部美幸

作品集／07
MIYABE MIYUKI

獵捕史奈克

Contents

推薦序——張亦絢

槍有構造，人有心：換湯也換藥的《獵捕史奈克》

不拖不沓、不急不徐——《獵捕史奈克》比大部分宮部美幸作品，都更明快與勻淨。小說靈感來自詩篇《獵捕史奈克》。這首長詩並不講究優美，反而是那種被稱爲「打油詩」的荒誕怪詩。「史奈克」是「怪物中的怪物」。宮部借用這個典故，並非援引奇幻色彩，相反地，她給它一個非常現代的形象：那些令我們既好奇，又困惑，常常無以名之的「怙惡不悛」，他們難道不史奈克嗎？

受害者或其遺族苦於正義難伸，轉而意欲荷槍——這不只存在虛構的復仇記，在現實中，也時有所聞。在彷佛「誰都知道、誰都熟悉」的背景基礎上，宮部卻寫了一個「換湯也換藥」的故事。凶手不再是主要問題，神祕中的神祕，變成了「捕怪的傷心人」。傷心人看似一覽無遺，實則不然。

身為妹妹們

親情向來不好寫。奇怪的是，宮部寫來易如反掌。手足在她筆下，不只是感情融洽與否的問題，還是人的「第一個社會感」所在。身爲妹妹，不單會從「長兄如父」身上索取關愛，也像身在一個「看不見的法庭」中，扮演對方品格的見證者。妹妹，除了是親緣中的幼者，她也能觀察判斷。如果不能糾正哥哥怎麼辦？小說中的範子，是第一個暖心人。即使不能還他人公道，也不甘掩埋眞相：家醜要外揚，因爲不如此，會有人蒙受不義。現在我們說，四海之內皆兄弟姊妹。博愛這個字，原就是從手足之情的字根衍生而來。範子行事莽撞，但她的手足之情並不腐敗。這個妹妹不花瓶。她的「不聽哥哥的話」，在小說中是個關鍵——當第一個社會感的內涵其實反社會時，不出走，就不足以有良知。如果範子像第一個出場人物，另一個「妹妹」的小小佛菩薩，這不單因爲女孩間可以訴衷腸，還因爲失去信賴的人，比誰都需要公正獨立的存在。這裡獨立的意思，就是人格不被兄弟（姊妹）所吸收。宮部的溫馨，絕少淺薄，她總是看到，品格才能給予關係深度。社會連帶的主題——將在小說中一再出現。

她有兩把槍

另一個絕對會令讀者大開眼界的元素，是本書融入的槍枝知識。物理學家曾經提出過像「藍波眞的可以用一隻手開槍嗎？」這樣的問題，指出「電影用槍」毫不考慮後座力，簡直大開物理學玩笑。而這可不是宮部的風格。閱讀這部作品時，關於槍的描述，最好一句不漏。這些呈現完全不是點綴：槍非但推動情節進展，還寄託了作者很深的用心。我們知道，凡說到網路資訊難管制，軍火知識經常首當其衝，而沉迷槍枝，也是孤狼犯罪等，會引起不安的癥象。然而宮部要我們認識槍，就像要我們認識人一般。槍是有構造的，人則有心——兩者皆非一眼可以看穿，同樣也會造成誤判。

因爲可以取人性命，槍枝在想像中，常與死神無異，有時也成無力感的救星。宮部不避禁忌，大膽行進灰色地帶，其游刃有餘的刷新能力，在「槍乃常客」的推理類型中，更顯得一枝獨秀。雖然人們都還算喜歡看到影集中，只以隻字片語就令槍手繳械的畫面，然而宮部在這一點上，獨到地，沒那麼天真——終局中的「人定勝槍」，既非慣見的智取，也非只以言語攻心，那個具有說服力的連串奇蹟，是本格派硬工夫加社會派軟實力的黃金結合。

那一根稻草

除了前述「兩個妹妹」的對照，故事中還有令人玩味的數個「老爸」。會寫女子性情的宮部，這次更加照料，是通常最不令人憂心、正派又助人的「歐吉桑」。相較於「問題少年」，任職於釣具店的織口，五十有二的他，應該是個「沒問題中年」吧？只有他的手下，輟學的修治，注意到不對……。小說的其中一線，就在於修治想知道，什麼是壓垮歐吉桑的「稻草」？雖然沒在稻草段出現時大喊「這是稻草！」但稻草段確實存在。爲什麼末尾那個眞假難辨的「新手爸爸」，令織口難以掙脫？這是宮部對於世間太過廉價的「爸爸論述」，犀利的批評。

「老爸」會失足嗎？小說的答案是多重的。與其說「老爸」喚不醒，倒不如說，是太遲醒。這個一再失去的時機，充滿張力與反省。此中反覆錯過的戲劇性，並非爲複雜而複雜，而牽涉到人性深沉以及寧可不抗拒寂寞的——致命危險。織口與神谷，另個身心俱疲的「爸爸」之偶然相逢，使織口助人天性又燃燒，但織口卻不能自救，這是宮部對「撐過頭者」，既冷靜又同情的極度發揮：獨自忍耐的人，也不易擺脫自身黑暗。

動口與動手

法文有句話說，「爲了什麼都不講的說話」(Parler pour ne rien dire)。雖常針對媒體的膚淺，但這句話，也可以用來閱讀小說中的「動口問題」。緘默，意謂著自我隔離於社會與他人。爲了隱藏緘默，多話也可能是「不動口」的方式——說謊就是「反說話」與「反對話」，這在織口搭上便車後的「自由發揮」，表現最爲清楚。

「君子動口不動手」，其實也可有新的詮釋：動口才能疏解動手的暴力。聖經《約伯記》有許多詮釋，其中一個指出，這部作品意圖打破的，是關於「受害者自身必有錯」的謬誤。約伯災難連連，是因爲上帝與魔鬼打賭，與他本人作爲毫無關係。然而，即使現代，以天譴歧視「不幸人」，仍常將遇害者逼至角落。不能單方面指責不幸者僞裝「幸福無事」，因爲社會傾聽、警醒以及接受與否，更加關鍵。契可夫寫過一個馬夫，找不到一人聽他說說喪子慟，最後只能對著馬說。把這篇名爲〈悲傷向誰傾訴？〉之作，與宮部的小說參照，我們不免省思：是否我們處於一個更不傾聽的時空，就連想說的慾望，都難被受害者本身接受？

能登半島行

《獵捕史奈克》的其中一個主場景能登半島，松本清張曾以一整部《零的焦點》刻畫。日本以外的讀者，對此區域，最有印象的，也許是金澤美術館。兩部小說中，交通常識都很重要。在東京工作的織口，爲了前往當地法庭，有時飛機，有時夜車——奔波教人鼻酸。兩位大家在交通資訊上都具體求實，顯現了不張揚的地理政治學素養。兩部小說皆具報導文學之味，還有對一國之中，內部移民的關注。

《獵捕史奈克》不只保有宮部推理飽滿且創新的優點，在書寫完成度上也尤其紮實俐落，結局翻轉出的新問題，不欲令讀者停在成敗所致的低階快感之中，此成就，可謂璀璨。警世成爲極度溫柔的思考之務。推薦這部小說給任何背景的讀者，我的歡喜讚歎，都一無保留。

本文作者簡介

張亦絢

臺北木柵人。巴黎第三大學電影及視聽研究所碩士。早期作品，曾入選同志文學選與台灣文學選。另著有《我們沿河冒險》（國片優良劇本佳作）、《晚間娛樂：推理不必入門書》、《小道消息》，長篇小說《愛的不久時：南特／巴黎回憶錄》（台北國際書展大賞入圍）、《永別書：在我不在的時代》（台北國際書展大賞入圍）。

總導讀　傅博

宮部美幸的推理文學世界「增補版」

日本當代國民作家宮部美幸

近年來在日本的雜誌上，偶爾會看到尊稱宮部美幸爲國民作家。怎樣才能榮獲這個名譽呢？好像沒有確切的答案，然而綜觀過去被尊稱爲國民作家的作家生涯便不難看出國民作家的共同特徵。

明治維新（一八六八年）一百多年以來，被尊稱爲國民作家的爲數不多，夏目漱石和吉川英治是最早期的國民作家。夏目漱石是純文學大師，其作品具大眾性，一九一六年逝世至今，已歷九十年，其作品在書店仍然可見，代表作有《我是貓》、《少爺》等等。吉川英治是大眾文學大師，其作品有濃厚的思想性，對二次大戰戰敗的日本國民發揮了鼓舞的作用，其著作等身，代表作有《宮本武藏》、《新·平家物語》等等。

屬於戰後世代的國民作家有松本清張和司馬遼太郎。松本清張是社會派推理文學大師，其寫作範圍十分廣泛，除了推理小說之外，對日本古代史研究、挖掘昭和史等，留下不可磨滅的貢獻。司馬遼太郎是歷史文學大師，早期創作時代小說，之後撰寫歷史小說和文化論。這兩位作家的共同特徵是，著作豐富、作品領域廣泛、質與量兼俱。他們的思想對一九六〇年代後的日本文化發揮了影響力。

上述四位之外，日本推理小說之父江戶川亂步、時代小說大師山本周五郎，以及文學史上創作量最多、男女老少人人喜愛的赤川次郎也榮獲國民作家的尊稱。

綜觀以上的國民作家，其必備條件似乎是著作豐富、多傑作；作品具藝術性、思想性、社會性、娛樂性、普遍性；讀者不分男女，長期受到廣泛的老、中、青、少、勞動者以及知識分子的閱讀。

宮部美幸出道至今未滿二十年，共出版了四十三部作品，包括四十萬字以上的巨篇八部、長篇二十四部、中篇集四部、短篇集十三部，非小說類有繪本兩冊、隨筆一冊、對談集一冊。以平均每年出版兩冊的數量來說，在日本並非多產作家，但是令人佩服的是，其寫作題材廣泛、多樣，品質又高，幾乎沒有失敗之作。所獲得的文學獎與同世代作家相較，名列第一，該得的獎都拿光了。質的成功與量成比例，是宮部美幸文學的最大武器，也是獲得國民作家之稱的最大因素。

宮部美幸，本名矢部美幸，一九六〇年十二月二十三日生於東京都江東區深川。東京都立墨田川高中畢業之後，到速記學校學習速記，並在法律事務所上班，負責速記，吸收了很多法律知識。一九八四年四月起在講談社主辦的娛樂小說教室學習創作。

一九八七年，〈吾家鄰人的犯罪〉獲第二十六屆《ALL讀物》推理小說新人獎，〈鎌鼬〉獲第十二屆歷史文學獎佳作。一位新人，同年以不同領域的作品獲得兩種徵文比賽獎項實爲罕見。

前者是透過一名少年的觀點，以幽默輕鬆的筆調記述和舅舅、妹妹三人綁架小狗的計畫所引發的意外事件，是一篇以意外收場取勝的青春推理佳作，文風具有赤川次郎的味道。後者是以德川幕府時代的江戶（今東京）爲時空背景的時代推理小說。故事記述一名少女追查試刀殺人的凶手之經過，全篇洋溢懸疑、冒險的氣氛。

要認識一位作家的本質，最好的方法就是閱讀其全部的作品。當其著作豐厚，無暇全部閱讀時，則是先閱讀其處女作，因爲作家的原點就在處女作。以宮部美幸爲例，其作品裡的偵探，不管是系列偵探或個案偵探，很少是職業偵探，大多是基於好奇心，欲知發生在自己周遭的事件眞相，而做起偵探的業餘偵探，這些主角在推理小說是少年，在時代小說則是少女。其文體幽默輕鬆，故事收場不陰冷而十分溫馨，這些特徵在其雙線處女作之中已明顯呈現。

繼處女作之後的作品路線，即須視該作家的思惟了；有的一生堅持一條主線，不改作風，只追求同一主題，日本的推理小說家大多屬於這種單線作家——解謎、冷硬、懸疑、冒險、犯罪等各有專職作家。

另一種作家就不單純了，嘗試各種領域的小說，屬於這種複線型的推理作家不多，宮部美幸即是罕見的複線型全方位推理作家。她發表不同領域的處女作——推理小說和時代小說——同時獲得肯定，登龍推理文壇之後，此雙線成爲宮部美幸的創作主軸。

一九八九年，宮部美幸以《魔術的耳語》獲得第二屆日本推理懸疑小說大獎，拓寬了創作路線，由此確立推理作家的地位，並成爲暢銷作家。

宮部美幸作品的三大系統

這次宮部美幸授權獨步文化出版社，發行台灣版《宮部美幸作品集》二十七部（二十三部中有四部分為上下兩冊），筆者以這二十三部為主，按其類型分別簡介如下。

要完整歸類全方位作家宮部美幸的作品實非易事，然其作品主題是推理則毋庸置疑。筆者綜合故事的時空背景以及現實與非現實的題材，將它分為三大系統。第一類為推理小說，第二類時代小說，第三類奇幻小說，而每系統可再依其內容細分為幾種系列。

一、推理小說系統的作品

宮部美幸的出道與新本格派崛起（一九八七年）是同一時期，早期作品除可能受此影響之外，文體、人物設定、作品架構等，可就是受到赤川次郎的影響了。所以她早期的推理小說大多屬於青春解謎的推理小說；許多短篇沒有陰險的殺人事件登場，大多是以日常生活中的家庭糾紛為主題，屬於日常之謎系列的推理小說不少。屬於本系列的有：

1.《吾家鄰人的犯罪》（短篇集，一九九〇年一月出版）收錄處女作以及之後發表的青春推理短篇四篇。早期推理短篇的代表作。

2.《完美的藍——阿正事件簿之一》（長篇，一九八九年二月出版／獨步文化版．宮部美幸作品集01——以下只記集號）「元警犬系列」第一集。透過一隻退休警犬「阿正」的觀點，描述牠與現在的主人——蓮見偵探事務所調查員加代子——的辦案過程。故事是阿正和加代子找到離家出走的少年，在將少年帶回家的途中，目睹高中棒球明星球員（少年的哥哥）被潑汽油燒死的過程。在搜查過程中浮現的製藥公司的陰謀是什麼？「完美的藍」是藥品名。具社會派氣氛。

3.《阿正當家——阿正事件簿之二》（連作短篇集，一九九七年十一月出版／16）「元警犬系列」第二集。收錄〈動人心弦〉等五個短篇，在第五篇〈阿正的辯白〉裡，宮部美幸以事件委託人登場。

4.《這一夜，誰能安睡？》（長篇，一九九二年二月出版／06）「島崎俊彥系列」第一集。透過中學一年級生緒方雅男的觀點，記述與同學島崎俊彥一同調查一名股市投機商贈與雅男的母親五億圓後，接獲恐嚇電話、父親離家出走等事件的眞相，事件意外展開、溫馨收場。

5.《少年島崎不思議事件簿》（長篇，一九九五年五月出版／13）「島崎俊彥系列」第二集。在秋天的某個晚上，雅男和俊男兩人參加白河公園的蟲鳴會，主要是因爲雅男想看所喜歡的工藤小姐一眼，但是到了公園門口，卻碰到殺人事件，被害人是工藤的表姊，於是兩人開始調查眞相，發現事件背後的賣春組織。具社會派氣氛。

6.《無止境的殺人》（長篇，一九九二年九月出版／08）將錢包擬人化，由十個錢包輪流講自己所見的主人行爲而構成一部解謎的推理小說。人的最大欲望是金錢，作者功力非凡，藉由放錢的錢包揭開十個不同的人格，而構成解謎之作，是一部由連作構成的異色作品。

7.《繼父》（連作短篇集，一九九三年三月出版／09）「繼父系列」第一集。一個行竊失風的小偷，摔落至一對十三歲雙胞胎兄弟家裡，這對兄弟的父母失和，留下孩子各自離家出走，於是兄弟倆要求小偷當他們的爸爸，否則就報警，將他送進監獄，小偷不得已，承諾兄弟倆當繼父。不久，在這奇妙的家庭裡，發生七件奇妙的事件，他們全力以赴解決這七件案件。典型的幽默推理小說集。

8.《寂寞獵人》（連作短篇集，一九九三年十月出版／11）「田邊書店系列」第一集。以第三人稱多觀點記述在田邊舊書店周遭所發生的與書有關的謎團六篇。各篇主題迥異，有命案、有日常之謎、有異常心理、有懸疑。解謎者是田邊舊書店店主岩永幸吉和孫子稔。文體幽默輕鬆，但是收場不一定明朗，有的很嚴肅。

9.《誰？》（長篇，二〇〇三年十一月出版／30）「杉村三郎系列」第一集。今多企業集團會長今多嘉親之司機梶田信夫被自行車撞死，信夫有兩個未出嫁的女兒，聰美與梨子。梨子向今多會長提議，要出版父親的傳記，以找出嫌犯。於是，今多要求在集團廣報室上班的女婿杉村三郎協助姊妹倆出書事務。聰美卻反對出書，杉村認爲兩姊妹不睦，藏有玄機，他深入調查，果然……

10.《無名毒》（長篇，二〇〇六年八月出版／31）「杉村三郎系列」第二集。今多企業集團廣報室臨時僱用的女職員原田泉與總編吵架，寄出一封黑函後，即告失蹤。原田的性格原來就稍有異常，今多會長要求杉村三郎調查眞相。杉村到處尋找原田的過程中，認識曾經調查過原田的私家偵探北見一郎，之後杉村在北見家裡遇到「隨機連環毒殺案」第四名犧牲者的孫女古屋美知香，於是捲入毒殺事件的漩渦中。杉村探案的特徵是，在今多會長叫他處理公務上的糾紛過程中，因其正義感使他去解決另外的事件。

以上十部可歸類爲解謎推理小說，而從文體和重要登場人物等來歸類則是屬於幽默推理、青春推理爲多。屬於這個系列的另有以下兩部。

11.《地下街之雨》（短篇集，一九九四年四月出版）。

12.《人質卡濃》（短篇集，一九九六年一月出版）。

以下九部的題材、內容比較嚴肅，犯罪規模大，呈現作者的社會意識。有懸疑推理、有社會派推理、有報導文體的犯罪小說。

13.《魔術的耳語》（長篇，一九八九年十二月出版／02）獲第二屆日本推理懸疑小說大獎的社會派推理傑作。三起看似互不相干的年輕女性的死亡案件，和正在進行的第四起案件如何演變成連續殺人案。十六歲的少年日下守，爲了證實被逮捕的叔叔無罪，挑戰事件背後的魔術師的陰謀。宮部美幸早期代表作。

14.《Level 7》（長篇，一九九〇年九月出版／03）一對年輕男女在醒來之後失去記憶，手臂上被印上「Level 7」；一名高中女生在日記留下「到了 Level 7 會不會回不來」之後離奇失蹤。尋找自我的男女，和尋找失蹤女高中生的眞行寺悅子醫師相遇，一起追查 Level 7 的陰謀。兩個事件錯綜複雜，發展爲殺人事件。宮部後期的奇幻推理小說的先驅之作、早期代表作。

15.《獵捕史奈克》（長篇，一九九二年六月出版／07）持霰彈槍闖入大飯店婚宴的年輕女子關沼慶子、欲利用慶子所持的槍犯案的中年男子織口邦男、欲阻止邦雄陰謀的青年佐倉修治、欲去探望臥病妻子的優柔寡斷的神谷尚之、承辦本案的黑澤洋次刑警，這群各有不同目的的人相互交錯，故事向金澤之地收束。是一部上乘的懸疑推理小說。

16.《火車》（長篇，一九九二年七月出版）榮獲第六屆山本周五郎獎。停職中的刑警本間俊介受親戚栗坂和也之託，尋找失蹤的未婚妻關根彰子，在尋人的過程中，發現信用卡破產猶如地獄般的現實社會，是一部揭發社會黑暗的社會派推理傑作，宮部第二期的代表作。

17.《理由》（長篇，一九九八年六月出版）二〇〇一年榮獲第一百二十屆直木獎和第十七屆日本冒險小說協會大獎。東京荒川區的超高大樓的四十樓發生全家四人被殺害的事件。然而這被殺的四人並非此宅的住戶，而這四人也不是同一家族，沒有任何血緣關係。他們為何偽裝成家人一起生活？他們到底是什麼人？又想做什麼？重重的謎團讓事件複雜化，事件的眞相是什麼？一部報導文學形式的社會派推理傑作。宮部第二期的代表作。

18.《模仿犯》（百萬字長篇，二〇〇一年四月出版）同時榮獲第五十五屆每日出版文化獎特別獎，二〇〇二年同時榮獲第五屆司馬遼太郎獎和二〇〇一年度藝術選獎文部科學大臣獎文學部門獎。在公園的垃圾堆裡，同時發現女性的右手腕與一名失蹤女性的皮包，不久凶手打電話到電視公司和失主家中，果然在凶手所指示的地點發現已經化為白骨的女性屍體，是利用電視新聞的劇場型犯罪。不久，表面上連續殺人案一起終結，之後卻意外展開新局面。是一部揭發現代社會問題的犯罪小說，宮部文學截至目前為止的最高傑作，推理文學史上的不朽名著。

19.《R·P·G》（長篇，二〇〇一年八月出版／22）在食品公司上班的所田良介於杉並區的建築工地被刺死，在他的屍體上找到三天前在澀谷區被絞殺的大學女生今井直子身上所發現的同樣纖維，於是兩個轄區的警察組成共同搜查總部，而曾經在《模仿犯》登場的武上悅郎則與在《十字火焰》登場的石津知佳子連袂登場。是一部現今在網路上流行的虛擬家族遊戲為主題的社會派推理小說。

宮部美幸的社會派推理作品尚有：

20.《東京下町殺人暮色》（原題《東京殺人暮色》，長篇，一九九〇年四月出版）。

21.《不需要回答》（短篇集，一九九一年十月出版／37）。

二、時代小說系統的作品

時代小說是與現代小說和推理小說鼎足而立的三大大眾文學。凡是以明治維新之前爲時代背景的小說，總稱爲時代小說或歷史・時代小說。

時代小說視其題材、登場人物、主題等再細分爲市井、人情、股旅（以浪子的流浪爲主題）、劍豪、歷史（以歷史上的實際人物爲主題）、忍法（以特殊工夫的武鬥爲主題）、捕物等小說。

捕物小說又稱捕物帳、捕物帖、捕者帳等，近年推理小說的範疇不斷擴大，將捕物小說稱爲時代推理小說，歸爲推理小說的子領域之一。捕物小說的創作形式是日本獨有，其起源比日本推理小說早六年。一九一七年，岡本綺堂（劇作家、劇評家、小說家）發表《半七捕物帳》的首篇作〈阿文的魂魄〉，是公認的捕物小說原點。

據作者回憶，執筆《半七捕物帳》的動機是要塑造日本的福爾摩斯——半七，同時欲將故事背景的江戶的人情和風物以小說形式留給後世。之後，很多作家模仿《半七捕物帳》的形式，創作了很多捕物小說。

由此可知，捕物小說與推理小說的不同之處是以江戶的人情、風物爲經，謎團、推理爲緯而構成的小說。因此，捕物小說分爲以人情、風物爲主，與謎團、推理取勝的兩個系統。前者的代表作是野村胡堂的《錢形平次捕物帳》，後者即以《半七捕物帳》爲代表。

宮部美幸的時代小說有十一部，大多屬於以人情、風物取勝的捕物小說。

22.《本所深川詭怪傳說》（連作短篇集，一九九一年四月出版／05）「茂七系列」第一集。榮獲第十三屆吉川英治文學新人獎。江戶的平民住宅區本所深川，有七件不可思議的事象，作者以此七事象爲題材，結合犯罪，構成七篇捕物小說。破案的是回向院捕吏茂七，但是他不是主角，每篇另有主角，大多是未滿二十歲的少女。以人情、風物取勝的時代推理佳作。

23.《幻色江戶曆》（連作短篇集，一九九四年八月出版／12）以江戶十二個月的風物詩爲題，結合犯罪、怪異構成十二篇故事。以人情、風物取勝的時代推理小說。

24.《最初物語》（連作短篇集，一九九五年七月出版，二〇〇一年六月出版珍藏版，增補一篇作品／21）「茂七系列」第二集。以茂七爲主角，記述七篇茂七與部下系吉和權三辦案的經過，作者在每篇另有記述與故事沒有直接關係的季節食物掌故，介紹江戶風物詩。人情、風物、謎團、推理並重的時代推理小說。

25.《顫動岩——通靈阿初捕物帳1》（長篇，一九九三年九月出版／10）「阿初系列」第一集。破案的主角是一名具有通靈能力的十六歲少女阿初，她看得見普通人看不見的東西，而且一般人聽不到的聲音也聽得到。某日，深川發生死人附身事件，幾乎與此同時，武士住宅裡的岩石開始顫動。這兩件靈異事件是否有關聯？背後有什麼陰謀？一部以怪異取勝的時代推理小說。

26.《天狗風——通靈阿初捕物帳2》（長篇，一九九七年十一月出版／15）「阿初系列」第二集。天亮颳起大風時，少女一個一個地消失，十七歲的阿初在追查少女連續失蹤案的過程中遇到邪惡的天狗。天狗的眞相是什麼？其陰謀是什麼？也是以怪異取勝的時代推理小說。

27.《糊塗蟲》（長篇，二〇〇〇年四月出版／19·20）「糊塗蟲系列」第一集。深川北町的鐵瓶大雜院發生殺人事件後，住民相繼失蹤，是連續殺人案？抑或另有陰謀？負責辦案的是怕麻煩的小官井筒平四郎，協助他破案的是聰明的美少年弓之助。本故事架構很特別，作者先在冒頭分別記述五則故事，然後以一篇長篇與之結合，構成完整的長篇小說。以人情、推理並重的時代推理傑作。

28.《終日》（長篇，二〇〇五年一月出版／26・27）「糊塗蟲系列」第二集。故事架構與第一集一樣，在冒頭先記述四則故事，然後與長篇結合。負責辦案的是糊塗蟲井筒平四郎，協助破案的除了弓之助之外，回向院茂七的部下政五郎也登場，作者企圖把本系列複雜化，或許將來作者會將幾個系列納為一大系列。也是人情、推理並重的時代推理小說。

以上三系列都是屬於時代推理小說。案發地點都在深川，但是每系列各具特色，有以風情詩取勝，也有以人際關係取勝，也有怪異現象取勝，作者實為用心良苦。宮部美幸另有四部不同風格的時代小說。

29.《扮鬼臉》（長篇，二〇〇二年三月出版／23）深川的料理店「舟屋」主人的獨生女阿鈴發燒病倒，某日一個小女孩來到其病榻旁，對她扮鬼臉，之後在阿鈴的病榻旁連續發生可怕又可笑的不可思議的事，於是阿鈴與他人看不見的靈異交流。一部令人感動的時代奇幻小說佳作。

30.《怪》（奇幻短篇集，二〇〇〇年七月出版）。

31.《鎌鼬》（人情短篇集，一九九二年一月出版）。

32.《忍耐箱》（人情短篇集，一九九六年十一月出版／41）。

33.《孤宿之人》（長篇，二〇〇五年出版／28・29）。

三、奇幻小說系統的作品

史蒂芬．金的恐怖小說和奇幻小說《哈利波特》成爲世界暢銷書後，原處於日本大眾文學邊緣的奇幻小說獲得成長發展的機會，漸漸確立其獨立地位，而宮部美幸的奇幻小說就在這欣欣向榮的機運中誕生。她的奇幻作品特徵是超越領域與推理小說結合。

34.《龍眠》（長篇，一九九一年二月出版／04）榮獲第四十五屆日本推理作家協會獎的長篇獎。週刊記者高坂昭吾在颱風夜駕車回東京的途中遇到十五歲的少年稻村愼司，少年告訴記者：「我具有超能力。」他能夠透視他人心理，愼司爲了證明自己的超能力，談起幾個鐘頭前發生的事件眞相，從此兩人被捲入陰謀。是一部以超能力爲題材的奇幻推理傑作，宮部早期代表作。

35.《十字火焰》（長篇，一九九八年十一月出版／17．18）青木淳子具有「念力放火」的超能力。有一天她撞見了四名年輕人欲殺害人，淳子手腕交叉從掌中噴出火焰殺害了其中的三個人，另一個逃走了。勘查現場的石津知佳子刑警，發現焚燒屍體的情況與去年的燒殺案十分類似。也是一部以超能力爲題材的奇幻推理大作。

36.《蒲生邸事件》（長篇，一九九六年十月出版／14）榮獲第十八屆日本SF大獎。尾崎高史爲了應考升學補習班上京，其投宿的飯店發生火災，因而被一名具有「時間旅行」的超能力者平田次郎搭救到一九三六年二月二十六日的二．二六事件（近衛軍叛亂事件）現場，兩名來自未來的訪客能否阻止起義而改變歷史？也是一部以超能力爲題材的奇幻推理大作。

37.《勇者物語—Brave Story》（八十萬字長篇，二〇〇三年三月出版／24．25）念小學五年級的三谷亘的父母不和，正在鬧離婚，有一天他幻聽到少女的聲音，決心改變不幸的雙親命運，打開幽靈大廈的門，進入「幻界」到「命運之塔」。全書是記述三谷亘的冒險歷程。一部異界冒險小說大作。

除了以上四部大作之外，屬於奇幻小說的作品尚有以下四部：

38.《鴿笛草》（中篇集，一九九五年九月出版）。

39.《僞夢1》（中篇集，二〇〇一年十一月出版）。

40.《僞夢2》（中篇集，二〇〇三年三月出版）。

41.《ICO——霧之城》（長篇，二〇〇四年六月出版）。

以上三十九部是小說。另有四部非小說類從略。

如此將宮部美幸自一九八六年出道以來，一直到二〇〇五年底所出版的作品，歸類爲三系統後，再按時序排列，便很容易看出作者二十年來的創作軌跡，也可預見今後的創作方向。請讀者欣賞現代，期待未來。

二〇〇七．十二．十二

本文作者簡介

傅博

文藝評論家。另有筆名島崎博、黃淮。一九三三年出生，台南市人。於早稻田大學研究所專攻金融經濟。在日二十五年以島崎博之名撰寫作家書誌、文化時評等。曾任推理雜誌《幻影城》總編輯。一九七九年底回台定居。主編「日本十大推理名著全集」、「日本推理名著大展」、「日本名探推理系列」以及「日本文學選集」（合計四十冊，希代出版）。二〇〇九年出版《謎詭．偵探．推理——日本推理作家與作品》（獨步文化），是台灣最具權威的日本推理小說評論文集。

我要和史奈克對抗——每天，當夕陽西沉夜幕籠罩後——
在半狂亂的夢中
在黑暗中給那傢伙蔬菜
用來生火

然而，如果那一天，遇到了布姜姆
一轉眼間（這點我確定）
我就會乖乖的，而且在不意間消失——
這種念頭令我無法忍受！

——路易斯・卡羅（Lewis Carroll）
《獵捕史奈克》（*The Hunting of the Snark*）
第八章起的〈死鬥〉（*The Vanishing*）

1

chapter

第一章

全白的地圖

一

在那一夜的開端，地圖仍是空白的，約定好的流血事件，只有一樁。在那裡，死者的名字早已決定，一切似乎都按既定的行動、步上既定的命運，沒有轉圜的餘地。

滑下螺旋狀的通道，關沼慶子謹慎地開著車。「東邦大飯店」專用停車場位於建築物的地下一樓和二樓。六月二日大安（註）星期天的夜晚，要找一個空車位頗費工夫。

總算停妥車子時，右邊直達宴會廳的電梯裡步出幾名年輕男女，朝慶子的方向走來。他們盛裝打扮，拎著印有「囍」字的大紙袋。其中一名女子穿著華麗的振袖和服，看起來似乎舉步維艱，插在頭上的豪華髮飾，顫巍巍地不住晃動，彷彿隨時會掉落。

慶子推開駕駛座的門，一下車，經過的年輕人一臉意外地挑著眉說：「啊，賓士。」

同伴立刻取笑他：

註：按照曆註爲黃道吉日，婚禮多半選在這天舉行。

「你眞是鄉巴佬。」

「賓士這麼稀奇嗎？」

一群人揚起笑聲。慶子朝他們輕輕投以一笑，轉身走向車子後方。打著細褶的薄皺紗連身裙襬翻起，纏在腳踝上，高跟鞋的鞋跟敲著水泥地面，發出響亮的聲音。

一打開後車廂，旋即聞到一股火藥味。

眞奇怪，慶子不禁納悶。這兩個星期，她都沒去射擊場。

雖然每晚都會把槍取出，確認決心沒有消滅，但她並未射擊過。這股火藥味是從哪裡來的？

剛才那群年輕人，和慶子相隔四輛車的距離。他們的大型箱形車後座堆滿行李，一行人熱鬧地嘻笑著。慶子往那頭一瞥，目光恰巧對上先前喊出「啊，賓士」的年輕人，他羞澀地笑。

「很拉風耶。」

他像是從禮服出租店直接來赴會，不說話還算體面，可惜一開口就全毀了。那張垂著八字眉，看似好脾氣的笑臉，和他的領結一點也不搭調。

「賓士很稀奇嗎？」

慶子一問，年輕人的表情略顯不快。夥伴取笑無所謂，受到陌生女子揶揄就無法忍受？只要他出聲與擦肩而過的女子搭訕，大家都該回他一個溫柔的笑臉嗎？眞是厚臉皮又傲慢的可笑習性。

「Mercedes-Benz不稀奇，可是女人開190E23就很稀奇了。」

聽到年輕人吐出「Mercedes-Benz」，慶子微微一笑。

「這是我丈夫的車。」

這麼一說，打領結的年輕人終於離開。慶子從後車廂取出行李。

這個黑色皮箱長九十公分、寬不到三十公分，厚約十五公分，四角用金屬補強，卡榫上掛著鎖。乍看之下，似乎是樂器盒。目前爲止，每當她提著這個皮箱，從來沒人問過「那是什麼」，卻多次被人問到「那是什麼樂器」。

慶子總覺得好笑，不是笑發問的人，而是笑有這種嗜好的自己。打小她就喜歡做與自己不搭調、不相稱的事。

箱子裡面，放著長二十八吋、口徑十二號的上下雙管槍。這是競技專用的霰彈槍，每次搬運時，必須把槍管、前座、底座三部分拆開放進盒子，不知情的人完全看不出是危險物品。即使是觀察力極強的人，頂多也只覺得「以樂器的大小來說，顯得特別重」吧。

她把取出的箱子放在腳邊，關上後車廂的蓋子。至於子彈，在她離開公寓時，早用手帕裹好放在皮包底層。她調整右肩上的皮革細背帶，拎起箱子，邁向電梯。

當然，平時去射擊場時，她不會做出這種把子彈放進皮包帶著走的危險行爲。今晚僅僅需要一發子彈——而且，只要射出那一發，一切都將失去，她才會這麼做。

電梯間空蕩蕩，燈光異常刺眼。慶子皺起眉，按下樓層鍵後，便倚著牆等待。她毫無猶豫，只是突然想起哥哥。

她第一次湧現「對不起哥哥」的念頭。

距今兩年前，慶子宣稱要開始玩射擊時，遠在故鄉、喜好狩獵的哥哥提出三項條件。第一，正式成爲射擊俱樂部的會員。第二，車子換成賓士或富豪。第三，那輛車上，要加裝可將子彈和紙盒一起放進去、鋪有緩衝材質的專用收納箱。

「妳向來是三分鐘熱度，偏偏每次一想要怎樣就很頑固。所以，我不會反對妳學射擊。反正一定要考取執照才能買槍，而且去俱樂部有指導員。不過，往返射擊場時，務必開車，這點我不放心。載著一整盒子彈開車，萬一轉彎車冷不防從旁邊衝過來，妳想下場會如何？」

「不只是死掉，而且會死得很慘，連死人妝都沒辦法化。」當時哥哥拿出裝有仁丹（註）那麼大的霰彈彈丸、用塑膠和黃銅製成的彈筒，一邊如此說。那玩意和電視上的警匪片或外國動作片中出現的實彈——流線型、看似速度極快的子彈不同，感覺一點也不危險。

「哥哥，你看過這種意外嗎？在獵場、射擊場，或載運子彈時發生的車禍——你曾目睹有人這樣死掉嗎？」

「只有一次。」哥哥點點頭，豎起食指。「就一次。不過，光那次就夠了。」

慶子考取執照後，哥哥特地來東京，介紹她去熟識的槍砲店。後來，連車子都是哥哥選的——外型不是問題，總之要堅固。起先一、兩次，哥哥甚至陪她去射擊場。

要是有人讚美慶子有天分，哥哥比她還高興。

「妳不打獵嗎？」

「哥哥眞是的，你看我這副德行，像會揹著沉重的裝備馳騁荒山的人嗎？」

「那麼，妳的目標就放在當選奧運代表。夢想愈大愈好，妳啊，需要一個可以讓妳安頓下來、熱中的東西。」

那時，哥哥很高興。從來不肯聽話的妹妹，對他的嗜好產生興趣。即使那是社會大眾眼中「不適合女性」的嗜好。而能夠讓哥哥高興，慶子也感到開心。

家裡只有他們兄妹，卻相差十歲。因此，慶子國中時，父母發生車禍雙雙去世後，便由哥哥扮演父母的角色。在慶子心目中，哥哥簡直是萬能的上帝。

慶子出生的故鄉，除了農業沒什麼產業發展。既沒有可作為觀光資源的絕景，也沒有永垂不朽的文化財產或史蹟，當地很早就積極展開企業招商活動。從東京搭特急電車僅需兩個半小時，加上土地遼闊、水量豐富這三大條件，成為招商的強大優勢。現在，大型半導體製造商和音響器材廠商，都把生產和研發的總部設在此處。

每次返鄉街景都有所改變，總會多出幾座嶄新的大樓和公寓。這種都市變貌，對於不動產業——不僅是亡父的工作，也是哥哥繼承的家業——正逢其時，況且公司有父親培養出來的幹練員工，即使第二代接手，也沒碰到太大的問題或挫折，生意繁盛至今。

在哥哥的關愛及庇護下，慶子雖然過著隨心所欲、衣食無缺的生活，有時仍會分外寂寞，甚至把氣出在周遭的人身上。在慶子二十歲，哥哥結婚、生小孩，建立自己的家庭後，情況愈演愈烈。

理由很單純，哥哥不再像過去那樣呵護慶子。她便是為這件事使性子。

哥哥大概也察覺到這一點吧。然而，他沒有特意撥出時間和心思，相對地，他比以前更寵溺慶子、更縱容她的任性，企圖藉此彌補她。

註：一種含於口中提神的小藥丸。

所以，即使一個人在東京生活，慶子也從不缺錢，自大學時代就是如此。出社會上班後，就算花光月薪，靠著家裡寄來的錢依然吃穿無虞。她住在市中心的高級出租公寓，開私家車，每年會有兩、三次長期或費用高昂的旅行。據說，公司資深的女職員私底下都喊慶子「蚱蜢」。可惜，偏偏這隻蚱蜢的周遭四季常夏，不需要在酷寒的冬天向螞蟻低頭乞討食物。

若非如此，以慶子的年齡，不可能把開銷驚人的嗜好換了一個又一個——飛靶射擊是她的第六項嗜好，前一項是騎馬。不過，她討厭照顧馬，才一個月就放棄。

看到妹妹這樣子，哥哥偶爾不免會稍稍抱怨，勸她做點有建設性的事。只是，慶子向來當耳邊風，一副事不關己的態度。一旦認眞接受建議，做起有「建設性」的事，哥哥一定會變得更不關心她。慶子總覺得不讓哥哥操心一下，恐怕會遭到遺忘。

理所當然，面對放縱的小姑，大嫂不可能有什麼好臉色。但站在慶子的立場，反倒求之不得。在她看來，大嫂分明就是敵人，只是一個從自己身邊奪走哥哥關心的可憎女人。連姪子、姪女也一樣，她不曾打心底認爲他們可愛。不過，小孩逐漸成長懂事後，不小心流露冷淡的神色會很尷尬，況且要是能讓小孩站在她這邊，和大嫂對抗起來會比較有利，所以，至少在表面上，她還是努力擺出溫柔姑姑的姿態。這樣的生活持續好幾年。

開始玩競技射擊，純粹是一時興起。可是，幸運地成功喚起哥哥的好奇和關心後，慶子十分投入，不僅技術進步，也拓展了交友關係。她甚至熱中到考慮跟著哥哥一起去打獵。

諷刺的是，見慶子樂在其中，哥哥或許是安心了，關切又逐漸轉淡。其實，渴望哥哥的關切是慶子一廂情願的想法。基本上，要哥哥這種大忙人的心思一直停留在成年的慶子身上，原本就是不可能的奢望。

哥哥不再多方關注後，慶子的射擊熱情瞬間冷卻。當初，每逢週末她一定會去射擊場，漸漸變成隔週一次、隔兩週一次，乃至隔一個月……間距愈拉愈長。由於有些心虛，她又買一把新的二十號雙管槍，試著刺激自己恢復興趣，可是，用不慣的槍導致命中率降低，她更是興趣大減。

三分鐘熱度的慶子、孩子氣的慶子。對，我還是個長不大的小孩，她默默想著。

通常一年過後，慶子又會起意尋找下一個感興趣的對象，週而復始……欸，沒有新把戲嗎？有沒有什麼好玩、有趣的事物？

可是，後來慶子無暇去思考這些，因爲……

她戀愛了。不，或許應該說，簡直是狠狠一頭撞入情網。

對方並非公司的同事，而是透過朋友介紹這種通俗的邂逅方式。起先，慶子連想都沒想過要跟這樣的男人進一步交往，根本沒把他列入考慮。

誰知道……

鈴聲輕輕一響，電梯門打開，裡面沒有任何乘客。香檳色地毯上散落著拉砲的繽紛彩帶碎片，可能是沾在客人衣服上掉下來的吧。

慶子走進電梯，門一關，按下「3」樓，宴會廳的格局她早牢記在腦海。

電梯內，三面牆壁都鑲著鏡子。淺黃燈光下，鏡中映出一個穿嫩綠色薄皺紗禮服的身影，拎著沉重的黑色皮箱，緊抿雙唇……好漂亮的女人。

是個捨不得讓她死掉的美女。想到這裡，慶子兀自一笑。

電梯靜止。門一打開，只見穿整套純白傳統禮服的新娘，在一身和服的女職員攙扶下，踩著淺紅地毯從慶子眼前經過，大概是要去換衣服吧。

慶子看看手表，剛過晚上八點零五分。

這是場一邊眺望都心夜景，一邊進行的婚宴。如果儀式進行順利，很快地，曾是慶子戀人的男子，和今晚將成爲他妻子的女子，應該就要離席去換衣服。然後，換好衣服的新郎和新娘，將在眾人的掌聲中，挨桌點燃賓客桌上的蠟燭，再次回到婚宴舞台時——

就是慶子出場的時刻。一切的準備、一切的覺悟，都是爲了那一瞬間。

慶子緩緩邁出腳步。地點早已知道，就在大廳的最東邊，芙蓉廳。她嘴角帶著淺笑，重新拎好皮箱緩緩前進，錯身而過的服務人員鞠躬說著「歡迎光臨」。把悸動鎖在胸中，挺直背脊，一路嗅聞大廳洋溢的鮮花、香水與葡萄酒香，慶子這才醒悟——

剛剛在停車場聞到的火藥味，並非來自後車廂。

而是來自她的心中。

二

「你要搭幾點的特快車？」

「井波屋」店內，呈爆滿狀態。占據裡面桌子的團體中，甚至有一直站著喝酒的客人。這家店向來如此，佐倉修治早已習慣，但置身過度喧囂的環境，還是忍不住皺起眉。他連自己的話聲都聽不清。

「啊，你說什麼？」

果然，織口邦男反問。他的手貼在右耳後，偏著頭。兩人並肩坐在吧台前，卻連剛剛的問話都聽不見。修治提高音量重複一次。

「是九點整的快車，我買了二等臥鋪。」織口大聲回答。

「快車？不是特快車？」

「反正睡著了坐哪種車還不都一樣。抵達金澤車站應該是明早六點左右，我可以好好睡一覺。這樣也比搭飛機便宜，以後乾脆都搭夜車吧。」

修治環顧店內，尋找時鐘。沿L型牆壁擺放的酒瓶堆裡，擱著一個橢圓時鐘。只有那邊，牆壁好像開了一隻眼。

剛過八點，離九點剩沒多少時間。

修治轉頭向織口提議：「我們換個安靜的地方吧。」

織口一笑，「這種話留著追女孩用吧，我覺得挺不錯的。」

這家「井波屋」，從上野車站的公園出口步行大約五分鐘。價錢便宜，菜色卻好得驚人，酒的種類也很齊全。對於患有慢性缺錢症的修治，是珍貴到不願輕易告訴別人的愛店，唯一的缺點就是太吵鬧。

今晚，要不是聽說織口預定搭夜車離開東京，修治應該會選別的店。得知織口的行程後，他最先想到的就是這邊離上野車站很近，自然而然選擇「井波屋」。

「可是，這樣連話都不能好好說。就算用吼的，也只是在浪費時間。織口先生，你不是有事要告訴我嗎？」

即使修治這麼問，織口卻沒立刻回答。灌一大口生啤酒後，他放下啤酒杯，拿毛巾仔細擦拭明明很乾淨的指尖。

「是不好開口的事嗎？」

修治內心微微騷動，不禁思索會是什麼事？如果是工作，這陣子並未出差錯，難不成……與租船有關？儘管他解釋過是客滿，不得不拒絕客人的要求，客人卻頻頻抱怨……

織口彷彿看穿修治的腦袋在空轉，咧嘴一笑：「今晚我是愛神邱比特叔叔。」

「咦？」

「仔細瞧瞧，我背上長了翅膀吧？」這種語氣一點也不像織口的風格，連他自己都感到害臊。

「怎麼了？你應該還沒喝到爛醉啊。」修治噗哧一笑。

當然沒喝醉，他們根本在吧台坐下沒多久。織口空了一半的啤酒杯旁，突然不客氣地伸出一隻手，放好下酒的小菜又消失。

織口總算恢復平常慣有的表情。

「哎呀，做這種事眞不習慣，反倒是我不好意思。」

「這種事？」

「應該說是替別人的暗戀搭橋牽線吧。受人之託，身爲『老爸』的我不能不管哪，所以，只好答應出面。」

修治回望著這位年長朋友溫和、平穩的神情。

他們在大型釣具專賣店「漁人俱樂部」（FISHMAN'S CLUB）北荒川分店擔任店員，不僅是同事，連店長都喊織口「老爸」。理由很簡單，三十三歲的店長麾下全是年輕的從業員，只有織口的年紀和眾人差一大截，今年就要滿五十二歲。

即使如此，年輕同事不喊他「臭老頭」卻喊他「老爸」，是因爲織口工作非常幹練。每當寫錯收據，或跟顧客發生糾紛，辦公室的女孩們一定會來拜託織口，而他也總是爽快答應幫忙。今年的父親節，這群女職員還合送他一份禮物。不過織口十分害羞，不管修治怎麼追問，他都不肯說出究竟收到什麼禮物。

織口長著一張只要分開五分鐘，馬上就會想不起來、五官毫無特色的臉，不高不矮、不胖不瘦的體格，一旦混入人群便無從找起。不管他身上穿什麼，看起來都像超市的特價品——實際上亦是如此，簡直是標準的「老爸」翻版。再離譜也不可能是「伯父大人」，更不會是年輕女孩口中的「乾爹」。

「誰拜託你的？」

織口抓抓鼻頭，「可愛的姑娘。」

修治一笑，「到底是誰？」

織口認命地仰頭看著天花板，然後才吐露：「是野上小姐。」

修治的手指還勾在啤酒杯握把上，頓時目瞪口呆。「你說的野上，是野上裕美嗎？」

「對，很可愛吧？」

豈止是可愛，在「漁人俱樂部」總店和分店加起來二十四間店鋪的女職員中，她可是號稱排名前五名的大美人。

「該不會是哪裡搞錯了吧？」

「是野上小姐說想跟你交往的，應該不會錯。你是佐倉修治，對吧？」

修治拿起筷子，戳弄著下酒菜。那是切細的山藥絲淋上調味醋汁，他不愛吃酸的，所以毫無胃口。

「不要爲了拖延時間就糟蹋小菜，那個給我吃。」織口立刻制止。

他一把搶過小菜，修治無法再敷衍。

「那麼……她委託你的，只有傳達這句話？」

織口嚼著食物，莞爾一笑。「怎麼可能，你等等。」

他翻著馬球衫胸前的口袋，取出一個火柴盒。

「在這裡。」織口遞給修治。「我不太清楚，聽說是家葡萄酒吧。野上小姐在這裡等你，接下來就看你們的意思。」

修治看著火柴盒。「葡萄酒吧．白貓」，在銀座七丁目。

「我和野上小姐約定，九點以前一定讓你過去。乾了那杯啤酒壯膽後，你最好立刻動身。」

修治一陣沉默，織口轉頭看他。

「你沒興趣嗎？」

「不是。」修治微微一笑。「那倒不是……只是覺得這樣很像高中生。」

「高中生可不會約在葡萄酒吧碰面。不過，你們都高中畢業沒幾年吧？」

這個秋天修治滿二十二歲，野上裕美應該是二十一歲。今年春天她從短大畢業後，便到「漁人俱樂部」上班。

「我想，她不是讓人連約會都提不起勁的討厭女孩。」

修治當然知道，之前也想過：她該不會對我有好感吧。只是，這話說出來一定會被認爲是往自己臉上貼金，他才沒告訴任何人，包括眼前的織口。

不過，修治總覺得這種安排方式怪怪的，不像織口的作風。

假如眞的是野上裕美的委託，以修治認識的織口，及他對織口個性的瞭解，會採取更委婉、不直接出面的作法——這個念頭在修治腦中盤旋不去。像這樣擺明「我幫你搞定」的方式，一點也不像織口的爲人。

況且，依修治的想像，今晚織口應當沒有心思與餘暇來安排這種田園牧歌式的事。眼看明天就要公審，織口心情一定很沉重。

上次旁聽公審回來，整整一星期織口都像戴了面具般僵著臉。就算其他人不明白，修治卻能夠理解。

「畢竟我馬上要去過不太愉快的一天……」織口彷彿看穿修治的疑惑，手放在滴水的啤酒杯上低語：「至少，我想先做一件愉快溫馨的事再出發。」

修治凝視他的側臉半晌，點點頭。「我知道了。」

他滑下吧台的高腳椅，手剛伸進牛仔褲口袋想取出錢包，織口立刻笑著阻止。

「今晚得好好招待野上小姐，這帳就讓我付吧。更何況，你根本都沒喝。」

修治瞥一眼沒碰過的啤酒杯，露出微笑。

「那就恭敬不如從命。」

「啤酒杯裡的酒我接收嘍。喝這麼多，應該能夠忍受硬梆梆的臥鋪，好好睡一覺。」

「別睡糊塗，從臥鋪掉下來。」

「沒問題。好好跟她去玩吧，祝你幸福。」織口笑道。

修治剛要離開吧台，忍不住停下腳。

「聽起來，我們好像永遠不會再見。」

織口嘴角的笑意消失，「會嗎？」

「嗯，明天晚上你就回來了吧？」

「當然，我就是這麼打算，早訂好回程的機票。我還得籌備活動，即使不辦活動，店裡的人手不夠，哪有空休息。」

明天星期一是店裡的公休日，下個星期天，在東京灣岸的海埔新生地，預定舉辦甩竿擲遠競技大賽。爲了準備這項大活動，星期二起的這一週會非常辛苦。雖然只是「漁人俱樂部」內部的比賽，但要藉此選拔十月即將舉行的全日本衝浪協會分部對抗賽的成員，所以參加者很多。

「那你得馬不停蹄地趕工了。」

「反正等比賽結束立刻就能休假，店長應該會答應吧。畢竟，我可是北荒川分店第一把交椅的老頭。」

聽到他輕鬆的口吻，修治稍稍安心。

「那麼，路上小心。」

「你也是。」

走向出口途中，修治再次轉身尋找時鐘。他討厭戴手表，所以出門在外常常如此。形似眼珠的時鐘指針，指著八點二十五分。要去銀座，搭地下鐵不用換車，不至於讓野上裕美久等。

織口坐在吧台弓著背的身影，夾在大批客人的腦袋、背部和手肘之間，忽隱忽現。剛才隱約感受到的疑問，答案似乎就寫在織口毫無防備暴露出來的背上，修治不禁佇立原地，凝視半晌。

織口緩緩舉起啤酒杯，看起來寂寥得詭異，不過換個念頭一想，又有哪個人的背影不寂寞？修治轉過身，推開大門。

事後回憶，這一瞬間，是修治最後一次看到熟識、親近過的織口。只是，現在他當然無從得知。而且，明天早上之前，在牆上對他眨眼的時鐘走完一圈之前，他也不知道自己將會捲入什麼風波。

修治就這樣步向上野車站。

三

通往芙蓉廳的入口共有四處，其中三處是面向走廊對開的拉門。筵席進行期間，除了新郎和新娘入場之類的少數情況外，三個入口都可自由進出。拎著皮箱的慶子通過走廊時，一名穿晚宴服的女客，也正悄悄溜出門，沿走廊漸行漸遠。

最前面的這扇門旁，豎立著寫有「國分家・小倉家結婚喜宴會場」的牌子，慶子頓時心跳加快。

國分家嗎……看來，這是家庭婚禮，不是個人婚禮。

以前，國分和慶子曾討論兩人的未來：婚宴會場的「某某家」這種寫法太可笑，婚禮應該只爲當事者舉行……

言行不一大師，這次你還是這樣啊。慶子在內心低語，國分愼介……你眞是一個十足的下流渾蛋。

寬闊的走廊中央，一個看似無所事事的制服服務生，面向通往宴會廳的大門。慶子一走近，他微笑著轉過身，輕輕鞠躬，擺出歡迎的姿態。原來這就是安排他在此處的目的啊。

「歡迎光臨，您是……」

服務生還沒說完，慶子從容不迫地回答：「我是來參加國分先生和小倉小姐的婚宴。」

「是，不好意思，請問貴姓大名？」

「哎，不是啦。」慶子微笑，「我不是受邀的客人，我只是要在喜宴上演奏樂器。」

「噢……」服務生微微瞪大眼，再度開口時，雖然不明顯，但客氣的程度已減低。他大概是想，原來也是做服務業的啊。「妳知道喜宴的流程嗎？」

「知道。我是受到小川夫婦的委託。按照流程，他們應該是最後上台致辭。」

服務生從制服外套內袋，取出喜宴席次表攤開。

「小川夫婦……」

「是新郎那邊的朋友。」

小川滿男、和惠夫妻，過去曾是介紹今天的新郎國分慎介給慶子的友人。當時，和惠還沒冠夫姓，本名叫河邊和惠，跟慶子是同事。兩對情侶多次一起約會。雖然國分和慶子分手，小川卻與和惠結婚。因此，今天國分的婚禮上，夫妻才會連袂出席。

好厚的臉皮，慶子暗想。等著瞧，再過十分鐘我就讓你們明白自己幹了什麼好事。

「我知道了。」服務生似乎已確認名單，「他們吩咐妳進入會場等待嗎？」

「不，到時小川夫人會來走廊通知我。」

「這樣嗎？那麼，請先在旁邊坐一下。」

服務生彷彿對慶子失去興趣。此時，剛剛離席的晚宴服女子返回，輕快地消失在門內。國分家只有一個人認得慶子，就是慎介的妹妹範子。沒撞見她或小川夫婦，就不用擔心會遭受阻撓。

「請問……」慶子拎起黑色皮箱，向服務生開口：「這是雙簧管，我想組合起來，試試音色如何，有沒有適當的場所？」

服務生皺起眉，「會發出很大的聲音嗎？」

「不，倒不至於。」

「那就請妳使用化妝室。」他朝著晚宴服女子走去的方向隨手一揮。

「謝謝。」慶子說著邁開腳步。其實不問她也曉得化妝室的位置，只是擔心突然消失，服務生可能會到處找她，不如先說一聲。

化妝室空無一人，只有三面橢圓鏡子和三把凳子。鑲嵌在牆上的大鏡子中，映出慶子的身影。她轉身查看外面的情況，還是沒半個人。這裡是面向芙蓉廳旁邊，稍微縮進走廊的小通道。通道的前方，就是芙蓉廳的第四扇門。那是四個入口中，唯一單扇開啓的門。

不用豎起耳朵也能聽見喧鬧聲，司儀的話聲比在走廊時更清晰。

「各位，讓我們再次以熱烈掌聲，送新郎和新娘下場換衣服。」

掌聲哄然響起。慶子安心地嘆一口氣，時間抓得真險。

轉身回到化妝室，經過鏡子，走向洗手間。四個隔間全空著，她走進最前面那間，關上門鎖好。

放下馬桶蓋，扯下捲筒衛生紙輕輕鋪好，慶子坐下來，把黑色皮箱放在膝上。

隔間很寬敞，可從容地換衣服，這點早在她的計算之內。一切都如預期，沒有任何阻礙。

終於走到這一步。慶子鬆一口氣，緊張的神經乍然繃斷，頓時一陣恍惚。

傳來走進化妝室的腳步聲，她赫然回神。聽見兩個人的話聲，大概是趁著新郎和新娘離席之際，溜出來補妝吧。

或許是四下太安靜，兩名女性細聲交談。看來應該是國分、小倉家喜宴的出席者。腳步聲、粉盒開闔聲、流水聲、使用衛生紙的聲響……話語夾雜在其間，斷續傳來。

「好漂亮喔，令人羨慕。」其中一人讚嘆著。

「那妳何不加把勁？現在還能改吧。」

「不行、不行。他媽媽堅持一定要穿傳統禮服。如果惹惱她，以後就麻煩了。」

「眞霸道。現在就這樣，將來可想而知。」

「沒關係，反正又不跟她住。」

兩名女子笑著離開。室內恢復寂靜，慶子吐出憋著的氣。

然後，她突然陷入至今爲止最窩囊的感覺——

我到底在這種地方搞什麼？像小孩一樣躲在廁所，坐在馬桶上。都這把年紀了，我到底在幹什麼？

腦中忽然想起以前看過的電影。那部片子是以暗殺甘迺迪總統爲主題。故事主要述說，奧斯華只不過是遭人利用的傀儡，事件的幕後黑手和眞凶，其實是政府高層。

那部電影她是跟國分一起看的。慶子喜歡國分在她的公寓裡，在長沙發上伸展身體，悠哉觀賞電視或出租錄影帶的模樣；她喜歡國分當成自己家般放鬆的模樣；她喜歡趁著他專注電影時，把冰透的啤酒貼在他臉頰上，嚇他一跳。

那時候，他的一切慶子都喜歡。

那部電影，好像是叫《達拉斯炎熱的一天》（*Executive Action*，一九七三）吧。還記得一邊看電影，國分一邊告訴她：根據總統遭槍擊時頭部的擺動方式，子彈起碼是從兩個不同的方向飛來——兩者都不是奧斯華藏身的教科書公司倉庫的方向。案發後進行搜查，在現場附近的樹叢中，發現大批踩扁的菸蒂，像某人曾在那裡打發時間，直到總統專用座車經過，狙擊的時刻來臨……

當時，慶子有些疑問：「欸，那個人不覺得很可笑嗎？」

國分回答：「哪裡可笑？」

「就是在那裡乾等呀。在雜樹林中拿著槍，一邊抽菸一邊等待。難道兇手不會質疑自己，為何要做這種事嗎？」

「會這麼想的人就不會去當殺手了。」

「說不定他一邊等待，一邊祈禱：『神啊，請保佑我的手不要恐懼得發抖。』」

「殺手才不會向神祈禱咧。」

對，殺手不會向神祈禱，也不會怯場畏懼。等待行動的期間，更不會突然感到窩囊——即使，為了槍殺總統必須躲在廁所裡。

可是，慶子不僅發抖，而且覺得前所未有的窩囊。

噢，神啊，拜託祢，請讓我不再感到恐懼。請保佑我不會失手，請讓一切順利進行。我以後不會再如此渴切地許願。這是我最初也是最後一個願望。所以，求求祢。

用力深呼吸後，慶子仰起頭，但雙手的顫抖和胸口的悸動並未平息。她幾次想開鎖都沒成功。

終於，盒蓋打開。

一股油味撲鼻。取出總隨身攜帶以便清潔槍管的幾塊布，拆成三部分的霰彈槍露出全貌。

「槍是有威力的。」

遠方傳來低語，是哥哥的聲音。

「所以，妳會覺得好像變強了，什麼都做得到，儘管只是射擊運動也一樣。沉睡在人類體內、古老的鬥爭心，是槍啓動開關。」

她從未像此刻般，深切體認到這一點。

慶子用力閉上眼。再次睜開眼時，窩囊感像作夢般消失無蹤。她把皮包放在水箱上，空出雙手，起身以流暢熟練的手法組合槍枝。

四

新郎和新娘一離開，筵席上突然喧鬧起來。

占據最前排圓桌的新郎友人席中，發出高亢的笑聲。明明是喜慶場所該有的開朗聲音，國分範子卻很想捂住耳朵。她彷彿知道他們在談什麼、大笑什麼——雖然應該只是想太多，可是，她就是揮不去這種念頭。

法式料理套餐正要上主菜。穿不慣的和服腰帶太緊，範子幾乎沒碰菜肴。坐在她身邊的父親，打婚禮一開始就緊張地拚命灌酒。原本坐在父親隔壁的母親，拿著啤酒瓶穿梭在各桌之間，同樣沒動筷子。

範子深呼吸，仰起臉，喝著杯中的冰水。擠滿一百五十名賓客的宴會廳內，瀰漫著美酒、鮮花、香水，與快要爆裂的興奮氣氛。背後的門一開，走廊的涼風吹入，轉頭一看，兩名似乎是補妝回來的女子並肩走進來。

她們是新娘邀請的客人，跟新娘是大學同學。兩人身穿大朵花樣的連身禮服，丰姿綽約。範子突然想，早知道也穿洋裝。打成人式以來，相隔兩年才從衣櫃翻出振袖和服，還頂著一頭明顯是請人梳化的僵硬髮型。同樣是自成人式後就沒穿過的草履，人字型鞋帶磨得腳很痛。可能是用來固定腰帶的伊達帶綁太緊，害她忍不住打嗝，她連忙捂住嘴。

「妳不舒服嗎？」父親問道，其實他的臉色更糟。

範子扯動臉頰，勉強擠出微笑。「腰帶太緊，早知道就穿洋裝。」

「妳哥哥難得舉行婚禮，當然應該穿正式禮服，怎麼能說這種話。」

接著，父親拿起啤酒杯。這時一名賓客正好走來，眼尖地發現父親的酒杯，立刻含笑靠近。範子茫然地凝視父親起身打招呼的背影。

今天的喜宴會場中，親戚全坐在距離新郎和新娘的舞台最遠的位子。不論是剛才還在金屏風前、身穿紋付褲裝傳統禮服的哥哥，或是披著豪華錦線縫製外褂的新娘，在範子眼中都好遙遠。只能從角落望著一臉驕傲、意氣風發的哥哥……範子覺得，對現在的自己與家人來說，這似乎是最適當的安排，她不禁垂下目光。

親戚桌共有五桌。三桌是女方的小倉家，兩桌是男方的國分家。僅僅一桌之差，就象徵性地表明許多事情。進一步來看，連新娘家族的桌子也比較靠近中央——這一點，似乎在無言中顯示出兩家的強弱關係。

「想必親家母對和服很有眼光。」母親前往禮服出租店時，是這麼說的。「如果穿舊的便宜和服，一定會被她笑話。講起來還眞窩囊，可是我們家又沒有多餘的錢做新衣服。」因此，母親租下最貴的和服。

「欸，範子，算我拜託妳，五年內別結婚喔。爲了愼介的婚禮，我們甚至舉債借錢。如果妳非要早婚不可，得找個用不著舉行婚禮的好對象。」

太不公平了吧。這麼一抗議，母親便笑著說：「沒辦法，妳也希望幫哥哥舉行一場不丟臉的氣派婚禮吧？」

每次都這樣……爲了不讓哥哥丟臉、爲了配合哥哥、爲了成全哥哥想做的事。

高亢的笑聲再次響起，打破範子茫然的沉思。這次是從新娘家的桌位傳來，還有客人拍手。由於這陣喧譁，某些客人轉頭望向入口，大概是新娘換好衣服回到會場。

對了……範子凝視著缺少主角、空蕩蕩的舞台和明亮耀眼的金屏風，心想：親戚之所以被安排坐在離舞台最遠的位子，是因爲他們最清楚，爲了促成這場喜宴必須克服多少不愉快的事情。怕他們在無意中溢於言表，才把他們驅趕到角落。

「謝謝您的照顧，今後還請繼續關照、多多指教……」

父親依然在鞠躬。一次，又一次。那姿態好滑稽，看起來分外可悲。我結婚時，絕對不會讓父親這樣鞠躬哈腰。絕對，絕對，我死也不會讓他這樣。

突然有人拍範子的肩膀，抬頭一看，是母親皺著眉湊近。

「妳在發什麼呆啊。眞不機靈，還不快去四處敬酒。」

母親把滴著水的啤酒瓶塞到她手裡，範子只好離座，機械性地點頭，小聲咕噥著客套話，在各桌之間穿梭。她背上汗涔涔，鼻頭也冒著汗珠。

來到小川夫婦這桌，做妻子的和惠，立刻大聲喊住範子。

「哎喲，範子，妳今天好漂亮，很美喔。」

和惠大概是有幾分醉意，臉頰酡紅。範子勉強按捺甩開她放在肘上的手的衝動，默默微笑。

「妳哥哥結完婚，接下來就輪到妳嘍。」

是啊，範子在內心低語。到時，妳也會用卑鄙的手段替我牽線嗎？

範子輕輕推開和惠的手，離開圓桌。把空酒瓶還給經過的服務生，又拿一瓶新的，她機械性地繼續點著頭前進。

慶子再度望向舞台。豪華妝點的蝴蝶蘭花叢，沉重地垂著頭，牆上的時鐘顯示已過八點半。這場喜宴大約還要一小時吧。

那女人或許不會來了。想到這裡，安心和失望同時湧現，動搖範子的心，猶如強勁的雞尾酒，一陣五味雜陳。

那個人——哥哥，還有我們國分家眞正該低頭鞠躬的人，眞正照顧過我們的人……

即使只有短暫的一段時間，但那個人才是哥哥眞正的妻子。

我企圖把她找來的舉動，恐怕終究是白費力氣，說不定反倒會惹她生氣。

又或者，那女人早就忘記哥哥？

現在才想到，她也很喜歡蝴蝶蘭……

五

範子第一次見到關沼慶子，是距今一年半前的事。剛過完正月初七的週日，那一天，正下著雪。

當時，哥哥愼介在東京荒川的堤防下，日照很差的一隅租了間公寓。位於千葉稻毛的老家狹窄，工廠的機器又整天運轉個不停，他嫌太刺耳，大學二年級起就一個人搬出去住。從此難得回老家一趟。從二十歲到滿二十八歲爲止，雖然多次搬家，但連青黃不接的空檔，他都不肯回老家。

「太麻煩了。」哥哥皺起眉解釋。範子明白他的心情。

愼介自大學法學院畢業，在準備司法考試，這是他第六次挑戰。報考六次不算稀奇，但以國分家的經濟狀況，容許長子遲遲不就職的狀態差不多到了極限。不，後來會發生那樣的事，也許早就過了臨界點。

那年是一大關卡，難怪他不想聽到更多嘮叨的雜音。

所以，家裡的人很少主動去找哥哥。起先，母親頻頻前往探望，在哥哥抱怨這樣會打擾他念書後，便盡量忍耐，改成利用宅急便送衣服和食物，或是打電話來排解憂慮。

那天，從朋友家做客歸來，範子恰巧經過附近。只是，若非突然下雪，打算借把傘，她應該不會興起造訪哥哥的念頭。

由此可見，她和哥哥多麼疏遠。每次一接近，哥哥總嫌她煩。相差八歲的愼介一向遙遙站在範子前頭，自顧自地忙身邊的事，無暇表露身爲兄長的關懷。

在擁擠雜沓的陌生地區，僅靠著地址沿途搜尋，比想像中累人。明明聽說在車站旁邊，卻怎麼都找不到。雪愈下愈大，從大朵的雪片，變成乾燥細碎的粉雪。天空一片灰濛濛，只看得出已籠罩暮色。

聽到路過的國中生喧鬧地爭論著「應該會積雪」，範子才驚覺得趕快回家。一旁的藥局販賣五百圓一把的塑膠傘，如果買回去，母親八成會責備「又浪費錢」。可是，沒辦法……這麼想著，手伸向便宜的白色傘柄時，背後突然有人輕拍她的肩膀。

「妳好。」那女人開口，臉上浮現親密的微笑。由於比範子高，她微微低頭湊近注視範子。她遞過來的傘，印有大大的花樣，握柄的地方也刻著花紋。

「要是我認錯人還請原諒。請問，妳是國分範子小姐嗎？」

「是的。」範子帶著驚訝回答，對方一聽立刻綻放笑容。

「啊，太好了。我只看過妳穿學生服的照片，本來還有點擔心。」

然後，她微微斂起下巴，檢視什麼似地凝視範子。「妳跟妳哥哥長得好像。」

「抱歉，請問您是哪位？」

她上前替範子擋住紛飛的雪花，笑咪咪地自我介紹：「我叫關沼慶子，是妳哥哥的朋友。如果妳要去他的公寓，我們不如一起走。我正打算過去。」

她的左手拎著超市的塑膠袋，袋子一角竄出沾泥的大蔥，還可窺見盒裝豆腐。啊，這個人是要替哥哥做飯——察覺這一點，其餘就不用再多問。

會迷路簡直太可笑，愼介的公寓近在眼前。範子一露面，他意外地瞪大眼睛，對著關沼慶子一笑，說：「啐，這傢伙眞沒用。」

範子第一次看到哥哥這種笑容。

那晚，她享用慶子親手做的菜，九點過後，他們才一起送她到車站，踏上歸途。愼介半途還在便利商店買一把傘給她。

慶子沒說「那我也該回去了」，這一點她早料到。看他們相處的情形，便一目瞭然。慶子在狹小的廚房忙碌時，沒問過一句「欸，你家有沒有醬油」或「鍋墊放在哪裡」之類的問題。房裡散置著怎麼看也不像是哥哥喜歡的音樂錄音帶、照顧得很好的盆栽，及擦得亮晶晶的玻璃杯。連角落都打掃得一塵不染，床上的棉被柔軟蓬鬆，不帶濕氣。

我遲早會有大嫂——範子常常想著，與哥哥不合的我，跟哥哥選中的嫂子或許也合不來，不禁感到可悲。

然而，親眼見到慶子，得知哥哥不知何時選擇這樣的女性後，她認爲一切或許只是杞人憂天。慶子是個亮麗的美女，不論是身上的穿戴，或說話方式，甚至言談間的遣詞用句，都看得出她的出身遠較範子優越，卻十分溫柔貼心。範子很清楚，她費盡心思不讓範子覺得不自在。

而且，這個人說看過我的照片……原來哥哥跟她提過我們家族的事。

這也讓範子心頭籠罩著一股暖意。

兩人一直陪她走到車站剪票口。車票是愼介替她買的，分別時還叮嚀：「到家後記得打個電話。」

哥哥的意思是，打來告訴我，妳已平安回家。難以想像哥哥會說出這種話。

回程路上，電車座位的暖氣和慶子做的溫馨飯菜，暖和範子全身，她不禁頻頻微笑。從窗口望出去，這片都市難得一見的雪景，彷彿是幸福的預兆。

探頭細看這個夜晚的白色暗影底層，閃著銀光的鐵軌連接處，不時晃動著紅色火焰。爲了防止鐵軌凍結，正燃燒著油燈。

慶子就像那盞盞油燈。範子心想，是那個人溫暖了哥哥，讓只知在鐵軌上奔馳的哥哥，不至於凍結。

那個人，或許能改變哥哥。

愼介退掉公寓，搬到慶子的公寓跟她同居，是半個月後的事。

那年五月，愼介挺進司法測驗的第二次考試，七月通過論文測驗。十月收到最後一關的口試也順利通過的喜訊時，恰恰是他的生日。

「我好像脫胎換骨了。」他感嘆道。

哥哥在最後關頭總算突破難關，範子感到很驕傲。如果今年再度落榜，他恐怕就得死心。國分家經營小型印刷廠，由於人手不足和業界的激烈競爭，生意一年比一年糟。

早年過六旬的父親，和一直以這個自小聰穎過人的長子爲傲的母親，都陷入空前的狂喜。這份喜悅的底層，夾雜著明顯的安心，範子略微苦笑，但並不想拿這件事消遣雙親。

這段期間，範子曾數次與慶子見面。可是，考取後，愼介仍無意帶慶子帶回老家，正式介紹給雙親。她終於忍不住催促，哥哥卻表示「現在手忙腳亂，還不是時候」。

即使如此，範子還是試著探聽父母是否從哥哥那裡聽說什麼，然而，兩人似乎毫無所悉。哥哥大概是害羞吧，她不禁莞爾。可是，聽到母親說出下面這段話時，她隱約產生不祥的預感。

「我們家的經濟狀況眞的相當辛苦，這一年來，愼介表示不需要我們寄錢給他，眞的幫了大忙。」

不需要家裡寄錢。這樣是很好，只是，他爲何沒有解釋原由呢？是跟女人同居，接受照顧，不好意思明講嗎？那麼，考取後，首先就該帶慶子回家，表達對她的感激才對吧……

如今回想，父母應該隱約察覺到了吧。哥哥的公寓退租，地址和電話號碼當然會改。或者，母親打電話過去時，慶子也曾接到。

可是，範子不打算戳破，把好好的情況毀掉。

總覺得嗅到一種腐敗的氣息。沒多久，範子就發現她的直覺沒錯。

充斥華麗會場的笑語喧譁中，範子背門而立，不知不覺咬緊唇。

託關沼慶子的福，此刻，哥哥才能站在金屏風前大肆慶祝。

正因哥哥欺騙她、利用她，在最困苦的境況下接受她的資助與照顧。

到頭來，哥哥卻輕易拋棄她，像脫離大氣層的太空梭，斷然甩掉不再需要的燃料筒。

「結婚不過是攀升人生階梯的一個踏板，我可不能隨便浪費。」

哥哥那副吹噓的嘴臉，範子終生難忘。

當慎介表示已跟慶子分手時，範子有生以來第一次萌生幾近殺意的憤怒。果然，哥哥並未洗心革面。這個人，這個應該和我血脈相連的男人，打一開始就不安好心。

「慶子唯一有的就是錢，只是腦袋空空的暴發戶。」

今年正月，範子才曉得一切都是計畫好的。當時，哥哥的朋友小川，帶著新婚妻子和惠，來位於稻毛的家中作客。

小川和惠，以前是關沼慶子的同事，十分瞭解慶子。說她錢多得令人咋舌，是個窮極無聊的千金大小姐，只要能順利引她上鉤，頗有利用價值。

「不許下具體的結婚承諾，到時就有辦法抵賴脫身。對方畢竟是當地名門大戶的女兒，鬧開只會損及顏面，一定會摸摸鼻子自認倒楣，沒什麼大不了的啦。」

沒什麼大不了的啦。

就這麼簡單。

實際上，慶子確實沒大吵大鬧，悄然消失。

不久，慎介結交新歡，那個女孩就是今天的新娘。藉由大學同系的學長居中介紹，兩人等於是透過相親撮合。

不過，如果愼介沒考取，依舊過著拮据的生活，專心準備考試而沒工作，想來不會有人介紹這樁婚事。約莫是看在他是前途有望的律師預備軍，新娘的父母才勉強不計較兩家地位的差距。

同時，哥哥選擇那個女孩的理由，範子也心知肚明。因爲她父親是在丸之內高級地段開設大型事務所的律師，母親娘家有親戚擔任最高法院法官。相較之下，關沼慶子只不過是有錢人家的女兒。可是，那個女孩不同，除了有錢，還有龐大的附加價値，哥哥才會選擇她，今天跟她並肩站在金屛風前。

一切全是經過算計、算計、再算計。

「我好像脫胎換骨了。」

哥哥這麼說道。一點也沒錯，脫胎換骨，從此不再是人。

有人用力拉她的袖子，範子回過神。只見母親一臉不悅地看著她。

「他們就要回來了，快回位子坐好。」

宛如經過精準的計算，燈光霎時熄滅，音樂流瀉而出。

時鐘的指針，移向九點。

六

一打開葡萄酒吧「白貓」的門，首先飛入耳中的，是巨大的歡呼聲。占領頭等包廂的團體客，正在拉響拉砲用力鼓掌。

看樣子，是慶祝新婚的派對。今天是大安的黃道吉日嗎？或許是這樣，明明是週日夜晚，銀座這一類的店卻意外擁擠……修治茫然想著，突然憶起關沼慶子提過，今晚要參加朋友的喜宴。

對，所以她才會拒絕我。

「喜宴結束還要續攤，可能很晚才能離開。」

彷彿要搶先阻止他的盤算，慶子這麼解釋。

「是以前的同事結婚。還在公司時我們很熟，一定得出席。」

「晚上吃喜酒嗎？眞稀奇。」

「最近這樣的情形很多，還能俯瞰東京夜景嘛。」

修治發現，當時慶子的表情有點僵硬、不自然，一邊交談卻刻意迴避他的眼睛。在女人看來，朋友結婚是一樁喜訊，同時也會勾起某種不愉快的情緒吧，於是他沒再多問。

話說回來，關沼小姐到底幾歲？二十六、七歲吧。她第一次踏進「漁人俱樂部」時，一起站在收銀櫃檯的同事說：「那種女人年紀往往出乎意料地大。依我的直覺，應該有三十一了吧。」不過，那小子的直覺，一向不怎麼靠得住。

依入口處的指示牌，店內分成三層樓。分別是半地下的吧台區，一樓的包廂區，和二樓的卡座區。修治決定先去吧台瞧瞧，剛要下樓，野上裕美恰巧走上樓梯。

見到修治，她顯得相當驚訝。霎時，修治以爲遭到惡整，搞不好裕美一開口，會說：「哎呀，佐倉先生，你怎麼會在這裡？」

可是，她是這麼說的：「還以爲你不會來。」

裕美選擇靠窗的位子。銀座夜晚華麗的喧囂流過腳邊。行道樹的銀杏葉，在坐下的修治手肘高度搖曳。

一坐下來，裕美就喋喋不休，彷彿擔心會冷場，拿起酒杯卻幾乎無暇沾唇。她說個不停，不知不覺中又把酒杯放回桌上，絮絮叨叨工作的事、路上遇到的可笑情侶、還沒看完的書……

這是眞的嗎？修治有些懷疑。裕美近看眞的很可愛，給人一種「剛出爐」的感覺。打個比方，就像一塵不染的布、才摘下的花、剛縫製好的衣服，這樣的女孩眞的會想跟我交往嗎？

「織口先生是怎麼說的？」

裕美一副順便提起的表情，彷彿只是在稱讚「這道菜眞好吃」。

「嗯……」

「抱歉，你嚇到了吧。」

「倒不至於。」修治心想，好像太自大了。「不，呃……也不是完全不至於。」

裕美噗哧一笑，總算放鬆臉頰。

「其實，我啊，也不希望搞得和相親一樣。可是，佐倉先生，你很忙吧？我一直找不到機會邀你出來……」

「我沒那麼忙啦。」

「眞的嗎？不過，你晚上還要寫稿吧？」

修治差點噴出酒。「妳怎麼知道？」

「聽織口先生說的，不行嗎？」

不是不行，但修治不太想讓別人知道。寫小說不是什麼有趣的話題，通常只會遭到取笑。

「你大學沒念完，也是想寫小說的緣故？」

「不，那倒不是。」

「佐倉先生，你從不談自己的事吧？什麼都不知道，會讓人感覺很疏遠。」

修治笑著聳聳肩。

「我沒什麼可說的……」

修治出生在房總海岸一個小漁村。家族代代打魚，到修治的祖父這一代，附近地區逐漸開發，無法單靠打魚維生。於是，修治的父親三十歲後，趁著某大型化學工廠在當地設廠提供補償金的機會，索性放棄漁業，搬到市內經營小飯館。

生意順利上軌道，一家人賴此維生至今。一家四口，除了父母，修治還有一個小四歲的妹妹。從當地高中畢業前，每天早上都是父親發動輕型摩托車，去市場買菜的的引擎聲吵醒他。

兩年前，修治二十歲的春天，父親去世，年僅五十一歲。死因是腦中風，非常突然。父親太過乾脆的死法，影響修治的心態，促使他離開大學。

「我不曉得令尊過世了。」

裕美搖晃著還剩一半的葡萄酒低語。

「當然。兩年前妳還沒來『漁人俱樂部』上班吧？我也在別的地方打工。」

修治一邊念大學，一邊受僱在小學生的補習班當導師。他參加社團活動，恰如其分地上課，恰如其分地翹課，算是十分普通的大學生，自認過著愉快的學生生活。

可是，在心中一隅，修治總覺得有點空虛。他念的是經濟學，成績還過得去。雖然進不了一流企業，應該可混進中等規模的公司，做一個安分的上班族──他能夠預見這樣的未來。

斷斷續續地習作，或許是想堵住這種趁隙而入的疑慮。原本無處發表，也不打算投稿，只是漫無頭緒地寫著。可是，這樣坐在桌前構思故事時，比任何時候都快樂。

「小時候我就想過要當作家。」

當然，那是虛幻的夢想。最早萌生這個念頭時，修治在念國中，妹妹還在上小學。妹妹體弱多病，常常請假在家休養，他習慣編各種故事說給妹妹聽。這也是妹妹最大的樂趣，甚至勝過看電視卡通和雜誌上的連載少女漫畫。

「你都編怎樣的故事？」裕美微笑著問。

「小朋友的冒險故事。」修治露出笑容。「像《金銀島》，或《我們這一班》（註）之類的。」

註：*Das Fliegende klassenzimmer*，爲德國作家艾瑞克．卡斯特納（Erich Kästner）所著的少年冒險故事，曾改拍成電影。

她喜歡那種故事，我就編一些類似的情節……」

上大學後寫的文章，等於是那類「故事」的延長習作。

「那麼，算是童話嘍？」

「嗯……硬要分類也算吧，不過我不是專門寫給孩童。不論大人或孩童，只要讀者覺得有趣就行。」

「像《金銀島》那樣？」

「對，像《金銀島》那樣。」

修治點點頭，綻開一笑。

「這時，我爸問：『兒子，現在的生活，你眞的滿足嗎？』」

如今回想，或許那是一種死前預兆。那個春天，父親臨終前，修治利用連假返鄉。由於沒什麼特別的事，父母還嚇一跳。

「他們問我發生什麼事，我說『沒什麼啊』……那晚，我跟爸爸一起喝酒。」

父子倆有一搭沒一搭、天南地北聊著，突然提起附近鄰居。那戶人家的獨生子和修治一樣，在東京上大學，卻罹患精神衰弱，住進醫院。

「我是不太清楚啦，不過他似乎有不少煩惱。」

父親皺著眉，慢條斯理地啜著杯中酒。

「比起我們的時代，現在社會複雜許多。修治，不要想得太嚴肅，好好做你想做的事情就行。有時明知繼續往前走會是一條康莊大道，但不妨漫無目的地試著在眼前拐個彎……人啊，有這麼一點要帥的心情，也不會有損失。」

彷彿受到這句話誘使，修治忍不住吐露——其實，我在寫小說……

「沒想到，我爸居然很高興。我嚇一跳，真的非常驚訝。」

「沒什麼不好，加油……」父親鼓勵道。

「有時在大學上課，會想趕快結束這種無聊把戲，回去寫稿子。這麼一說，他竟笑著回應『那退學也可以』，我簡直無法相信。」

如今回想，父親或許早看穿以修治的性格，根本不適合念經濟學。

「可是，當作家相當不容易。沒才華固然不行，更重要的是得有運氣。要是我當不成作家，又當不了上班族，最後變成人渣，不是很傷腦筋嗎？最好別在我身上下太大的賭注。」

聽到修治的話，父親突然一臉正經，口吻充滿奇特的自信：

「這個嘛……你能不能成為作家，我不知道。不過，你絕對不可能變成人渣。不管怎樣，你都不會變成製造麻煩的人，我敢保證。」

沒問題，你放心吧——父親斬釘截鐵地說。

「雖然毫無根據，他這樣打包票，我頓時肩膀一鬆，忍不住脫口而出：『好，爸，那我就當作家。』」

不料半個月後，父親便猝然去世。

「我的確受到很大的打擊，不過更重要的是，一想到那次的談話竟變成我爸的遺言，就感到責任重大。妳不這麼認為嗎？有過約定的對象死掉了，就再也不能違背那個約定。我驚慌地想：爸，你眞是讓我揹上一個不得了的責任。」

父親的意外死亡，也對家人的生活造成影響。雖然僱用新人後，勉強維持住店裡的生意，可是在一切上軌道前，家計變得十分拮据。

「所以，我退學了。省下我的學費和生活費，家裡的經濟狀況會大不相同。勉強硬撐下去，當然也可不用退學，但支撐我辛苦留在大學的意義，我已找不到。於是，我告訴自己：沒關係，反正我遲早要當作家，一邊工作一邊寫作不是挺好？」

修治苦笑。

「不過，我媽臭罵我一頓，叫我不要懵了心說瞎話。懵了心說瞎話耶，很古老的說法吧。」

裕美默默低頭凝視酒杯，嘴唇彎出一道柔和的弧形。

「只是，我想寫的小說，就各種角度來看都頗困難，又沒有明確的一步登天捷徑。現實是嚴酷的，我常爲這種事向織口先生發牢騷，讓他安慰我。」

「他是工作單位的老爸嘛。」裕美含笑應道。

修治點頭同意，然後，他初次發覺——

對，我會親近織口先生，或許是他在某些方面和過世的父親有點像吧。

裕美漫不經心地把酒杯挪來挪去，「起先，我會去找織口先生商量，是以爲你有女朋友。我想織口先生應該比較清楚，也比較容易詢問。」

「畢竟老爸是順風耳。」

「對對對。」裕美笑了起來。「當時，織口先生一聽就笑著問我：『如果他有女朋友，妳就要放棄嗎？這麼逆來順受不行啦，一定要有橫刀奪愛的決心。』」

他眞會出主意。

「所以，他才告訴我，你的行蹤難以掌握，是正在努力成爲作家，假日和晚上都在寫稿。然後，他又補上一句：『這年頭就算拚命寫稿也當不成作家，應該談談戀愛。野上小姐，妳要加油。』你聽了可別生氣，這些都是織口先生說的喔。」

「那個歐吉桑，居然說出這種話……」

修治不禁一笑。織口的話不無道理，實際上，即使成天趴在桌前，也想不出有趣的故事。

話說回來，還眞是不能大意。他和織口關係親近到會互相交換「祕密」，明明答應絕對不告訴外人，織口卻這麼輕易透露。

只是，嚴格說來，織口心中的祕密，和修治的有天壤之別。儘管他抖出修治的祕密，修治也完全沒有洩密報復的念頭。

這時，店內廣播傳來修治的名字。

「見到野上小姐了嗎？」

是織口打來的電話。修治東張西望，沒能找到時鐘，但不管怎樣，應該都已過九點。

「你沒趕上快車嗎？」

「開玩笑。當然準時搭上車，我是從車上打的。」

可是，以車上的通訊環境，話聲未免太清晰。這麼一提，織口回答：「大概是剛從上野出發的緣故。欸，我擔心你們沒見到面。」

「我們正一起喝酒。」

「眞是太好了。」

「織口先生，你不遵守約定喔。」

「怎麼？」

「我在寫小說的事，你告訴她了吧？」

織口輕聲一笑。「抱歉、抱歉。野上小姐想太多，非常擔心。她認為你下班後很少跟同事一起喝酒，總是立刻回家，一定是有女朋友。」

「我倒不覺得自己這麼不合群。」

「不論好事或壞事，戀愛中的女人都會小題大作。她也很在意關沼慶子小姐，還打聽她是不是你的女朋友。」

「關沼小姐只是客人。」

今晚邀她遭拒的事，還是別告訴織口吧。

「那麼，你最好明白告訴野上小姐。畢竟關沼小姐是美女，讓人家提心吊膽未免太可憐。」

聽著織口的話，修治一邊豎耳留意他背後的動靜。的確，如果距離不是那麼遠，即使從列車上打電話，也能聽得清楚。可是，修治總覺得氣氛有點不對勁，難以釋懷。

這麼描述可能有些奇怪，但織口的話聲沒有搖晃，感受不到他的腳下正在晃動。

「好，那我就不打擾你們。」

織口剛要結束通話，修治連忙追問：「織口先生，明天幾點開庭？」

「啊？」
「那場官司，是幾點開始？」
「十點半……」
「我記得還在進行證人訊問吧。」
「沒錯，繼續上一次的流程。」
上次開庭是在一個月前。記得織口提過，由於發生預期外的糾紛，這次硬是縮短間隔，把日期提前。
「好，我要掛了。你那邊聽得很清楚嗎？我這邊倒是愈來愈模糊。晚安。」
電話掛斷。修治拿著話筒，再度環顧四周後，向經過身旁的店員詢問時間。
「現在是九點四十分。」
織口不可能沒搭上電車。他應該已離開上野車站，正在前往北方的路上。
他不可能沒搭上車。
而且，就算織口沒搭那班車又怎樣？根本不會造成任何問題。若是厭倦旁聽那樣的審判，想稍微休息，卻不願告訴修治，也沒什麼好奇怪的——約莫是怕修治認爲他失去熱情吧，不過是如此。
可是，爲什麼修治會這麼在意？

七

電話亭的地板上，散落著五顏六色的廣告傳單，幾乎都是針對上班族的金融貸款廣告。掛回話筒，織口邦男踩著那些傳單走出亭外。

時間已過九點四十分。九點從上野車站出發的快車，不曉得走到哪裡？之前去金澤，他從沒搭過臥鋪夜車，沒什麼概念。

通話聽得很清楚，修治大概覺得有些奇怪。這一點，織口不太放心。明知打電話反倒會引起修治的懷疑，但他就是想確認一下，兩人是不是正在共度愉快的一晚。

他希望今晚修治能和野上裕美在一起，非如此不可。撇開兩人會不會相擁至天明不談，至少約會愉快，結束後修治就不會臨時起意跑去找關沼慶子。所以，非如此不可。

不管怎樣，今晚不能讓任何人接近關沼慶子。

織口佇立在小型兒童公園角落的電話亭旁。斜對面，聳立著一棟貼著紅磚色磁磚的七層公寓。那棟公寓的六〇四室，就是關沼慶子的住所。

織口和修治，是在距今兩個月前認識關沼慶子。當時，她突然隻身造訪「漁人俱樂部」，而且是來買奇特的東西。

她要買的，是鉛板。

「哎，不是有種像是鉛製的板子，能自由切割變換大小嗎？我在賣場找過，可是找不到。」

所謂的鉛板，也稱爲板錘。釣淡水魚——尤其是鯽魚這種小魚，附有號數的鉛錘太重，會將板狀的鉛塊切割使用。

無論如何，這都不像外表和釣魚扯不上關係的慶子，會來買的東西。

當時，修治待在收銀櫃檯，織口在替身後架上陳列的攜帶式冰桶撢灰。慶子一發話，兩人不禁面面相覷。

大概是察覺兩人的納悶，慶子補上一句：「我也不太清楚，是別人託我買的。」

織口立刻取來鉛板。看到包裝的小袋子，慶子說：「沒有更大的嗎？」

修治瞄織口一眼，詢問：「您要用來做什麼？」

慶子頓時驚慌失措，「做什麼……我也不知道。因爲我只是受託來買的。」

「這樣的話，一小袋應該足夠。」

「有點麻煩耶……對方需要很多。」

織口不慌不忙地問：「那需要多少？」

「兩袋……不，給我三袋吧。我住的地方滿遠，懶得再跑一趟。」

織口拿來裝鉛板的袋子，修治打收銀機結帳。期間，慶子不安地動著腳尖。她垂下頭，表情十分陰鬱。

「好奇怪的客人。」

「眞的是別人託她來買的嗎？」修治也側首不解。

「大概是家裡有小朋友，要用自己削的竹竿去釣魚。」

「她有小孩？看起來不像。」

「搞不好是鄰居的小孩。」

修治笑不出來，「不會有事吧。」

「沒什麼好擔心的啦。用那玩意能幹麼？」

「可是，鉛不是有毒嗎？」

見修治一臉擔心，織口笑道：「只要不塞進喉嚨，導致窒息，那種玩意殺不死人。」

「不過，她到底想拿來做什麼？」

「或許是當紙鎮。」

織口眞的看成小事一樁，一起待在收銀櫃檯的同事，也僅注意到慶子的美貌與年齡，唯獨修治耿耿於懷。

「她還特意強調住在很遠的地方，表示可能就住在附近。糟糕……我有一種不妙的預感。」

「你的想像力也太豐富。」

然而，至少在某部分，修治的直覺猜中。幾天後的週末，北荒川分店將和該區的兒童會，共同主辦兒童釣魚大賽，修治開著店裡的箱形車要把借給大賽用的道具送去，就在距離分店只有兩個公車站牌的某棟紅磚色公寓，看到慶子走出來。

「怎會有這麼巧的事，」修治如此說過：「對方也看到我，神情十分僵硬。」

修治從駕駛座喊她，像在路上遇到老主顧那樣打招呼時，慶子非常困窘。當然，想必是謊話拆穿，她感到很尷尬吧。

「前幾天買的鉛板夠用嗎？」修治試探著問，「我們都覺得很不可思議，不曉得您要用在哪裡。鉛對人體有害，總不可能拿來修漏水的管線吧。」

當時，慶子丟下一句「夠用」就快步離去。不過，第二天她又來到店裡。

那時，是織口值收銀櫃檯。

「你們的年輕店員，似乎很擔心我買鉛板要做什麼，所以我來解釋一下。」

慶子笑著這麼說。於是，織口找來在倉庫工作的修治，一起爲冒犯客人道歉。慶子婉拒他們的謝罪，始終笑臉盈盈。

「我會扯那種謊，是不希望隨口說出的話遭到誤解。其實，我在玩射擊運動……」

慶子解釋，鉛板是要用來保持霰彈槍的槍管平衡。

「不過，大剌剌地說出來，我有點排斥。依安全上的考量，最好也不要提到擁有槍枝。不過，那樣反倒引起你們懷疑。」

搞半天，原來是一場笑話，修治頻頻道歉。可是，事後他卻告訴織口：「那位客人來買鉛板時的表情，似乎有什麼煩惱。」

「別想太多。」織口一笑，把後面的話吞回肚裡。他原本要說：想不開的人，不見得會將鬱悶寫在臉上，壓抑得愈深愈不會表露……通常都是這樣。

同時，織口的「黑暗計畫」，從此開始——未完成的拼圖的最後一片，竟掉落在這種地方……

關沼慶子擁有獵槍。

怎樣才能跟她拉近距離？

這是第一個難關。面對時髦亮麗的慶子，修治似乎多少有一些興趣，但織口覺得要利用修治搭線相當困難。畢竟修治年紀比她小，兩人站在一起也不匹配。

幸運的是，爲了挽回失去的面子，慶子變得十分積極，還來觀賞週末的兒童釣魚大賽。她看上去頗開心，不時揚聲大笑。身爲初學者，她和小朋友打成一片，也拿起釣竿坐在池畔。織口和修治就是在這段期間得知她的名字。

看著慶子敞開心房和修治交談的情景，織口暗自竊喜。說起來，店員和常客拉近關係根本不足爲奇，「漁人俱樂部」做的就是外向的生意。

那天，大賽結束後，慶子受邀加入店員的慶功宴。織口很高興，事態完美地朝著他期盼的方向進行。

慶子一個人住，剛辭去工作。據說是有錢人家的女兒，即使不工作仍衣食無缺。這些是從她的言談之間拼湊出來的。在比修治年長的店員中，有人對她產生興趣，她也跟大家打成一片。

之後，慶子常來店裡。有時會算準午休時間造訪，邀修治共進午餐。雖然遭同事消遣，修治倒也滿高興的。

這一切，織口都默默看在眼裡。

「這個星期日，公休的前一天，店裡的一票小夥子打算殺去剛開幕的啤酒屋。妳要不要一起去？」

三天前，織口用這番說辭打探慶子的行程。傍晚慶子突然出現，買了在修治影響下開始閱讀的釣魚專業周刊。

如果慶子說「不錯耶，我也參加吧」，當然是最好。他只要邀幾個同事去啤酒屋，散會後再主動表示要送她回公寓就行。

萬一慶子回答「不行，很遺憾我那天有事」也無所謂，不露痕跡地探聽出是什麼事即可。

慶子的答覆是後者，她要出席朋友的婚宴。

「那麼，你們會整晚慶祝，並鬧洞房嘍。」

織口掩飾著失望問道，沒想到慶子卻一臉落寞。

「那樣太累了，我會提早回家。」

她幽幽低語，刻意避開織口的目光。

朋友結婚，應該會勾起女性微妙的情緒吧。慶子無心參加慶祝，要一個人悄悄回家。織口是這麼解釋她的憂鬱。

同時，他對那天安排這種節目的命運之神，偷偷獻上感激。

今後應該還有機會，不論在官司結束前，甚至是在宣布判決後——那些人說不定會上訴，這表示時間多得用不完。

可是，既然下定決心，織口希望盡量早點解決。只要做好準備，隨時都能採取行動。

現在條件已齊全。

因此，織口才會獨自等待慶子回家，等待她回來，等她……

以及她槍櫃的鑰匙。

騙修治要搭夜車，特意將野上裕美的約會安排在今晚，都是不希望修治阻撓的緣故。不，不僅是修治，也不希望其他人捲入。織口的確是這麼想。

唯有慶子……這麼做是逼不得已。雖然感到抱歉，卻別無選擇。不過，織口不打算傷害她。只是，在一切結束前，希望任何人都無法找到他，不得不讓慶子昏睡到明天中午。

後褲袋裡，藏著沾有哥羅芳麻醉劑的手帕。輕輕一碰，裝手帕的塑膠袋發出沙沙聲。

時間還早，慶子尚未回來。這是個安靜的住宅區，居民都窩在家中的客廳，伸展手腳享受家居時光。明天起又是嶄新的一週，他們在家養精蓄銳，想必看都不會看窗外吧。

家家戶戶的窗口流瀉出明亮的燈光，路上卻沒半個人。至少，此刻還能視為一種團圓和樂的象徵。

接下來要做的，是爲了維護這樣的團圓和樂非做不可的事。如果現在不親自完成這個任務，遲早有一天，家家戶戶門窗緊閉的景象，將不再是和平的象徵，而會變成一種防禦體制……遲早有一天，並且，就在不久的將來。

織口感到一陣壯士出征前的激動，不禁微微一笑。過於小題大作不是好事，訂正一下，這純粹是個人的事，要清算私人恩怨。

一陣微風拂過他單薄襯衫的領口。

馬上就要十點，織口的這一夜漫無止境。

八

她無法動彈。

喜宴會場隱隱傳來熱鬧的歡呼和掌聲。音樂流淌而出，換好衣裝的新郎和新娘再次入場，穿梭於每張賓客桌前，點燃淺粉色的蠟燭——明明可以想見這幅景象，慶子卻無法動彈。手中的槍突然變得沉重又巨大，根本沒辦法掌握，拿都拿不起來。她恐怕一輩子都走不出去，一切就要無疾而終。

今晚這個計畫的導火線，是一封信。收到信的當天，慶子立刻著手準備。那是兩個月前的事。

國分愼介先生要結婚了。

內容是由這一句話起頭。

婚禮的地點、時間、流程安排如下，喜宴會場「芙蓉廳」所在的配置圖也隨信附上。

如同內容所述，信中附有簡單的婚禮流程表，及飯店爲賓客印製的空間配置圖。

跟妳分手時的種種糾紛，令國分先生傷得很重。

信上又如此寫道：

妳應該也一樣吧。不過，國分先生將要站上嶄新的人生舞台。畢竟曾兩心相許，妳不妨來參加他的婚禮，向他道聲「恭喜」，相信妳會因此得到救贖。如果妳擔心周遭的眼光，可參考配置圖，從側門偷偷進場。

看完信，慶子壓下想把信撕得粉碎、立刻扔掉的衝動。

比起憤怒、目瞪口呆，對方任性、自私到極點的口吻，更教人想吐。她顫抖著雙手，緩緩摺好信，重新確認寄信人的名字。

小川和惠。

對於這個人，慶子只剩一句話可說。實際上，她也真的低聲脫口：下地獄吧。

去年冬季結束，國分與她分手。

通過考試、成為司法實習生後，國分的態度有了微妙的轉變，慶子也發現異狀。在慶子面前，國分鮮少再露出安穩自在的神情。他總推託忙碌，不待在慶子的公寓。連星期日也不肯和慶子一起度過。

起先，慶子解釋為，他可能是考取後鬆一口氣，頓感疲憊。實際上，的確有許多行程不得不去履行，國分大概很忙，等過一陣子安頓下來，便會恢復原樣。「等這個秋天通過考試，就回我家過年，我要把妳介紹給父母。然後，我們再去妳家。我還得拜託妳哥哥，把妳交給我。」這是兩人吃飯、枕邊細語之際許下的承諾。一定會實現，她這麼想。

不，不是這麼想，是她堅信。

第一次起衝突，是在十一月底。見國分經常出門，慶子隨口問錢夠不夠用，沒想到他臉色驟變，勃然大怒。

「拜託妳，不要再把我當成吃軟飯的看待！」

慶子啞口無言。過去這段日子，國分的生活無一不是慶子在打點，當然也得注意他缺不缺錢。以往她問過多次相同的問題，爲何他會突然生氣？

「我什麼時候把你當成吃軟飯的？」

「妳明明一直都是這樣。」

「我哪有……」

「眞是個沒神經的女人，妳自己根本沒發現吧。」

慶子氣昏頭，雙方爆發激烈爭吵。可是，不到十分鐘，國分輕蔑地撂下一句話，便衝出公寓，當晚終究沒回來。

慶子輾轉反側，頻頻回想他撂下的那句話。

「我們之間完了。」

翌日，慶子下班回來，國分的行李從公寓消失，連一張紙條都沒留。

接下來那一陣子，她根本無從知曉國分的行蹤。即使按捺著心虛，打電話到他的老家，也得不到明確的回答。

「咦，哪個關沼小姐？」對方如此反問，慶子只覺得更窩囊。

唯有一次，湊巧是國分的妹妹範子接的。她解釋現況後，範子半晌說不出話。

「妳怎麼了？」

「抱歉……我實在太驚訝。哥哥一直沒回來。上次說要回來，過年後就沒消息……我還以為，他跟慶子姊在一起……」

範子的驚訝並非演戲，慶子總算獲得一絲安慰。至少範子承認哥哥和她的關係，曾衷心為他們的交往感到高興。

然而，不久後，慶子就從同事小川和惠的口中得知，國分慎介交到新的女朋友。

「原來你們鬧翻了啊。」

那個花言巧語的女人，一臉擔心地這麼說。直到現在，慶子仍對自己的天眞怒不可遏。當時，如果她仔細觀察和惠的表情，早該發現和惠的眼底藏著揶揄的光芒。

後來，只剩下一場不可自拔的混亂爛仗。回想起來，慶子的太陽穴仍不禁緊繃。

與國分關係的決定性破裂，是在聖誕夜那晚。國分找慶子出來，說要做個了斷，起先是在咖啡店內談，慶子克制不住情緒，於是改到外頭。

在寒風呼嘯的駒澤公園，他們談判將近兩小時。會耗這麼久，是慶子鍥而不捨的緣故。國分一心只想和她分手，根本沒什麼好談。

「我受不了妳這種施恩的高傲態度。」

「我哪有施什麼恩，明明是你要這樣認定。」

「妳對著鏡子照照看，一副用錢買到男人的得意嘴臉。」

我不會再跟妳見面，別打擾我的生活。敢來我就叫警察，我女朋友也覺得很恐怖——這些話語宛如炸彈，一個接一個擲向慶子。

「算了吧，像妳這樣的女人，隨便都找得到男人，不要死心眼。妳不是想留住我，只是想回收在我身上投資的錢。最好趁早醒醒。」

國分轉身離開，將慶子拋棄在暗夜中的駒澤公園。最後在巡警的護送下，她才回到公寓。

可是，那只是地獄般生活的開端。

槍管感染到體溫變得溫熱，慶子用力握緊，在廁所的狹小隔間中，佇立不動。

她緩緩嚥下口水，折起槍管，窺探膛室。剛才從皮包拿出來裝填的霰彈黃銅部分，在天花板微弱的照明下，閃過一道光。

上下雙管槍的下方膛室，只裝一發霰彈。一般情況下，要是沒刻意切換，上下雙管槍會先下後上依序出彈。因此，這樣就行了。

紅色塑膠彈殼裡，隱約可見填充的彈丸。小鋼珠那麼大的鉛彈共有九顆，是獵鹿彈。

同時，霰彈的背後，還刻印著「Magnum」（麥格農）。

幾天前，一向只買飛靶射擊專用靶彈的慶子，表示要買這種子彈時，熟識的槍砲店老闆緊張地追問：「妳買這個做什麼？」

「射擊呀，這還用說。」

「別傻了，射擊競技專用子彈就足夠。即使打獵的人也很少用麥格農彈。到底是誰跟妳提的，怎麼會跑出這種念頭。」

「沒有任何人告訴我，我早就想用麥格農彈射擊看看。」

「妳只知其一，不知其二。實際上，妳的槍不能裝填麥格農彈，連這一點妳都不曉得吧。」

「什麼意思？」

「這種麥格農彈，不僅火藥量多，彈殼也比較長，足足有三吋。妳的槍不論是二十號或十二號，膛室的長度都只有二又四分之三吋，根本塞不進去。」

這時，恰巧在場的一名男客幫她說情：

「不是有嬰兒彈嗎？」

這種嬰兒麥格農彈（Baby magnum），彈殼長度同樣是二又四分之三吋，火藥卻增量到一又二分之一盎司。雖然沒有麥格農彈那麼強，但比起標準型子彈已是威力大增，因此稱爲嬰兒麥格農彈。

那位男客，從慶子那裡拿起她的獵槍執照，檢視過上面記載的兩把槍規格後，露出白齒一笑。

「這種規格，用嬰兒彈就能射擊。如果是輕合金做的action receiver自動槍就沒辦法了。剛好我要買一盒，小姐，妳就拿一、兩顆走吧。不過，一定要小心射擊，後座力很強。」

「每個人都會有那麼一、兩次產生這種念頭，誤以爲用重一點的子彈就能提高命中率，即使你勉強阻止也沒用。否則她去別的地方買還是一樣，反而更危險。」那位男客如此說服老闆，並把他自己買的嬰兒麥格農彈，分給慶子一顆。

「妳要小心射擊喔。」他再三叮嚀。

「好，我會小心射擊。」慶子接過鮮紅色的子彈，感激地回答。

爲了成功完成這次的計畫，得有威力十足的子彈，才能確保不會失誤。可以順利弄到手，她不禁對於神的庇祐感到諷刺。

——然而，到了開槍的最後階段，我竟渾身凍結。

喜宴會場那邊，音樂已停止，只能斷續聽見喧鬧聲。一下是司儀，一下換成另一個人。起先是男聲，接著是女聲。

是小川和惠，慶子頓時睜開眼。

「國分先生和外子大學時代就是損友，他們還較量過看誰將來能娶到美女爲妻。在座的各位，認爲是哪一邊獲勝呢？」

會場響起一陣笑聲。

「今天，我就把勝利禮讓給新娘……」

傳來零零落落的掌聲。

眼前浮現和惠裝扮得花枝招展、挽著丈夫的模樣。

——虧我還把她當成朋友。

和國分分手後，慶子向和惠傾訴一切，甚至在她面前伏身大哭。和惠也裝出安慰傷心好友的樣子。

讓她看到事情眞相的，是國分的妹妹範子。過完年範子打電話來，說有件事一定要告訴她。

「我們應該沒話可說了吧？何況，要是跟我見面，小心會挨妳哥罵。」

聽到這句話，範子似乎快哭出來：「不只是我哥的事。我也不喜歡打小報告，可是我實在看不下去。不，我認為不能坐視不管。」

於是，範子告訴她，從一開始這就是騙局。

「妳有個叫小川和惠的朋友吧？好像就是那個人設計的。她說慶子姊很有錢，可以利用。不過……我哥居然會接受這種計畫……我……對不起。」

聽著範子逐漸低沉的沙啞話聲，慶子只說「算了」便掛斷。

當時貿易公司的同事，不曉得是怎麼看待關沼慶子和小川和惠的糾紛？總之，慶子忍無可忍，先是在工作單位出言不遜，最後在家裡跟和惠攤牌。和惠大概是怕慶子氣憤之餘會拿刀砍她，把丈夫也一起帶來。

「我不會亂來。不過，關於國分的事，我打算透過法律途徑解決。所以，我認為應該通知你們一聲。畢竟和你們有關。」

「妳想打官司？未免太可笑，這樣只會自取其辱。」

和惠揚起下巴繼續道。

「像妳這種令人不快的女人，就算打官司，也沒人會支持妳。妳知道公司裡的人都喊妳什麼嗎？鍍金的母豬耶。妳啊，雖然全身珠光寶氣，腦袋卻空空如也。」

「既然這麼討厭我，妳為何要跟我來往？」

「誰教妳有錢哪。妳不是一向出手大方？我可要提醒妳，即使眞如妳所說，國分和我是大爛人，靠金錢的力量吸引我們這些大爛人，在我們面前擺出女王姿態的也是妳。所以，妳比我們更爛。妳乾脆專門用錢收買人吧。像妳這樣的人，只有貪圖錢的人才會接近妳，畢竟除此之外妳什麼都沒有。」

慶子把兩人轟出去，隨手抓起屋裡的物品就往牆上亂砸，甚至氣得推倒桌子、踢壞東西。國分究竟哪裡吸引她？並非因爲他是習慣依賴情人的大少爺，而是因爲他和哥哥一樣，是靠自己雙腳牢牢站立、睥睨世間的男人──至少看起來是如此，她才會爲他付出一切，甘願幫他實現夢想？以爲他會代替哥哥保護她，才甘心照顧他？

跟和惠成爲好友，又是爲什麼？慶子怎麼沒能看穿那女人的本性？同樣也是因爲，儘管是表面工夫，最起碼她常常掛念慶子、縱容慶子撒嬌、關心慶子，這讓慶子很愉快，所以與她玩樂時、與她在一起時，慶子總是不惜一擲千金……

不過是希望別人在乎我而已。

「像妳這種人，除了錢就沒別的，只會吸引爛人接近。」

這句話，至今仍在慶子耳畔縈繞不去。

慶子決定不採取法律途徑，家人一無所知。即使出庭，法官能爲她裁決什麼？縱使她贏得官司，成功讓國分賠償之前花在他身上的錢，又能怎樣？

最後等於是在大庭廣眾下承認，只有錢能證明她的存在價値。國分和小川和惠一定會笑不可抑地走出法庭吧。

慶子辭去工作，好幾天、好幾週，呆呆凝望著牆壁度日。她不斷想著該如何自處，該怎樣才能重新振作，宛如野獸躲在洞窟深處，舔舐著傷口等待康復。

就在這時候，她收到那封信。

看到寄信人的名字時，慶子知道，和惠打算嘲笑她到底。和惠算準慶子不可能出席，才敢如此坦然自若地寄這種東西給她。

既然這樣，我偏要迎戰，用我的方式做一個了斷。

那些人還沒發現，他們對慶子的所作所爲中，最殘酷的是什麼。

遭到國分跟和惠背叛，慶子已不在乎。眞正擊潰慶子的，是他們讓她覺得自己只配吸引那種爛人，導致她的自我價值觀崩塌。

對於今後可能邂逅的人、或許還能去愛的人，慶子再也無法虛心看待。她忍不住會想，搞不好對方又是和國分一樣的男人。

——只有這種爛人，才會看上慶子。

所以，她擬定這次的計畫。

不知不覺中，慶子哭了。她流著淚，甚至不明白是爲誰而哭。滴落唇上的鹹澀淚水，令她回過神。

慶子聽見司儀的話聲，搭配著吊人胃口的美妙音樂。

「現在，新郎和新娘要獻花給雙方家長……」

眨眼抖落淚水，慶子一陣發顫。婚禮接近尾聲，只剩下一點時間。

那個男人，正洋洋得意地把花束遞給雙親。他是孝順的兒子、家族的驕傲，而且，照這樣下去，他將來會變成律師，說不定還會替慶子這種遭到背叛的女人主持公道，接下委託，揪舉負心漢。

——被告背叛原告的信賴。

慶子的手恢復力量。

——利用原告的好感，接近原告。

她拿得起槍了。

——這是不可饒恕的罪行。

她移動雙腳，向前跨出。

猶豫和膽怯消失無蹤，宛如酒精汽化，在穿透慶子肌膚的瞬間煙消霧散，只留下冰冷的決定。

慶子抱著槍，走出廁所隔間。洗手間和化妝室空無一人，什麼都聽不見。她小跑步前進，感到頭髮往後飄揚，彷彿騰空飛起，好似勝利女神尼凱即將展翅飛臨戰場。那尊女神雕像沒有頭，不也跟此刻的我極爲吻合嗎？

衝出化妝室，來到走廊。音樂進入最高潮。慶子用力深呼吸，接近門口。打開通往喜宴會場的門，踏出半步，把槍舉至肩膀高度。一、二、三，維持這樣的呼吸節奏。

好，一切就要結束。

這時，眼前的門驟然從內側開啓。

九

呼叫器響起時，他和裕美正要起身前往另一間店。

「漁人俱樂部」的男職員，包括店員在內，全配備呼叫器。由於他們不只販賣釣具，也打理釣魚活動的企畫和招募團體，乃至代爲租船，這是爲了預防萬一發生意外時，能夠緊急召集大家。不過，有時一點小意外也會收到聯絡，所以修治按停呼叫器輕快起身，裕美的表情沒太驚訝。

呼叫他的是店長。看看呼叫器上的顯示號碼，應該是從店裡打來。

公用電話設在很吵的地方，要聽清楚對方的話頗吃力。況且，店長又壓低音量。

「客戶抱怨個不停，非常傷腦筋。」

「到底怎麼回事？」

白天，爲了籌備下週的甩竿競賽，俱樂部的參賽成員進行練習賽，據說用來目測拋擲距離的發煙鉛錘，摻雜許多泛潮、無法點燃的不良品。

「是交野公司那一組，他們社長平時就夠囉唆了，這下更是氣急敗壞，直嚷嚷『如果下週正式比賽也這樣怎麼行』，質問店裡究竟如何保管貨品，還要叫負責人出面。」

站在店長的立場，他堅稱自己是管理設備的負責人，盡力不連累屬下，但對方實在太頑固，不肯讓步。

「不好意思，你能不能來露個臉？抱歉，讓你當替死鬼，可是你比較擅長處理客戶的抱怨。」

「沒關係，我馬上過去。」修治回答。他明白店長的爲人。店長特意來拜託他，一定是眞的很困擾。

修治自認還算瞭解登門抱怨的交野社長。對方本來就喜歡小題大作，約莫不是他嘴上嚷嚷的嚴重狀況。只要主動道歉，對方應該會息怒。

回座後，修治告訴裕美客戶找上門，裕美表示要同行。

「不用了，妳犯不著特地跟去挨罵。」

「你剛才不是說，不是什麼大不了的抱怨嗎？何況，客戶得知你是中斷約會來道歉，也會感受到你的誠意吧？」

那又是另一回事了——雖然這麼想，最後兩人還是一起前往北荒川分店。

如修治所料，其實不是一大堆鉛錘受潮，只有一枚。放低姿態禮貌詢問，立刻查明這一點。然而，面對憤怒的顧客，總不能說「其實只有一枚」。正常情況下，甩竿比賽是要先點燃發煙鉛錘，等裁判揮旗才開始，若是一直無法點燃，不免會影響選手的專注力。以結果來看，確實可能因此無法發揮實力。

修治再三道歉，接下交野社長拿來當證據的受潮鉛錘，仔細檢查。鉛錘外觀並無異樣。今天的練習賽，是在社長位於房總的別墅私人海灘進行，據悉那邊直到今早仍在下雨。修治猜想，或許在比賽的準備階段，有人從盒子拿出一部分鉛錘，隨手放在沙灘上。這玩意跟煙火一樣容易受潮，即使是短短的時間，也會導致難以點火。

交談的過程中，交野社長似乎思考起這樣的可能性，漸漸緩和興師問罪的氣勢。修治把當作樣本收下的受潮鉛錘放入外套口袋，極為客氣、盡量不傷及對方自尊地表示：

「既然發生這種事，最好照您的期望，去倉庫檢查一下。我來帶路，如果您發現什麼問題，儘管告訴我。」

這麼一來，要是對方回答「不，不用了，眞不好意思」，算是十分識趣，交野社長卻說「那就去瞧瞧」。看來我得用力當個馬屁精——修治暗暗苦笑，領頭走出去。

倉庫位於店鋪後面。要繞到運貨口必須先走到室外，於是修治穿過店內，打開後方的門。寬約一公尺的走廊單側，並排放著男職員用的寄物櫃。他打開燈後，繼續前進。

走廊末端有一扇上鎖的門，通往倉庫。門上標示「除了工作人員之外，禁止進入」。交野社長夾在修治和店長中間。修治一在門前站定，店長連忙搶著上前開鎖。

這時，修治隨意望向角落，注意到一個東西。

寄物櫃旁有個大垃圾桶，是不可燃垃圾專用，幾乎已裝滿。上頭扔著一雙帆布鞋。

白底藍線，還滿新的，修治見過這雙鞋。待店長和交野社長踏入倉庫，修治立刻退後，仔細審視帆布鞋。

內底寫著「K. Origuchi」，果然是織口的。修治看他在店內穿過，留下印象。

或許是生長年代的緣故，織口一向不浪費東西。連影印錯誤的廢紙，也絕不會丟棄。這樣的人，怎會扔掉還很新的帆布鞋？修治十分納悶。

兩人在「井波屋」的對話，突然在他腦中甦醒。

——好好跟她去玩，祝你幸福。

聽起來，像是永遠不會再見面。那時，我是這麼說的吧。

織口笑著否認：「我一定會回來。」

可是，織口扔掉鞋子。織口認爲再也不需要，所以扔掉了……

行動勝於雄辯。這是父親唯一教訓過他的話：修治，人哪，是用行動表明一切……

「佐倉老弟，你怎麼啦？」

傳來店長的話聲。修治從白色帆布鞋上移開目光，步入倉庫大門。

「多虧有你，謝謝。」

店長拚命拿手帕擦汗，笑著說。交野社長總算打道回府，時間已過十點。

關掉店內和倉庫的燈，三人前往辦公室。雖然室內無人，物品卻雜然紛陳，莫名有著一股蓬勃生氣，應該是白天殘留下來的吧。

「打擾你們約會，我會遭天譴的。」

店長一揶揄，裕美不禁一笑。

「這表示您眞的很器重佐倉先生，所以我原諒您。」

「哎喲，小倆口好甜蜜。」

北荒川分店的店長是從旅行社挖角過來的，在釣魚方面是超級門外漢，跟熱愛釣魚活動和知識，主動來應徵的職員不同。大家都清楚這一點，不過店長善於用人，十分受擁戴。

「爲了補償我的打擾，今晚我請客。」

「這麼晚了，還有店在營業嗎？今天是星期日耶。」

「偏偏就是有，而且在附近。是我常去的店，我們一起去吧。」

「你覺得呢？」裕美坐著旋轉椅，轉了一圈。

修治不經意望向牆上的白板，只見貼著週二起的值班表。上面也有織口的名字。

「這是第幾次約會？我完全沒發現你們在交往。」店長問。

裕美聳聳肩。「其實，今天是第一次。佐倉先生，對吧？」

「嗯？」

修治答得心不在焉，她的神情有些黯然。

「你怎麼了？從剛才就怪怪的。你在想什麼？」

修治來不及開口，店長就搶白：「欸，我說裕美，妳的確很漂亮、很可愛，不過妳還太嫩了。歐吉桑要給妳一個忠告，千萬不要質問男人。男人哪，最怕受到逼問。」

「眞的假的？」

後來，三人決定前往店長推薦的店。

臨走前，修治轉向寄物櫃，又看一次遭到丟棄的帆布鞋。儘管這麼做也不可能發現什麼，只不過是白操心。

「喂，要走嘍。」

店長催促著修治，關掉天花板的燈，四周頓時一片漆黑。

說來可笑，撇下織口的帆布鞋離去，比起剛在上野與他分手時，在修治的胸口掀起更大的波瀾，彷彿是棄他不顧的心虛。

十

看起來，一切好似慢動作。

大門緩緩開啓，宛如布匹翩然翻飛。隨著門縫愈開愈大，傳出的樂聲漸大，變得清晰可聞。啊，是帕海貝爾的〈卡農〉，她瞬間意識到這一點。

慶子幾乎是反射性地舉起槍，架上肩頭。該不該射擊出現在眼前的人？萬一引起騷動就麻煩了，該不該威脅對方？她並無明確意圖，像聽見聲響立刻舉槍瞄準射出的飛靶，毫不遲疑地熟練準備。

隨著開啓的門關上，慢動作的現實世界恢復正常。

站在慶子面前的，是挽髮梳髻的和服女孩。一時之間，她沒認出是誰。直到瞪大眼、啞然呆立的女孩低聲呼喚：

「慶子……姊？」

慶子舉著槍，凝視對方。女孩一手捂著嘴，耳語般喃喃：「我是範子，愼介的妹妹。妳記得嗎……還記得吧……」

範子舉起另一手，雙手按住臉頰。「妳要用那把槍射我哥？」

此時，門內側的會場，轟然響起掌聲，大概是獻花儀式結束。

「妳是來殺他的？」

慶子充耳不聞，「請妳讓開。」

「妳是來殺我哥的吧？」

「我不是叫妳讓開嗎？」

傳來低沉的致詞聲，想必是國分的父親。斷斷續續、吞吞吐吐，還頻頻向大家致謝。

範子覷向門縫，又轉頭面對慶子。

「那是我父親。」範子怯怯低語。

「哥哥娶了一個家世太好的千金小姐，他整天不是道謝，就是道歉。」

不可以聽，我不能聽。慶子閉上眼。

「妳讓開。」

慶子重複一遍，範子垂著頭。

「小川家的……和惠，妳也要殺她嗎？」

致詞還在繼續。有點結巴，還帶著慌張。

「她通知妳今天的婚禮，所以妳要殺她？」

慶子緊咬嘴唇，朝範子走近半步。範子一動也不動。

「哥哥成天只想著怎麼出人頭地。」範子低聲說著，仰起臉。「即使那麼過分地對待妳，他也不覺得惡劣。他只看得見自己。」

槍尖開始搖晃。槍很重，非常重。

「對不起。」範子語帶哽咽。「寫信給妳的，其實是我。如果要開槍，請先殺我吧。」

範子閉上眼，低垂著頭。她挽起的每一根髮絲，彷彿都在微微顫抖。露出和服袖口的一雙小手，緊緊交握。

慶子的胳臂失去力量，槍管頹然落下。槍尖撞到地毯，發出鈍重的聲響。

「妳爲什麼中途離席？這樣會挨罵吧。」

兩人回到洗手間。慶子走進之前留下槍盒的隔間，卸除子彈，將槍拆解。範子擋在隔間門前，萬一有人進來，也不會看到慶子。範子背後巨大且隆起的腰帶，完全遮掩住慶子。

此時喜宴尚未結束，其實不用如此避人耳目。這次傳來新娘父親的致詞聲，再度顯示出兩家的強弱關係。喜宴通常只有男方家長代表致詞。

「因爲我愈看愈噁心。」範子說著，微微一笑。「我不想看到哥哥一臉得意，他常常嫌我專門喜歡唱反調。」

最後，慶子「啪嚓」一聲闔上盒蓋，範子問：「妳不開槍了？」

「叫我要殺先殺妳，我哪下得了手。」

「那麼，妳還會有槍殺他的念頭嗎？」

慶子轉身注視範子。

她是個長相可愛的女孩。豐潤的臉頰、細緻的肌膚，如果妝化畫得好一點，再加上隨時在身旁凝望她的情人，應該會立刻變得美麗耀眼、判若兩人吧。

慶子以問題代替回答：「爲什麼寫那種信給我？」

範子遲疑良久，才答道：「我希望妳痛罵哥哥。當著大家的面——當著在場所有賓客的面。」

國分愼介，是這個女孩的哥哥——慶子彷彿初次體認到這點。爲了我，這個女孩憎恨哥哥，希望我去罵她哥哥。可是，一旦發現慶子想開槍殺他，又在緊要關頭維護他，不惜擋在槍口前。

哥哥……嗎……

「爲什麼冒用和惠的名字寄信？」慶子平靜地問。

「如果用我的名字，我怕妳不會相信。妳一定會以爲我和哥哥是串通好的。」

「我從沒這麼想過。」慶子溫柔應道。

連她自己都覺得，很久沒發出這麼溫柔的音調。

「妳一向對我很好。」

在國分的公寓相遇後，她和範子還單獨見過兩次面。一次，是慶子拿到兩張電影招待券，透過國分邀範子共賞。另一次，是範子邀她去任職的物流公司舉辦的拍賣會。

這兩次見面，她們都共度愉快的時光。範子個性有些內向，但並不陰鬱，只是不太善於表達自我。

一回過神，範子眼中蓄滿淚水。像挨罵的孩童向母親辯解，急忙說著：

「對不起。其實，我應該自己開口。在喜宴中途站起來，大聲告訴眾人，哥哥做了多麼過分的事。可是我沒勇氣這麼做，才煽動慶子姊。」

一口氣說完，範子不停掉淚。看著她的淚水，慶子逐漸產生一種得到救贖的感覺。她的手輕輕放在範子肩頭，低語：「快回喜宴吧，否則會挨罵。」

致詞結束，掌聲響起。

「妳哭哭啼啼的樣子反倒正好，就說是太激動，坐不住。」

範子用衣袖拭去眼淚。「慶子姊，妳呢？」

「我？我要回家，就只是回家。」

範子一臉存疑地仰望，她微笑著拎起槍盒。

「我突然發現，即使不做這種傻事，或許也能振作起來。」

「我有話想跟妳說。我還想……可是，大概不行了吧。」

慶子看看手表，過了九點二十分。

「範子，妳記得我住的公寓嗎？」

「記得。」

「我依然住在那裡。無緣無故搬家，我哥會嘮叨。欸，等婚禮結束，妳要換下禮服吧？」

「對，在飯店的梳化室換。」

「那麼，等妳換好，來我公寓吧。到時再慢慢說，我也……有許多事想跟妳談談。」

範子回到會場，慶子快步穿過走廊時，飯店的服務人員正好將芙蓉廳的門全部打開。眼前鋪著緋紅地毯，豎立著金屏風。新郎和新娘將要歡送賓客，這是最後一道儀式。

慶子以眼角餘光觀察，走到一半變成小跑步。在電梯口，恰巧撞見剛來時向他詢問化妝室位置的服務生。他瞄慶子的皮箱一眼，簡短說聲：「辛苦了。」

他離開後，慶子不禁一笑。可是，走進電梯裡，鏡中映出的那個穿嫩綠色禮服的女子，卻似乎是又哭又笑。

十一

店長常去的店，距離北荒川分店搭計程車大約五分鐘，是位於小型綜合大樓地下室的居酒屋。在葡萄酒吧只喝一杯葡萄酒的裕美，在店長殷勤勸酒下，拿著一杯冷酒。

「反正過了一段時間，混著喝也不要緊。」

眞的不要緊嗎？修治有點擔心。不過，根據之前大家喝酒聚餐的經驗，他知道裕美是深藏不露的小小酒王。他怕空著肚子拚命喝酒會大醉一場，所以努力吃東西。這裡的海鮮料理很棒，難怪店長這麼喜歡來。

話題會朝那個方向走，是店長的誘導，還是裕美的算計，老實說他並不清楚。等他察覺時，桌上已談到修治和裕美的婚姻是否會美滿。

「現在就想到那裡，未免太早了吧。」

修治半開玩笑，裕美立刻嘟著嘴，拉扯店長的袖子。

「佐倉先生從剛才就一直好冷淡。店長，我這麼沒魅力嗎？」
「誰說的，裕美魅力十足。」
「店長誇獎也沒用。」
「妳是什麼意思啊。」
裕美托著腮，像碎碎唸的酒鬼，一邊探頭看著杯中，一邊說：「我個性內向，連想邀佐倉先生，都不敢開口，還要拜託織口先生。」
店長十分高興，「是嗎？原來是請老爸當媒人。」
「說什麼媒人，太誇張了。」
「不過，老爸很樂意吧。他沒親人，非常疼愛你們，大概是當成親生女兒和兒子看待吧……」
店長一頓，微微偏著頭。
「提到織口先生，剛才接到客訴趕去店裡的路上，瞥見一個很像他的人。不過，應該是看錯了吧。」
咚一聲，修治放下剛要喝的酒杯。
「在哪裡看到的？」
他氣勢洶洶地問，店長有點吃驚。「呃，是在哪裡……二丁目不是有座小公園嗎？就在附近。我只是開車經過。」
大概是注意到修治臉色大變，店長得表情轉為正經。
「怎麼？」

「你說的是眞的嗎？」

「嗯……對啊。有什麼不對勁嗎？」

修治遲疑片刻，回答：「那是關沼小姐的公寓附近。」

聽到關沼慶子的名字，裕美立刻跳起。後面桌位的客人嚇得回頭張望。

「喂，佐倉修治！你果然愛上那個美女，是不是？」

裕美外表毫無異樣，他們都沒發現其實她已爛醉。修治和店長面面相覷，一陣爆笑。

「喂，裕美，妳清醒一點。」

「店長，我眞的不甘心。對啦，那個關沼小姐的確是美女，可是我也不差吧？」

「我知道。」

修治望著兩人，臉上的笑容消失，暗暗疑惑。

貌似織口的人，在慶子的公寓旁出現？

店長和裕美不覺得織口的舉動有任何異樣，倒也難怪。他們不曉得，爲了旁聽明天的審判，織口此刻在開往金澤的夜車上。

不，本來應該在車上。

「欸，我知道了！」裕美高聲說。

「織口先生啊，變成關沼慶子的男朋友了。年齡差距根本不是問題，對吧？所以，佐倉先生，你死心吧。」

是這樣嗎？修治思索著，會是這麼回事嗎？

果眞如此，織口沒必要刻意選擇今晚，扯謊要搭什麼夜車。更何況，織口很清楚，慶子和修治的來往，根本不是男女朋友之間的那種關係。若織口和慶子開始交往——那才是所謂的「年齡不是問題」，只要直接告訴他一聲就好。

的確，修治是有那麼一點遺憾。慶子不僅美麗，也懂人情世故，又有魅力。不過，吸引修治的，是隱藏在她笑容背後、堅持不讓他人靠近的那份寂寞。她常常開懷大笑，很會享受生活，但修治總覺得，她十分焦慮，怕不趕快這麼做就再也沒有機會。

目前爲止，兩人只獨處一次。要是她答應今晚的邀約，將會是第二次。

他們唯一的約會，是去看棒球賽。當時，修治住的公寓附近在舉行少棒的地區預賽，於是兩人在中午見面。慶子還準備午餐帶來。

「好久沒做這種事。」

慶子看向遠方。修治到現在還記得，她坐在草地上，凝視著展現漂亮團隊默契的孩子，一邊幽幽低喃。

「我啊，下次投胎轉世想當男的。」

還說了些什麼？慶子不太喜歡談自己。她眺望著在加油區歡聲不斷的父母們，話題轉到家人身上……對了，好像提過父親的事。

「令尊的事，眞遺憾。你一定很寂寞吧？」

對，慶子是這麼安慰他的。

「或許是這樣，你和織口先生才會那麼要好吧。」

「誰知道？」修治笑著說，慶子也莞爾一笑。

「在你們的店裡，大家都喊織口先生『老爸』，對吧？那種感覺，我多少能夠理解。我父親雖然和織口先生是截然不同的類型，不過，織口先生看起來就很有爸爸的感覺。是慈祥的典型日本爸爸。」

那算是慶子在表明對織口的好感嗎？像爸爸一樣，所以喜歡他。

眞搞不懂。織口先生……慶子小姐……他就是放不下心。這是一種嫉妒嗎？儘管認爲裕美說的不太可能，卻仍有點嫉妒嗎？

仔細想想，他們都令人捉摸不定。

「喂，佐倉，你也喝！裕美，乾杯！」

店長的話聲聽起來十分遙遠。

同一時間……

紅磚色公寓的地下停車場，滑入一輛賓士190E23，停在那格牆上寫著「關沼」的車位。駕駛座下來一個穿嫩綠色連身禮服的女子，走向後車廂。

當她打開後車廂時，水泥柱後方竄出一道人影，猛然撲上前，彷彿要覆蓋她。

女子拚命想逃，一度推開男人。再次被抓住前，在昏暗的燈光中看到男人的臉，她難以置信地問：

「織口先生，爲什麼……」

上。

她的話聲消失。這次的扭打在極短時間內結束，根本來不及尖叫。她失去意識，趴倒在引擎蓋上。

恢復安靜的停車場中，某種金屬物質掉落地面，響起高亢的噪音。襲擊女人的黑色人影，彎腰撿起。

是鑰匙圈，掛著好幾把鑰匙。男人緩緩檢視著，除了剛停下的引擎發出逐漸冷卻的微弱嗡嗡聲，只能聽到男人的呼吸聲。

時間是十一點十二分，夜空中連月亮都看不見。

2

chapter

第二章

黑暗的助跑

一

電話打來時，神谷尚之正想著差不多該睡了。

他反射性地仰望時鐘，快十一點半。電視在播報體育新聞，這是一個話題只有職棒和高爾夫球輸贏的安詳週日夜晚。

他快步穿越客廳，在第三聲鈴響結束前抓起話筒。一句都不用說，甚至不必聽到對方的聲音，他就猜到是什麼電話。

「啊，神谷先生嗎？」

岳母快速喊著他的姓氏。神谷和她的獨生女佐紀子結婚，今年將滿十年，可是岳母到現在仍生疏地以姓氏稱呼他。只要你堅持繼續留在東京、不讓佐紀子回到故鄉，只要你不肯妥協入贅到我家，我就永遠不喊你的名字——岳母大概是抱定這種決心吧。

「佐紀子傍晚病發，又住院了。」

岳母的語氣尖銳，幾近責難，彷彿佐紀子今晚病發也該歸咎於他。

「這次情況真的不妙，你能不能帶竹夫來一趟？」

「現在過去嗎？」

神谷忍不住反問。話一出口，他不禁後悔。岳母一向不會放過這種疏忽。

「佐紀子很想見你們。她真的非常痛苦……剛剛好不容易恢復意識，卻一直哭著說想見竹夫。可是，你居然不肯帶孩子來一趟。」

「不，我不是這個意思。」

神谷又瞪一眼時鐘，這時已沒有航班，大概連臥鋪火車也沒班次了吧。要去和倉只能開車，如要開車只能自己駕駛。即使抵達後立刻折返，明天整個上午也無法進公司。不先安排好公司的事，根本沒辦法出門。

「我們馬上出發。」神谷這麼一答，岳母理所當然似地「哼」一聲。

「病房在老地方嗎？」

「對啊，剛剛從急診室回來，戴著氧氣罩。」

說著，她又故意補一句：

「你好像一點也不想問佐紀子的情況。你都不擔心嗎？我想，你大概比較在乎工作吧。就是這樣，我才不放心把那孩子交給你照顧。」

岳母口中的「那孩子」，並不是她唯一的外孫——剛滿八歲的竹夫，而是竹夫那位三十五歲的母親佐紀子。在岳母眼中，佐紀子永遠只是「那孩子」。

佐紀子頻頻發作的心臟病，還有她抱怨的頭痛、暈眩、失眠，原因都來自於岳母的過度干涉。

這一點，神谷早就心知肚明。大約一年前，他曾請一個如今開設專治精神病患者的診所、略有知名度的大學老同學，撥出幾個月替佐紀子看病。當時，老同學告訴他：「嫂夫人患的是心病，她太累了。」

「太累了？」

「對。她夾在你和母親之間，兩邊都不想得罪，兩邊的期望都想成全……不，她是被非成全不可的責任感壓垮，筋疲力盡。這不是內科的問題，她的身體其實十分健康。」

「那我到底該怎麼辦？」

「很困難。最好的情況，就是跟她母親講清楚，女兒已結婚自立，甚至有小孩，拜託她不要再過度干涉……」

要是這麼容易，佐紀子也不會生病。實際上，神谷還來不及想出有效的方法，岳母便片面宣稱「如果繼續待在東京，左紀子會早死。我要帶她回娘家住一陣子」。

於是，三個月前，岳母半強迫地帶佐紀子回和倉的家。

石川縣七尾市和倉町，是面向七尾灣、以溫泉鄉著稱的地方。佐紀子的娘家代代在此經營旅館，家裡非常富裕，生活環境的確比東京好。如果佐紀子身體眞的有病，遷居應該會有很大的幫助。

可惜在現實中，她的身體絲毫沒有好轉的跡象。神谷多次遠赴和倉，跟佐紀子溝通，勸她回家。然而，她大概眞的是累垮了吧，只是不停哭泣，不肯點頭答應。

當初，岳母帶走佐紀子時，原本打算一起帶走竹夫。她認爲這是理所當然的處置，所以，神谷一表示反對，她簡直像遭到猥褻字眼羞辱，臉泛紅潮，勃然大怒。

「爲什麼不行？」

「竹夫已上小學二年級。這裡有他的朋友，也要配合學校的狀況，不能隨便請假這麼久。」

「誰說要請假？我是要他轉學。這還用講嗎？」

「可是，佐紀子康復後，還是要回到東京。」

「何時能康復根本無法確定，況且，與其跟著忙到連家都難得回一趟的父親，還不如跟著媽媽和我們，竹夫會比較幸福。」

那一場爭論，在竹夫表示「想留在東京」後畫下休止符。佐紀子似乎受到不小的打擊，但岳母更憤怒。一個八歲小孩不可能說出這種話，一定是當父親的慫恿——聽說她四處跑去親戚朋友家，激動地抱怨。

她那不分對象的怒火，輾轉之間不知對竹夫造成多大影響。

神谷步出客廳，拿著記事本又回到話機旁，打了兩通電話。一通是給同事，另一通給下屬。明天上午，他不在的期間只能委託這兩人。

「嫂夫人病況危急嗎？」

面對同事擔心的詢問，回答「不，沒那麼嚴重」的瞬間——雖然極爲短暫，他不禁想著：如果眞的重病，我也用不著這麼尷尬。

按照岳母的意思，聽從她「帶竹夫過來」的命令，這是第三次。每一次，神谷都不禁覺得，不帶竹夫回去也沒關係。佐紀子並不是眞的罹患什麼絕症，一切都是心病。其實，他大可勸佐紀子振作起來，爲了老公和孩子趕快回東京。

可惜，每一次，這些話只盤旋在他的腦中。儘管是心病，妻子的確因嚴重的呼吸困難住院，所以，他說不出這種話，也不能不讓她見孩子或置之不理。

如果這樣做，他怕萬一……萬一有一天佐紀子眞的死掉，竹夫會怎麼看待自己？想到這裡，他總是無法動彈。

狡猾的岳母看穿這一點，有時佐紀子並未提出見面的要求，她也會故意找神谷過去。約莫是在等待忙碌的神谷，受不了這種乒乓球遊戲，主動投降表示「我知道了，竹夫暫時交給您照顧」吧。

打完電話，神谷走向孩子的房間。竹夫躺在床上，小小的棉被隆起縮成一團，整個腦袋都藏在被子裡。是從何時開始的？這孩子老喜歡藏起身體睡覺。

他不費吹灰之力搖醒孩子，一向如此。孩童的可塑性很強，不論什麼事都能迅速習慣。

「媽媽的病情不太好，我們要去醫院。你快做準備。」

竹夫揉著惺忪睡眼爬起，沒問「又來了？」或「媽媽不要緊吧？」，只是默默起床，默默換衣服。然後，默默跟著他去和倉。

佐紀子回娘家後，竹夫變得悶不吭聲，成爲名符其實「一言不發」的孩子。岳母認爲，竹夫是少了媽媽，太寂寞才會這樣，更急著想接走他。可是，跟竹夫的級任導師，與替佐紀子看病的老同學談過後，在他們的聲援下，神谷堅持拒絕至今。

「連孩子也給她，你的家庭眞的會四分五裂。」當醫生的老同學勸告。

「我反對硬把他從朋友身邊拉走。」級任導師也這麼說。

「最理想的情況是，嫂夫人能夠及早醒悟。她的家庭在東京，不是在娘家。嫂夫人的人生是屬於她自己的，隨心意去做就行，沒必要看母親的臉色過日子。」

「竹夫有他的社會生活，請你們尊重這一點。」

比起神谷，竹夫感受到的壓力、罪惡感，與閉塞感，想必更爲強烈。於是，爲了不讓這種感覺擊垮，爲了不再多言惹禍，爲了避免吐露眞話惹母親和外婆傷心——就像他表明「想留在東京」便一直遭受譴責，於是竹夫選擇沉默。若是神谷和佐紀子不能重新整頓這個家，這孩子恐怕永遠不會開口。

明知如此，今晚神谷又屈服於事情的表象，準備啓程離開東京。從練馬開上關越高速公路，在長岡轉往北陸高速公路。要抵達位於能登半島尾端的和倉，開車得花一整晚。

看來，將會是個漫長的夜。

二

他沒有一絲不安。賓士走得很順，之所以感到夜氣澄澈，或許是心情昂揚的緣故。

駕駛座上的織口，呼吸仍有些急促。直到行動的前一刻，他都不確定辦不辦得到，最後順利克服難關。

對慶子頗爲愧疚，本來不想傷害她，可是昏倒後的她，身體變得出乎意料地重，費好大工夫處理。搬往六樓的過程中，或許讓她哪裡遭受碰撞或扭傷。

「織口先生，爲什麼……」

那對驚愕瞪大的眼睛，筆直注視著織口。

話說回來，眞是不可思議。明明應該是吃完朋友的喜酒回來，她的後車廂怎會放著槍？而且，搭配禮服用的、宛如嬌小飾品的皮包裡，竟有一枚紅殼子彈……

抱起慶子搬運時，不管怎麼抓，她那蓬蓬的連身裙襬都不斷從手中滑落，妨礙行進，於是他打開後車廂，想找個能暫時綑綁的東西，卻發現有個黑色皮箱。由於太出乎意外，他沒立刻察覺是槍盒，還以爲慶子會演奏樂器。

慶子是懷著怎樣的念頭，隨身帶著槍？

打開她房間的槍櫃一看，還有另一把規格相似、經過細心保養的好槍。像這樣的情況，不論怎麼想，都只能說她是基於某種目的，從擁有的兩把槍中帶一把出去。可是，究竟是爲什麼？

織口勉強把縈繞不去的疑問趕出腦中。或許沒機會知道答案，也沒機會向她道歉。不過，她是個聰明的女性，面對突如其來的意外之災，應該會妥善處理吧——但願如此，織口默默祈禱。畢竟在這個計畫中，受到最大連累的只有她一個人。

橫越過東京，往西走，要上關越高速公路必須先到練馬。週日晚上，計程車和小客車的數量比較少，不過大卡車的龐然身軀依舊隨處可見。

沒必要趕路。只要天亮前能抵達就行。無須焦急，槍已到手，慶子也關了起來。這樣對待慶子似乎太殘酷，所以他沒鎖上玄關大門。不過前提是，他確信慶子不可能自行掙脫綑綁爬到門邊。

沒人追來，沒人懷疑，也沒任何阻撓。織口只需考慮如何達成目的。

他遵守車速限制，安分地跟著車流走。穿過市中心時，還忘我地看著霓虹燈。錯身而過的大卡車和計程車司機，有的一臉忙碌，有的倦容滿面，有的顯得厭煩，也有的專心開車——他甚至有餘裕逐一觀察眾多表情。

我要烙印在心上，永遠不忘……他暗暗想著。接下來要做的事情結束時，能夠判定正邪對錯的，就是像他們這樣的人——擁有最基本的常識與感性、有工作和家庭要維護，許許多多的善良居民。

對，想著這一點就好。不要再憶起那兩具腦袋遭到射穿的遺體，及抓起那冰冷的手時，指頭扭曲彷彿在拚命祈禱的景象。

「是當場死亡，應該沒感受到痛苦。」

醫生嘴上說著，卻怎麼也不肯直視織口的雙眼。

「就算死亡的瞬間沒痛苦掙扎，若是死前飽嘗恐懼，終究是一樣的。」

聽見織口的低語，醫生轉身背對他。

「很遺憾。」

很遺憾……對，是很遺憾。每個人都只能這麼說。

女兒才二十歲。宛如緊閉窗戶仍會從縫隙潛入的冷風，織口腦中浮現這個念頭。

才二十歲，只活了二十年，短短二十年中，或許對「活著」都還沒什麼切身感受。

目睹母親遭人擊斃時，她在想些什麼？會不會在想，這一定只是個惡夢？夢馬上會醒，這種情況不可能發生在自己身上。

因爲，她沒做過任何必須被殺死的壞事。

「爲什麼先殺做母親的？他們有沒有說什麼？」

織口一問，負責此案的泊刑警，一邊臉頰微微抽動。一起旁聽公審的過程中，織口發現那是他的習慣。面對不想回答的問題，他的臉頰就會抽搐。

「大概是嫌她礙事吧。」

織口一直注視著刑警，於是刑警的臉頰顫抖得更劇烈，囁嚅著應道：

「擊斃母親時，他們似乎跟女兒說：『小孩比父母先死是不孝，所以從老太婆殺起。』」

織口從刑警臉上移開視線。好一陣子，他只能杵在原地，直到刑警的話滲入腦中某處，直到他能發出聲音。要是隨便一動，他恐怕會忍不住衝出警局，在門口放聲大叫……

注意到時，織口像在掐誰的脖子般握緊方向盤。伴隨著那些無論怎麼用力推開仍陰魂不散的影像的，就是如此強烈的情感。

犯人還活蹦亂跳的，雙腳踩著法院地板，替自己辯護、請求法官酌情開恩，高談闊論、滔滔不絕，甚至……

他不由自主繃緊全身，狠狠踩下油門。超過一輛車、兩輛車，直到第三輛車（年輕人駕駛的豐田ＳＵＲＦ）按喇叭，總算回過神。

隨著亢奮感冷卻，淡淡的決心跟著回來。

他不是要做什麼驚人之舉。若是擱置不管，任由犧牲者繼續增加，即使他不動手，遲早也會有人做出同樣的舉動。犯不著氣得臉紅脖子粗，只要冷靜、切實地執行計畫就好。

副駕駛座上，放著拆成三份，用布包裹的霰彈槍。從慶子那裡拿來的子彈，他已自盒中取出，藏在腰包裡，綁在身上。

需要的物品都順利到手。接下來，只希望在穿過夜色奔馳的過程中，不要喪失勇氣。

織口重新握好方向盤，放鬆身體。在午夜零點前，應該能開上關越高速公路吧。

三

修治三人走出居酒屋時，醉得最厲害的是店長。早就知道他喝起酒很喧鬧，不過今晚格外不同，一下放聲高歌，一下大聲歡呼，眞是敗給他。

「裕美，我幫妳做媒！」店長朝夜空放聲大喊。「妳安心跟修治交往，好嗎？」

「好啊，可是店長還單身吧，這樣怎麼當媒人？」

「那妳先替我找個老婆。」

用肩膀撐著店長走路，修治冒出冷汗。

「店長的家在哪裡？」

「我記得應該是在西船橋。」

「讓他搭ＪＲ就行，現在幾點？」

「十一點……過十五分。」
「還有電車，車站不曉得在哪邊。」
這時，店長突然恢復清醒，發起脾氣。
「喂，誰說要回去？」
「店長，你喝太多了。」
「再陪我換一家喝！明天放假耶，好不好？裕美看起來也還沒喝夠。」
好不容易半哄半騙地把他帶到新小岩車站附近，店長卻堅持不回去，裕美似乎也沒輒。
「欸，算了啦。佐倉先生，我們今天就捨命陪到底吧。」
於是，他們又坐進二十四小時營業的居酒屋。裕美一邊拿毛巾擦手，一邊湊近修治，彷彿要看進他的眼中。
「佐倉先生，至少今晚，請你忘掉正在寫的小說。」
其實，修治並非爲此想回家。最近他一行稿子也沒寫，是寫不出來。有一陣子，他下筆如飛，猶如神助，連自己都感到害怕，現在卻恰恰相反。即使整天端坐在桌前，有時還是寫不出一行。
不過，此刻讓修治心情沉重的，不是稿子，而是織口。因爲店長提到，在關沼慶子的公寓附近，看見貌似織口的人物；因爲織口似乎沒搭上今晚預定要搭的臥鋪夜車；因爲織口扔掉嶄新的帆布鞋。
點完菜，修治撇下兩人，離席去找電話。
先打到織口的公寓，號碼他已背起來。電話立刻撥通，但鈴聲一直響，無人接聽。大約響二十下時，他掛掉了。

接著是慶子的公寓，這個號碼必須看記事本才知道。他丟進銅板，正要撥號，卻突然一陣畏怯。

（萬一是織口先生接起……應該不至於吧，可是……）

修治還不太瞭解慶子。這麼晚打過去，對方大概會認爲他不懂禮貌。畢竟他們的關係並非那麼親密，可能她會不高興，也可能她接聽時背後還有另一個人在。

換句話說，那將會證明就算他關心慶子，對慶子好奇、有好感，只是白費工夫。

修治咬咬嘴唇，鼓起勇氣撥號。鈴響兩聲後，傳來事先錄音的留言：

「關沼今天不在家，有事請在訊號聲響後留話……」

很公式化的口吻。聽到訊號聲，修治放下話筒。

想太多……我一定是醉了。

如果修治沒注意到話機下，櫃子裡胡亂堆著的電話簿中，露出缺封面的時刻表，他應該會直接回座，和店長、裕美用碳酸酒（註）乾杯，繼續喝下去吧，可是……

時刻表在東京都內主要私鐵線路那一頁大大捲起來。這家居酒屋，大概常有喝到天亮等著搭第一班車的年輕人光顧吧。修治連忙翻頁，尋找織口應該搭乘的那班快車。

「能登快車」晚間九點整從上野站發車，的確有這麼一班列車。抵達金澤站是明早五點四十二分。要是順利，目前列車行駛到輕井澤和小諸之間了吧。向來早睡的織口，或許已睡著。二等臥鋪很窄，略胖的織口可能會有點難受。

我想太多了，織口一定好好地在車上。他是關心我們，才在睡前打電話來。電話中的聲音，跟平常毫無不同。慢條斯理，一派穩重。

電話中的聲音……

修治一愣，腦海浮現一個極爲單純的疑問。

他再次打開時刻表，猛力翻頁幾乎要把紙撕破，可是上面沒寫車站的聯絡電話。於是，他打去一〇四查號台。

「您要查上野車站哪裡的號碼？」

「我想問關於列車的事，哪裡都可以。」

按對方告知的號碼打去，一個含糊的男聲接起電話。

「抱歉這麼晚打來。我有事想請教，非常緊急。」

實際上，根本用不著慌。只是個極爲單純的問題，答案也很簡單，回答「是」或「否」即可。

接電話的站員，回答的是「否」。

「能登快車上，沒裝設供乘客使用的電話。」

修治反射性地應一聲「謝謝」，放下話筒。從退幣口掏出銅板，手指卻打結，沒能放進口袋，掉到地上。

他沒撿起銅板，直接往外衝。

註：酎ハイ，燒酒加蘇打水。

四

從神谷居住的練馬區富士見台要前往北陸，直接開上關越高速公路即可。而且，公寓的停車場到收費道路的入口，距離不到十五分鐘。

現居的公寓是三年前買的。當時，神谷物色多處公寓，岳母卻強勢主張「就買富士見台那一戶」。其實神谷覺得有更理想的房子，可是，既然向來不敢違逆母親的佐紀子都中意富士見台，他也不好強硬反對，最後還是妥協。如今回想，站在岳母的立場，大概是認為佐紀子住在關越高速公路入口旁，方便往來和倉——這點他能夠理解。只不過，她大概沒料到會變成這種狀況吧……

不，或許岳母就是這麼打算的。岳母的生活目標，便是支配女兒的人生，盡可能進行遠距離控制。

神谷的父母早已不在，哥哥繼承札幌的老家。說是繼承家業，其實他們代代都是上班族，一旦各有家庭後，兄弟不比姊妹，立刻就疏遠。他和哥哥一年頂多通一、兩次電話。如果神谷家有人強勢地主張，搞不好還能與岳母抗衡……

（不，不是這樣，不能把責任推給別人。最應該堅持主張的，就是我。）

可是，神谷辦不到。從小他就不善於與人高聲爭論，爲自身的主張奮戰到底。

大學畢業後，在沒有特定目標的情況下，神谷進入現在任職的造紙公司，不過他的運氣不錯，受到一位好上司眷顧。當時，對方是總務部的主管。

「公司這種地方，大約十年才有一個像你這樣的人加入。」

於是，他將原先隸屬財務管理部門的神谷，立刻調到總務部。

「『像我這樣的人』是什麼意思？」

「可說是潤滑油，也可說是一手包辦雜務吧。簡而言之，就是從出差、籌備宴會，到廁所衛生紙的管理，一切都能打理的專業總務高手。」

漸漸地，在那位上司的薰陶下，從替公司打雜到統籌整個活動，晉升到可指揮部下的地位。即使能夠晉升，總務一職的前途也有限，許多人敬而遠之，甚至有同事表示，靠這種打雜的工作領薪水，簡直是男人的恥辱，神谷卻絲毫不以爲苦。換句話說，這應該是他的天職、最適合的工作吧。

然而，不可否認的是，無論這種資質在公司多麼受到重用、如何受到部下擁戴信賴，卻也逐漸摧毀他的家庭。神谷「萬事以和爲貴」的生活方針，縱容岳母的專橫、困擾佐紀子，導致竹夫閉口不語。明知這一點，他卻一步都無法強硬跨出，頂多在被迫趕往和倉時，故意不急不徐、慢條斯理地啓程，試圖反抗。

正值週日夜晚，路上沒什麼車。即使如此，神谷毫不在乎疾駛而過的其他車輛，依舊慢速行駛。

後方的車改換車道，畫出圓弧超越神谷的車，再次猛踩油門，揚塵而去。竹夫一直面向擋風玻璃，凝視這幕情景。他坐在副駕駛座，看起來似乎縮小一圈，安全帶鬆鬆地貼在身上。

「如果睏了，就睡一會，沒關係。」

竹夫毫無回應，神谷已慢慢習慣。當醫生的老同學嚴格交代：「不能強迫他開口，也不能責罵。此外，哪天竹夫在某種情況下出聲，千萬不能大驚小怪。」

竹夫並無機能性障礙。爲了確認這一點，竹夫接受過多次痛苦的檢查。他的智能和聽力完全正常，喉嚨也沒異狀，只不過放棄說話而已。

可是，他對外界的興趣和關心似乎並未消失，此刻才會坐在這裡。那雙眺望燈光明滅和標誌飛馳而過的眼眸，幾乎不帶任何情緒，但既不混濁，亦非死氣沉沉。

「等媽媽的身體轉好，我們一起開車去兜風吧。」

神谷瞄竹夫一眼，察覺竹夫興味盎然地注視前方的四噸大卡車。

「好大的車，不曉得是載什麼？」

那是一輛貨櫃車，車身繪著大型商標。兩支看起來馬力十足的粗大排氣管，顯得分外突出，信號燈一轉換，便發動引擎，轟然噴出廢氣。

大卡車很快左轉消失，空出的車道擠入別的車輛。竹夫熱切地凝睇這些陸續出現又消失的車。

織口的賓士，開到目白大路的谷原十字路口時，遇上交通事故。

看樣子是車禍，他皺起眉。前方閃著警車的紅色警示燈，不見救護車前來，應該不是什麼大車禍。貌似當事者的年輕人，拍著衝上人行道邊緣的私家車引擎蓋，一邊激動地和穿制服的巡警理論。爲數不多卻眼尖趕來湊熱鬧的群眾——應該說是看熱鬧的車子，逐漸聚集，在附近造成小規模塞車。另一個制服巡警，左右晃動紅色接力棒般的指揮燈，催促後續來車。

（怎麼辦……）

可以若無其事地開過去——織口覺得應該可以。然而，搖著指揮燈的巡警逐一檢查通行車輛的態度，教人不得不在意。一定是他想太多，那名警官只是在指揮後續來車前進，不可能有人追來，也不可能察覺這輛賓士是偷來的。只是織口作賊心虛，陷入不安。

最關鍵的是，織口缺乏自信。一旦面對警官，他會採取什麼態度？在對方眼中，又會如何解釋？

織口思索著，環顧車內，發覺分明是根據女性的喜好布置。蕾絲椅套、可愛的小玩偶，開車的卻是個灰頭土臉、年過半百的男人。

即使不會馬上遭到懷疑，說不定也會被質問。到時，他能泰然自若地回答「這是我女兒慶子的車」嗎？

離巡警站立的地方，還有五、六輛車堵在前頭。織口下定決心，打亮方向燈，鑽入恰巧位於左邊的一條小路。目白大路的喧囂往身後流去，在寧靜的住宅區中，蜿蜒著一條小路。他忍不住發出嘆息，這樣就行了，迂迴前進就行了……

可惜，事情並非如此。

五

脫下沉重的和服，範子鬆一口氣，同時一陣疲憊，飢餓感猛烈襲來。明明剛才眼前還擺著豪華大餐，想想真可笑。

婚宴結束後，新婚的兄嫂會在樓上預約的套房，和朋友一起續攤慶祝。他們力邀範子，但她謊稱有點不舒服，偷偷溜出來。

範子向先返家的父母說要留下參加續攤，其實對雙方都扯了謊。不過，大家忙著慶祝，一片混亂中，應該不會露出馬腳吧。她換下振袖和服，裝入專用的攜帶式皮箱，交給父親，一身輕便地鑽進計程車。

慶子公寓的地址，她只剩下模糊的記憶。有一次，她們相約逛拍賣會，她去接過慶子。可是，當時她是從最近的車站徒步前往。那是JR總武線的小岩站。

因此，今晚範子一樣在小岩站前下計程車，追溯著記憶邁開腳步。站前有市中心的大型商店街，不過，接近週日凌晨十二點，店家都拉下鐵門，悄然無聲。途中，她看到一家便利商店，於是買了兩顆蘋果、一瓶葡萄酒。本來想準備貼心一點的禮物，可惜沒辦法，但至少比空手造訪得體。

穿過市中心的商店街，走在安靜的住宅區，逐漸認出方向。範子來到眼熟的紅磚色公寓前，看看手表，剛過十二點五分。

推開正面大門，範子進入大廳。管理室的玻璃窗內垂著窗簾，一片靜悄悄，杳無人跡。未免太不注意安全，她想起慶子提過，早知道應該選設有保全系統的公寓。

她搭電梯到六樓。走廊往左右兩側延伸，還是沒有人影。範子小心前進，避免發出腳步聲。

在掛著「關沼」名牌的門前停步，範子突然心跳加速，總覺得像要慎重其事地與人分享重大的祕密。憶起在芙蓉廳外舉槍的慶子表情，她猛然體認到，今晚在那些出席者不知不覺中發生的事有多嚴重。原本慶子企圖做出驚人之舉，而促使慶子行動的，是她寫的那封信。

這樣的兩個人，將要單獨續攤……比起哥哥夫婦在飯店盛大慶祝的派對，這邊才是更名符其實、必要的盛宴。

範子按下門鈴。

無人應答。

再試一次，這次她連按兩下。

沒有反應。

範子環顧四周，常夜燈照亮的水泥走廊上，空無一人。從六樓俯瞰的住宅區夜景超乎想像的美麗，不過熄燈的窗戶也很多，大夥都已入睡。

她換手拿好裝著蘋果和葡萄酒的塑膠袋，又按一次門鈴。聽得見鈴聲在屋中響起，慶子卻沒來應門。

難道她還沒回來？

範子突然心生怯意，後退半步，仰望大門。

說不定慶子在生氣。不，她生氣是應該的。雖然是她提出的邀請，可是要她與範子心平氣和地交談，或許本來就是不可能的。這也是理所當然。

妄想與慶子深談，傾吐內心的話，博得她的原諒，根本是厚顏無恥的想法。我居然還買來葡萄酒，眞是笨透了。

她重新按門鈴。

沒任何回應。範子嘆一口氣。

搞不好，她在洗澡……

範子不肯放棄，輕輕碰觸門把。門不應該開著，一定上了鎖，慶子不會在家。

豈料，握把轉動，門並未上鎖。

範子戰戰兢兢打開一看，只有玄關亮著燈，裡面一片漆黑，窗簾是拉上的。

「關沼小姐……」

她試著呼喚，依舊無人回應。

「慶子姊，我是範子。」

她踩上用來脫鞋子的空地，反手關門後，試著提高音量：「慶子姊，妳不在家嗎？」

記得短廊的右側是洗手間，正面是客廳、餐廳和廚房，旁邊是寢室。這樣的房子一個人住雖嫌奢侈，但並沒有寬敞到連呼叫聲都聽不見的地步。

範子拎著塑膠袋的手冒汗。明明沒什麼好心驚膽戰的，她卻緊張得猛嚥口水。

「慶子姊，我進來嘍。」她脫下鞋子，呼喚一聲，才踩上玄關踏墊。

範子靜靜沿著走廊前進。如同記憶中，來到客廳、餐廳和廚房。只見擺著幾盆觀葉植物，及一組罩著印花椅套的落地沙發。她摸索牆壁找到開關，開了燈。白光刺痛眼睛，她不禁皺起臉。

慶子一向注重小細節又愛乾淨，收拾得有條不紊，系統廚具的水龍頭閃著光。

慶子不在。

「慶子姊，我是範子。」

她一邊喊著，一邊緩緩步入屋內，探頭搜尋每個角落。走到通往寢室的門邊，她遲疑半晌，才大聲說「抱歉，我要開門嘍」，然後打開房門。

寢室裡也空無一人。

（唷呵……）

空空如也。

床鋪鋪得整整齊齊，枕畔擺著檯燈，藉由客廳流瀉進來的燈光，可看到床頭櫃上扣著一本書。左邊是一座訂製的大型衣櫃。在衣櫃前，有個狀似細長保險箱的櫃子……

櫃門敞開著。

整潔的屋內，要說哪裡不對勁，唯有那個櫃子。範子走近幾步，仔細一看，放著黑色大皮箱。是樂器嗎？慶子在學音樂？

想到這裡，她心頭一驚。那個皮箱，似乎是慶子把槍拆開後收進去的箱子。那麼，慶子果然回來了。

霎時，範子突然覺得擅自入很不應該，連忙退出去，關上寢室的門，走到客廳。

她小跑步穿過走廊，前往玄關。此時，她發現剛才一直沒注意到洗手間的門開著，入口處有一隻拖鞋反面朝上，滾落在地。

這不像慶子會做的事，莫非是忽然覺得不舒服，匆匆衝進廁所？

範子走進洗手間，打開燈。廁所裡的燈沒亮，她輕輕敲門。

「慶子姊，妳在裡面嗎？」

無人回應。範子用力一敲，門順勢晃動，原來並未上鎖。她瞪大雙眼，舉起手想再度敲門。此時，門緩緩朝外開啓，癱軟地垂著頭、雙手遭反綁的慶子，慢慢倒向範子。

六

微弱的悲鳴，在他剛走近六〇三室門前時響起。

與其說是悲鳴，或許應該說是比較沉重的呼吸聲。那聲音嘶啞且微帶喘息，修治一聽到立刻拔腿往前衝。短短的距離，感覺上幾乎是一步抵達終點。

一打開慶子家的大門，首先映入眼簾的，是癱在地上年輕女子。他以爲是慶子，可是髮型不對。女子癱坐在地，懷裡還抱著什麼。

她一看到連鞋也沒脫就衝進來的修治，倒抽一口氣，雙眼瞪得大大的，拚命後退，於是腦袋撞到牆，發出響亮的「咚」一聲。修治一頭霧水，愣在當場。

他唯一知道的，就是這個素未謀面的年輕女子，懷裡抱著的是關沼慶子。慶子蜷著身體，頭髮蓬亂、臉色蒼白，胳臂綁在身後。

「我、我、我……」癱坐著的年輕女子，結結巴巴地開口：「我、我……你……這到底是……」

看著她過度驚慌的模樣，修治反倒冷靜下來。他連忙關上門，在兩名女子身旁蹲下。

「怎麼搞的？喂，到底發生什麼事？」

年輕女子只是顫抖著下巴，遲遲無法開口。她一臉鐵青，兩顆眼珠滴溜溜亂轉，似乎整個人被慶子壓著，動彈不得。

修治抱起慶子，問年輕女子：「妳是關沼小姐的朋友？」

對方用力點頭。

「是妳發現的嗎？關沼小姐就是倒在這邊吧？」

女子猛烈搖頭，顫抖著指向廁所。「她被關在……裡面……」

慶子的手腕和腳踝都遭綑綁，是用軟布做的繩索。一眼就可看出，是慣於駕駛小艇或船釣的人，繫船時打的單結套。修治的背上泛起一陣寒意。

「不管怎樣，先把她抬到那邊吧。」

他將慶子抱到客廳後，年輕女子爬也似地跟來。

「得……得叫救護車。」

「等等，待會再說。關沼小姐！」

修治讓慶子躺在沙發上，解開繩索，拍著她的臉頰呼喚。不久，慶子微微睜開眼。乍看之下，慶子似乎沒受傷。修治勇氣大增，繼續呼喚她。

慶子撐開眼皮，茫然的目光緩緩對準焦距。修治忽然想起，店裡的電腦超過負荷當機，請人來修理後，重新啓動的情景——擔心著會不會有問題，逐一按使用手冊的說明打開電源，確認有無故障。慶子恢復意識的模樣，讓他產生聯想。慶子體內的指揮中心，謹慎確認恢復意識有沒有危險，才啓動電源開關，按下「ON」……

最後，慶子的體內大概是按下「與外部連接」的開關吧。她轉動眼珠，看著修治及一起湊近注視她的年輕女子，發出輕咳，按著喉嚨，好不容易低語：

「我……你們……怎麼會？」

「啊，太好了。」年輕女子泫然欲泣，撲向慶子肩頭。「我還想問妳，發生什麼事？怎麼搞的？」

聽著這話聲，慶子的意識似乎更爲清醒。她眼睛一亮，端整的五官突然歪曲，試著想起身，掙扎著靠向沙發椅背。

「槍……」她對修治說：「啊啊，怎麼辦？槍被偷走了。」

理解這句話前，修治的腦中一片空白。像店裡的電腦畫面陷入靜止狀態，閃現著「搜尋中」的字眼。下一瞬間，忽然溢出一大堆訊息……

而這個訊息，不管是多麼不想看到的資料，在現況中都是眞實的。

他直覺脫口而出，甚至沒意識到自己張開嘴。聽來遙遠得好似別人的聲音。

「是織口先生吧？」

（好好跟她去玩，祝你幸福。）

「奪走槍的，是織口先生吧？」

扶慶子坐起、餵她喝水，聽她說完來龍去脈，看到敞開的槍櫃時，修治的心中已有決定。

追上去吧，不管怎樣都得阻止織口。

「你怎麼知道？」慶子問。她的臉色依舊蒼白，喝下去的水一半都吐出來，似乎極不舒服。在她稱爲「範子」的年輕女子扶持下，慶子好不容易起身。

聞到一股藥味，應該是哥羅芳吧。可能是藥效，加上昏倒時撞到，慶子頭痛欲裂。檢查後，發現她的右腳也扭傷，連站都站不起來。

織口埋伏在停車場，等候返家的慶子，弄昏她後抱進屋裡關起來。接著，他打開槍櫃，奪走槍枝和子彈逃逸無蹤。

織口的所有行動，這下都解釋得通。儘管演變成修治預期中最糟的情況，唯一的安慰，就是曉得織口的目的。

可是，爲什麼？事到如今，爲何要這麼做？

「我一句都都還沒說，你怎麼知道是織口先生？」

「他有一些苦衷，會想要有槍也不足爲奇。不過，沒時間仔細解釋。」

「你打算怎麼做？」

「去追他，我曉得他的目的地。」

「不行！」範子大叫。「報警比較妥當。這種會奪槍的人，普通人就算去追也沒用。」

「不要緊，我一定會追上他。慶子小姐，妳的車呢？」

慶子痛苦地抱著腦袋搖頭。

「別提了，我找不到鑰匙，搞不好他連車子都開走。」

修治不禁嘖舌，這是很有可能的。站在織口的立場，無論如何都要在明天上午開庭前抵達金澤。現在這種時間，只能開車。擬定計畫奪取慶子的槍時，織口應該把車子也考慮在內。

「那麼，我會想辦法。倒是要拜託妳，今晚請妳先不要報警。我會負責把槍追回來，絕不會給妳惹麻煩。拜託。」

「我明白了。」慶子重重點頭，傾身向前。「我跟你去追織口先生。你眞知道他的目的地嗎？」

「知道，不過……」

「慶子姊，妳沒辦法啦！」

如範子所說，慶子搖搖晃晃地倒向沙發。

「妳站都站不穩，快去醫院吧。而且，還是找警察比較好。」

「不行，範子。」

「爲什麼？你們的話我完全聽不懂。這個人是誰？織口先生又是誰？你們在講什麼？」

面對著含淚逼問的範子，慶子鎭靜地回答：「妳仔細聽我解釋，佐倉先生也是。」

慶子仰望修治，舔著失去血色的嘴唇。

「我不清楚織口先生的事，不過，至少我知道他絕不是爲了搶劫而偷槍的人。他想必有苦衷吧？」

修治點點頭。「對，很不得已的苦衷。」

「那麼，無論如何我們都要追上他，把槍拿回來。」

「爲什麼？慶子姊，這是爲什麼？」

「範子，」慶子的話聲變低。「今晚，其實我帶槍去不是要射殺妳哥。」

修治瞪大眼，凝視慶子。範子臉上掛著淚水，啞然失色。

「我會帶著槍混入喜宴會場，是打算當著愼介的面自殺。我以爲這樣會讓他顏面盡失，毀掉他的前程。是的，我原本想用這種方式同歸於盡。」

「可是……」範子搖頭，「妳要怎麼做？」

「妳記得嗎？那把槍有兩個槍口，子彈會以先下後上的順序發射。我拿鉛塊堵在下方槍管的中央。在這種情況下開槍，開槍的我就會死掉。」

範子抱著慶子的雙臂，頹然垂下。

「這種事……眞的辦得到？」

慶子點點頭，仰望修治，眼角彷彿微微透著苦笑。「這就是我買鉛塊的目的。佐倉先生，你的直覺是正確的。要用鉛塊保持槍管平衡，其實是胡扯。」

修治雙手抹過臉，「怎會這麼傻……」

「對啊，我是大傻瓜。所以，無論如何都得取回織口先生手中的槍。萬一開了槍，死的會是他。」慶子試著起身。「不只槍櫃裡存放的子彈，連我裝在皮包隨身攜帶的子彈他都拿走，這樣更危險。那種紅色彈殼的子彈，叫嬰兒麥格農彈，火藥分量比我平常使用的藍色彈殼子彈多。爲了確保會致死，我特地買了帶去。」

「一旦開槍……會怎樣？」

慶子垂下眼，緊抿嘴角。

「一旦扣下扳機，爆炸的火藥會將機匣往後彈，導致霰彈裡的彈丸四散紛飛，直擊臉部和頭部。」

修治轉身走向門口，慶子喊住他。

「慢著，我也要去……」

她一個踉蹌，跪倒在地。範子連忙扶起她，硬把她壓回沙發上。

「慶子姊，妳不行啦。」

「可是……」

「請在這裡等，我一個人沒問題的。」

「別傻了，就算追上他，光靠你一個人能說服織口先生嗎？他會以爲你在撒謊，還是讓我直接跟他談吧。」

「妳臉色這麼糟，連站都站不穩了！」

沒想到，範子以前所未有地音量，大聲表示：「那我去吧。」

霎時，修治和慶子都說不出話。範子凜然挺直腰桿。

「我來代替慶子姊。歸根究柢，慶子姊會做出這麼危險的舉動，是我造成的。讓我代替慶子姊解釋。由毫不相干的我出面，或許織口先生反倒會願意相信。」

扶慶子躺下後，範子隨即起身，彷彿要搶在修治前頭衝出去。修治轉頭望向慶子，迅速點個頭，邁出腳步。

「等等！」

慶子再度出聲，兩人頓時停步。慶子僵著臉，緊咬嘴唇。

「你們打算空著手去？」

「空著手？」

「沒錯。」慶子瞥向寢室的槍櫃。「我還有一把槍，是二十號的。雖然口徑比失竊的那把小，不過，在近距離發射其實效果一樣。你們帶走吧。」

修治退後半步，懷疑慶子的腦袋是否清醒。

「帶走要做什麼？難道妳要我向織口先生開槍嗎？」

「我沒要你射擊他。不過，面對一個持槍的人，除非有關鍵因素，否則想徒手說服對方是不可能的。何況，對方為了取得槍，不惜偷襲我，可見真的是走投無路。如果要對等地與他談判，你也得帶著槍。槍就是有這種可怕的力量，我很清楚。拜託，就當是上我的當，聽我一次，帶走槍吧。」

「不需要。」

然而，範子快步折返。「槍借我，順便教我怎麼用。」

「喂！」

範子顫抖著轉身，凝視修治。「請你照慶子姊的話做，什麼都聽她的。我們非奪回那把槍不可。」

這場無言的拉鋸戰，修治並未獲勝。範子幫著慶子起身，帶她走向槍櫃。

七

來不及驚呼，賓士車體下方傳來一陣衝擊，方向盤一歪，失去控制。當時行駛在小路上，車速不算太快，但織口仍陷入恐慌。車子不聽指揮，一股腦往路邊衝。水泥圍牆迫近眼前，好不容易閃過，又撞上電線桿。

織口頭昏眼花，膝蓋似乎撞到儀表板。原想伸直腿，突然傳來一陣劇痛，他不禁叫出聲。

他爬出車子，環顧四周。

道路右側，看似高級組合屋、牆壁很薄的倉庫林立，掛著「三友商事KK物流中心」的招牌，地上三樓的高度開了採光口，其餘部分是扁平的牆壁，沒有人的氣息。左側連接的圍牆，在前方不遠處崩塌，僅簡陋地以木樁和帶刺鐵絲網圍起來。對面是露天停車場，幾乎停滿車子，毫無空隙。

周圍不見人影，他稍稍鬆一口氣。萬一有人來湊熱鬧，又報警處理，麻煩就大了。

織口蹲下檢查賓士的狀態。左前輪爆胎，爆得十分徹底，接觸路面的部分又塌又扁。前頭的保險桿彎成く字型，深深嵌著水泥電線杆。車頭撞毀，兩個大燈破裂，情況慘烈。

腦袋總算不暈，抬眼一看，兩、三公尺前方的木樁上，斜斜釘著看板，以便街燈照亮。

「最近，刮傷車子、在路上撒鐵屑導致車輛爆胎的惡作劇頻傳，失竊案件也不斷增加。一旦受害，請立刻報警。本地概不負責。」

看來是滿腔怒火草草寫就，最後還以紅色油漆強調「概不負責」。

對方顯然遭到毒手。哪時候不好挑，偏偏挑這時候！織口仔細注意著腳邊，四下走動，搜尋地上還有沒有鐵屑，立刻找到好幾塊尖銳的碎片。眞是太可惡了，實在可惡透頂。

怎麼辦……

只好棄置不管，這種情況下絕對無法再行駛。可是，接下來要怎麼張羅交通工具？

既然要棄置賓士，就得承受風險。搞不好有人發現這輛車，感到不對勁去報警；或是巡警看見，根據牌照調閱車籍資料。一旦棄車，誰也不曉得會在怎樣的時間和狀況，敗露是贓車。

到時，若警方循線與車主聯絡，找到監禁在公寓的慶子，就會從她口中得知來龍去脈。織口恐怕會立刻遭到通緝，說不定還會調查織口的住處。

唯一的安慰是，慶子不曉得他的目的地。而且，他的公寓裡也沒留下任何關於目的地的線索。平安歸來的可能性不大……不，他原本就不打算回來，一切都收拾得乾乾淨淨。

可是……

明白織口爲何這麼做，進而推測出他的去向的，只有一個人——佐倉修治。

爲了追查他偷走霰彈槍逃亡的相關情報，警方很可能向「漁人俱樂部」的職員打聽……這種可能性相當大。

到時，修治會說出來吧。警方應該會察覺織口的目的地和企圖。

不妙，這樣眞的不妙。最糟的情況……萬一警方追上來，該怎麼擺脫他們，完成目標？

直接以「織口」的名義租車嗎？可是，這麼做等於主動提供線索給追兵。從東京到北陸的路途遙遠，不可能搭計程車。在這一帶偷車？不行，他沒那種技術。如果車子上鎖，他連車門都打不開。

究竟該怎麼辦?怎麼辦……

搭便車吧。

走到關越高速公路的入口旁，攔下開往北陸的車，請對方載他一程，便不會留下線索，只要別讓駕駛起疑就行。

織口鑽入賓士，取出沉重的包袱，額頭冒出汗珠。他先把包袱放在腳邊，拔出車鑰匙放進口袋，再抱起包袱。

織口邁出腳步，沒時間猶豫，或許會有人來。然而，他仍忍不住頻頻回頭，難以壓抑不安。神啊，千萬別讓任何人對這輛車起疑，至少保佑今晚別被人發現——他不禁如此祈禱。

八

修治手上的槍沉甸甸，分量十足。由於事態變化太快，簡直應接不暇。搭電梯下樓，一走出大門，他的呼吸不禁急促起來，抓著皮箱握把，掌心已汗濕。

第一個目的地，是「漁人俱樂部」的北荒川分店。停車場上，各停著兩輛印有店名的箱形車和掀背式轎車。修治暫時把槍交給範子，打開辦公室的門鎖，在黑暗中摸索抽屜，取出掀背式轎車的鑰匙。

回到停車場，只見範子臉色蒼白、僵在原地，槍的重量扯得她雙臂下垂。

「店裡的車可以擅自使用嗎?」

「當然不行，不過也沒辦法。反正明天公休。」

修治坐上駕駛座，範子鑽進副駕駛座。槍盒放在後座。車子一急速發動，槍盒就喀噹一聲歪倒。

慶子告訴他槍的組合方式和握法。這樣已足夠，修治沒拿子彈，堅持不需要，硬還回去。無論如何，他都不打算開槍。萬一被逼到非這麼做不可，只要擺個姿勢，能夠將槍口對準織口就行。

在這一點上，修治差點和慶子發生爭執。當時，慶子在教導他必要限度的槍枝使用方法。

「移動時一定要清空膛室。基本上，這把槍雖然有保險裝置，但不能百分之百斷言不會發生意外。」

慶子指出機匣上的小型四角按鍵。由於是滑動式，可上下移動。撥到最下面標著「S」的地方，保險裝置就會鎖上，她如此解釋。

「要是眞的非開槍不可，一定要小心發射時的後座力和跳彈。尤其跳彈最恐怖，別說是樹木或石頭，就連水面，都可能反彈至意想不到的方向。還有，不能抵著東西開槍，絕對不行，這樣非常危險。」

修治勉強記下槍的組合方式，接著把整個過程反過來，一邊分解槍放回盒裡，一邊說：「我不會那麼做的。」

「你不能隨便聽聽，一定要牢記。即使是記得最基本的部分也……」

「不用了，不必說明。我根本沒打算帶子彈。」

慶子彷彿再度腦震盪，頓時愣住。

「你說什麼？」

「不需要子彈，做個樣子就好。我答應妳的要求，決定帶槍。可是，我不需要子彈，就這麼簡單。」

眞的做做樣子就夠了，萬一織口持槍相向……

（不可能發生那種事，根本不可能。）

他自信能毫不膽怯，在對等的立場上交談，說服織口。再加上對駕駛技術頗有自信，幸好，這個時間車輛稀少，他打算能開多快就開多快——顧及這一點，外行人也最好不要帶子彈。

「抓緊喔。」修治提醒範子，接著踩下油門。

「眞的追得上嗎？」

「絕對要追上。」

「你眞的知道他的去向嗎？」

「妳很囉唆耶，是眞的啦。」

修治衝過號誌燈由綠變黃的十字路口，繼續道：「繫上安全帶。車內應該有地圖，妳能不能幫忙找找？」

依照指示，範子翻出摺疊處幾乎快磨破的老舊道路地圖，一攤開，修治迅速掃視。

「要去哪裡？」

修治沒立刻回答，思索片刻才開口：

「妳眞的想一起去?」

範子頑固地點點頭。「你忘了嗎?慶子姊不是強調過，你不可能說服織口先生。要解釋槍管堵住的理由，還是讓我去比較好。」

語畢，她膽怯地覷著修治。「況且，織口先生不是壞人吧?要不是有苦衷，不會做這種事吧?」

「這一點我能保證。」

「那還有什麼好怕的?根本不危險嘛。」

前方亮起紅燈，修治踩下煞車。

「但我無法保證，也不能保證完全沒危險。因爲我作夢也沒想到，事情會變成這樣。」

範子雙手抓著安全帶，雖然面向前方，不過道路、夜空，乃至熄燈的建築物，似乎都不在她眼中。

「倒是妳，快把妳那邊的狀況告訴我。關沼小姐究竟爲何會做這種傻事?說什麼想自殺，又用鉛塊堵住槍管……國分慎介又是誰?」

範子似乎難以啓齒，嘴巴開開闔闔，才小聲回答：「他是我哥哥。」

沿京葉道路往西的途中，範子詳細說明原委，修治默默聽著。對向車道幾乎全是大卡車，疾馳而過。儘管中央分隔島豎立著「減速慢行」看板，所有車輛都視若無睹。

爲了透氣，車窗微開。範子說著，一邊關上車窗。大概是怕自己的聲音會聽不清楚吧，修治暗忖。她的話聲愈來愈小，臉也垂得低低的。

關沼慶子心中不容他人靠近的部分，原來是源自這樣的過去。修治終於理解。婚宴會場發生的事情始末，乃至成爲導火線的那封信都講完後，範子不再作聲。

「妳第一次告訴別人嗎？」

修治一問，她「嗯」一聲，點點頭。

「這種事怎麼說得出口……」

她的神情看起來分外慘然。

「可是，不對的是妳哥哥吧？妳根本用不著這麼惶恐。」

「畢竟我們是兄妹。」

不見得吧，修治暗想。

「我也有妹妹。要是那丫頭站在一樣的立場，我不認爲她會袒護哥哥。」

不料，範子尖銳地反駁：「我才沒袒護他。」

接著，她又垂下目光。

這女孩怎麼老是看著地面啊，修治不禁納悶。

「況且，慶子姊會想以那種方式自殺，也是我造成的。」

「那可不一定。」

「不，至少我的信確實成爲導火線。」

範子沉默半晌，才低聲開口：

「欸……如果，我是說如果啦，織口先生眞的因槍管堵住死掉……」

「不會變成那樣。」修治立刻否定。

「我說過，這只是假設。萬一變成那樣……」範子抬起頭，看著修治的側臉，認眞地問：「慶子姊有罪嗎？」

修治微微瞪大眼，雙手扶著方向盤注視她。即使在昏暗的車內，也看得出範子的嘴角在顫抖。

「不會有事的。」修治說著，視線回到前方道路。「我絕對不會讓這種情況發生。在織口先生一發都來不及射擊前，我會追上他，並阻止他。」

「絕對嗎？」

「絕對。」

範子深陷在位子上，又伸手去抓安全帶，好像不這麼做就會被甩落。

「我們在往哪裡走？」

既然她打算跟到底，告訴她應該無妨。於是，修治回答：「金澤市。」

範子睜大眼，「去北陸？」

「沒錯。從練馬接上關越高速公路，那是唯一的路，所以我才會說一定能追上。」

「怎麼會去金澤……那不是觀光地嗎？」

大概是太出乎意料，範子不禁失笑。

「織口先生帶著槍，究竟去那種地方做什麼？」

車子來到水道橋站附近，東京巨蛋球場的白色輪廓浮現在眼前。時間這麼晚，果然人影寥寥，只有車輛奔馳而過。其實不必擔心會遭人偷聽，修治仍自然地放低音量。

「這還用說嗎？他拿著槍，總不可能去玩。」

這一句聽起來很像戲裡的台詞吧，非常缺乏真實感。可是，織口企圖去做一件事，一件現實中即將發生的事。

修治一半像是說給自己聽，繼續道：

「他打算去殺人。」

九

那個男人站在人行道旁，腳邊放著大包袱。駛過的車輛全視若無睹，車子絕塵而去掀起的風，拂動稀薄的頭髮，他不禁皺眉。即使如此，他仍繼續拚命招手。他佇立在目白大路上，再走五分鐘就能看到關越高速公路的入口處。

「不曉得發生什麼事？」

神谷對副駕駛座的竹夫如此說著，一邊放慢車速。剛把車子停在路肩，路旁的男人隨即一臉安心地湊過來。他的年紀比神谷大上許多，約五十五歲，穿廉價的藍色工作服外套、化纖長褲，腳踩運動鞋。腰帶的地方，還掛著裝有重物的腰包。

神谷朝竹夫那一側傾身，打開副駕駛座的車窗。

「您怎麼了？」

神谷一出聲招呼，對方就抹著額頭的汗水和塵埃，一邊鞠躬。

「其實，我有點急事非在今晚趕去金澤不可。」

「金澤？」

我懂了，所以才在這裡搭便車啊。神谷想著。

「您的車怎麼了？故障？」

對方一臉尷尬。「老實說，我沒有駕照。」

神谷頓時目瞪口呆，於是男人解釋：「我唯一的女兒嫁到金澤市，就要生孩子。大約一小時前，我接到電話通知她快生了。這是頭一胎，由於內人早已去世，女兒不回娘家，決定在那邊生產，可是聽說胎位不正。我急得坐立不安，這麼晚了飛機也不飛，臥鋪列車老早開走，想搭計程車，司機又不肯跑那麼遠。我只好在這邊攔車，搞不好會有辦法……」

神谷噗哧一笑，對方跟著露出笑容。他的表情討喜，溫和的小眼睛上方，是畫出平緩半圓形、黑白交雜的眉毛。

「那眞是麻煩了。」神谷帶著笑容說。

「看來，我的車子停得正是時候。我要去和倉，能登半島的和倉溫泉，就在金澤再過去。」

初老的男人臉上，洋溢著驚訝和希望的神色。看著他的表情變化，神谷很想立刻打開車門，但還是決定謹愼一些。

「不好意思，請問您貴姓大名……」

男人摸索著外套的胸前口袋，取出類似身分證的東西，在路燈下遞給神谷。

「這是我的證件，我叫織口邦男。」

那是一家專賣釣具的量販店「漁人俱樂部」的職員證。神谷不釣魚，但對這家店的名字倒是有印象。證件確實寫著男人報上的姓名，還貼著大頭照。如果按照上面記載的生日推算，他五十二歲。

爲了讓別人願意載他一程，主動拿出身分證件，表示自己不是可疑人物。這是個正經人，應該沒問題。神谷想著，不禁微笑。

神谷指著後座。這輛COROLLA的四門高級轎車是他的愛車，雖然跟他一樣平凡，開起來卻很順手。

「要是不嫌棄，請上車。有困難本來就該互相幫助。」

自稱織口的男人有些遲疑，與其說是不知該不該接受神谷的邀請，更像在思忖，如果立刻答應會不會太厚臉皮。

「不用客氣，反正只有我和這孩子結伴同行。」

神谷補上一句，男人總算下定決心，手伸向後座車門。

「這樣嗎？那我就恭敬不如從命。眞的很感謝，幸虧有您幫忙。」

日曆翻過一頁，來到六月三日。在形形色色的地方，各式各樣的人仰望飄著腐朽棉絮團般雲朵的夜空，還有刻畫著那晚流逝時間的時鐘。

關沼慶子拿冷毛巾敷著疼痛的頭。

新婚的國分慎介沉醉在人生賽場連戰皆捷、芳醇如美酒的勝利感中。

野上裕美和店長掛念著離席後一直沒回來的修治……

此外，神谷父子讓織口搭便車的COROLLA，及修治緊追在後的掀背轎車，分別加足馬力，奔向目的地。織口不曉得修治在後面追著他，而修治也不曉得織口並非一人獨行。

同時，時鐘的指針刻不容緩地走著。這晚，唯一不覺得體重逐步增加的，只有時間。

3

chapter

第三章

奔向夜的底層

一

讓織口搭上COROLLA的男人自稱神谷，副駕駛座還坐著一個稚齡孩童。

「他叫竹夫。」神谷說著，對孩子露出笑容：「我們要送這位先生去金澤。」

竹夫張大眼睛來回審視著兩人，織口對他說：「你好。」孩子只是默默仰望他。這時，神谷略微垂下眼，解釋：「這孩子不太會說話，請別見怪。」

「這樣啊，那眞是不好意思。」

竹夫一直盯著抱緊大包袱鑽進後座的織口。神谷問織口：「坐好了嗎？」緩緩發動車子後，竹夫才轉向前方。

「哎，多虧有您忙。」織口又道謝一次。

神谷朝織口一笑。他的氣質溫和，看起來就像個好爸爸，應該剛滿四十歲。

想必他天生有種不忍見死不救的特質，織口不禁暗自感謝命運之神，讓他在今晚遇見這樣的人。雖然無法彌補賓士爆胎的意外，不過總算補上計畫的漏洞。

其實，織口在目白大路的人行道上，空虛地舉手攔車時，心中早已絕望。他甚至考慮過，既然走到這步田地，乾脆把槍組合起來，使出持槍威脅計程車司機或長途大卡車司機的非常手段。

「小朋友似乎睏了。」

大概是顧慮到這一點，神谷才沒打開收音機，也沒放音樂。

「畢竟過了十二點半，要是在家早就睡著。」

「他差不多是上小學一年級吧。」

「在讀二年級，他的個頭比較小。」

織口露出微笑，「好可愛的小弟弟。」

這時，他發現右邊的人行道上，有個巡警騎著腳踏車緩緩經過。雖然隔著車窗，但換算成直線距離，相距不到兩公尺。

巡警沒注意到織口這邊。他一邊眺望人行道旁陳列的自動販賣機，慢條斯理地踩著踏板。那是賣酒的自動販賣機，過了晚間十一點，按鍵全亮起紅燈，停止販售。巡警或許是在進行確認。號誌燈由紅轉綠，前面的車子動了起來。神谷也發動車子。織口無意識地轉頭，追逐著漸漸遠離的巡警，目光停留在巡警戴帽子的後頸。

大概是在夜間巡邏吧，如果他繼續往下走，說不定會在谷原發現遭他棄置的賓士車。

織口看著身旁的包袱暗想，這樣裹起來就沒人會發現是霰彈槍。子彈裝在腰包裡。連同車的神谷，似乎也沒對織口沉重的手提行李起疑。這是當然的，我是個趕去探望女兒生頭一胎的父親……

神啊，保佑我順利進行下去，織口默默祈禱。請不要再節外生枝，讓我平平靜靜地達成目的吧。

COROLLA順暢前進，不久就開上關越高速公路。行駛一陣，經過收費站時，織口不由得屏息吞聲、渾身僵硬，不過手伸出窗口領取繳費收據的神谷似乎毫無所覺。

織口沉入座椅，深深吐出一口氣。車子再次發動，開始這趟前往金澤，長達四百九十五公里，耗費七小時的旅程。

二

獨處後，慶子突然一陣暈眩與反胃。

大概是太緊張，神經繃斷了吧，慶子暗想。亢奮的情緒和緩，身體就對先前承受的過量負荷表示抗議。

一起身，放在額頭的濕毛巾頹然掉落。吸收體溫變得微熱的濕毛巾，好似不定形的生物。慶子踩著毛巾，從沙發起身。

扭傷的右腳踝腫起來，引起發燒。後頸像板子一樣僵硬，約莫是避免增加雙腳負擔一直躺著，姿勢不良造成。她單手抱著發冷的身體，空出的手扶著牆壁走向洗手間，實在很不舒服，途中休息好幾次。

太陽穴很痛，後腦勺也很痛，大概是哥羅芳造成的吧。又或者，是昏倒或被抱上樓時，不知不覺撞到頭。揮之不去的噁心感，恐怕出自同一原因。

胸口像打嗝一樣湧起一陣窒息感，慶子連忙俯在洗手台，總算及時趕上。她一邊因惡寒顫抖，一邊嘔吐，卻只吐出黃色胃液。她這才想起，今天從早上到現在都還沒吃過什麼東西。

「啊，眞討厭。」

她這麼說出聲，又繼續吐。

漱口後，慶子幾乎是爬著回到客廳。膝蓋顫抖發軟，想仰望時鐘，糾結的亂髮黏在冷汗濡濕的額頭和臉頰上。

修治他們不知情況如何？時間已是凌晨一點，兩人到哪裡了呢？說要追織口，眞的追得上嗎？眞的不會有危險嗎？

慶子無從推測織口在想什麼？爲何要奪槍？看似溫馴，彷彿對人生非常滿足的初老男人心中，究竟沉睡著怎樣的炸彈？

修治只說織口「有很大的苦衷」。當然，沒有時間多談，不過慶子感到，即使不是如此，他恐怕也不會解釋給她聽。

或者，修治是怕透露織口的企圖，慶子會去報警。究竟是什麼苦衷、什麼理由？

慶子認識的織口，只是個會幫來「漁人俱樂部」的小孩裝餌釣鯽魚的慈祥伯伯。上次去參觀兒童釣魚大賽時，她隨口提到從未釣過魚，織口立刻勸她應該嘗試看看——一開始，搭我們租的船去就好。慶子小姐長得這麼漂亮，再晒晒太陽、吹吹海風，會變成更健康的美女。當時，他笑著這麼提議。

健康的美女嗎……現在的我，又是什麼德性呢？想來，一定是慘不忍睹吧。

慶子靠在沙發上一陣子，又開始想吐。她連起身的力氣都沒有，直接從地上撿起毛巾捂著嘴。這次沒吐出來，暈眩和惡寒卻愈來愈嚴重。

毛巾從慶子手中滑落。

搞不好會就這樣死掉，眞的很不舒服。

這大概是懲罰吧。她企圖尋死，卻沒成功，反倒傷害了範子。更何況，她還讓範子和修治身陷險境，替自己企圖做的傻事收拾爛攤子。

今夜不惜做出這種事，織口每天到底是抱著怎樣的心思過日子？就像慶子選擇這麼難看的死法，想拉國分一起陪葬，表面上仍平靜地和修治及「漁人俱樂部」的店員來往，難道他也一直戴著面具生活？剝下薄薄一層皮膜，會顯現另一張截然不同的臉嗎？

如果是這樣，他就錯了，慶子暗想。如同今晚，範子不惜捨身來阻止她，一定會有人試圖制止織口。只要還有這樣的人，織口就不能死，不能走上險路。

試著換個姿勢，輪到右腳踝發出悲鳴。她躺在地上，左臉緊緊貼著地板。

昏暗中，她看到前方亮著小小的紅燈，出門前按下答錄機後，隨即忘得一乾二淨。注意到這一點，慶子終於哭出來。

離開這裡時，我打算死在國分面前。可是，我居然還開了答錄機……

其實，我根本不想死——此刻，慶子恍然大悟。

（織口先生……）

你也一樣……慶子在心中低語。任憑一時的衝動莽撞行事，絕對會後悔。

請保佑修治趕上，請保佑他及時阻止織口。

神啊，不要再讓任何人遭遇更危險的事。

慶子空虛地祈禱著，恍恍惚惚陷入昏睡。

這時候——

東邦大飯店的地上十二樓，國分愼介跟一群死黨在電梯裡。挑高的二樓酒吧營業到凌晨兩點，他們要去續攤。

新娘獨自留在總統套房的臥室中。

「喂，眞的沒關係嗎？」

朋友半揶揄半認眞地問，國分只是笑著敷衍過去。他的新婚妻子打喜宴結束換好衣服後，就說今晚她想好好睡一覺——我沒那個心情「做」，無所謂吧，反正又不是第一次。這種和外貌不符的率直作風，正是國分欣賞她的優點之一，何況他也覺得今晚跟朋友鬼混更愉快。他想沉浸在優越感中，咀嚼勝利的滋味。

他們踩著香檳色地毯，步入電梯。朋友還穿著赴宴的正式禮服，唯獨國分換上做工精緻卻只是平常穿的西裝。奇妙組合的一行人，映在電梯內的鏡中。

飯店的人告訴他們，要去酒吧得搭電梯到服務台所在的一樓，再走大廳中央的大理石階梯比較快。他們在一樓出了電梯，穿過空曠的大廳。酒吧演奏的鋼琴聲，從頭頂上隱約傳來。爲剛抵達的外國客人帶路的門僮，拖著附輪子的行李箱與他們錯身而過。從套房一路胡鬧下樓的一行人，不得不放低音量。

可能是四周太安靜，服務台的對話傳入國分的耳中。

「沒有？真的嗎？你們有沒有仔細找？」

說話者語氣非常急切，國分不禁抬眼往聲音的主人看去。

一名上半身幾乎越過寬闊的服務台、像穿著出租禮服的青年，和一個穿豪華和服的年輕女孩，正在與服務台的職員爭論。女孩眼看就要哭出來。

「喂，你們先過去。」

國分朝他身旁的小川夫妻說完，便停下腳步。

「怎麼了？」小川轉頭問，發覺國分望向服務台，嘻嘻一笑。

「喂喂，你還沒正式當上律師，少管別人的麻煩。」

國分也笑了。「我可不是要插手管閒事。」

他只是感到好奇。那個看似輕浮的青年，表情非常認真。笨蛋惹出來的笨麻煩，旁觀起來格外有趣。

對，在他眼中，在這擁擠的世上，九成都是沒用的人渣。多虧剩下一成的人左右社會、掌管經濟、使國家富強，那些人渣才得以苟活。偏偏他們還喜歡人模人樣地講大話，其實什麼也不會。說穿了，根本是無能。

可是，我不同——還在穿短褲的童年起，國分慎介就這麼想。從小看著父親終日操作印刷機，被噪音弄得重聽，對顧客哈腰鞠躬，只能去附近小酒館看著新的裸女月曆充當下酒菜，他更確信這一點。我屬於最高等級，是不小心混入污穢塑膠麻將牌的純白象牙。倘若真有所謂的命運之神，祂遲早會發現犯下的錯誤，把我放回正確的桌子，送到正確的夥伴身邊。

如今，訂正的時刻終於來臨。他站在正確的階梯前，不是立刻走到盡頭、專給那些人渣攀爬的階梯，而是每上一層空氣就變得更好、轉角還鋪著足以淹沒腳踝的長毛地毯的階梯。

青年仍在服務台僵持不下，反正不可能是什麼了不起的金額，瞧他氣急敗壞的樣子。「真可悲。」國分低語。

他那群朋友和小川的妻子和惠先走，留下他和小川，若無其事地佯裝閒聊，遙遙觀望。

「她很寶貝那樣東西，不見眞的很困擾。」青年握緊拳頭，逼近服務台職員。

「絕對是掉在停車場，不會錯。其他地方我們都找遍了，而且在電梯裡時，她明明還插在頭髮上。」

看來是女孩的髮飾不見了。

「您這麼說，我也沒辦法……既然您都找過了，還是沒找到……」

服務台職員十分困惑，略微皺著臉問：「找過二位搭乘的箱形車內部嗎？」

「當然，就是沒找到才會來問你們。」青年非常生氣。

「其他地方都找過了。」女孩帶著哭腔說。

服務台職員輕嘆一口氣。「你們開走箱形車時，旁邊有沒有人？」

「什麼人？」

「我的意思是，或許在停車場，旁邊某個人撿到這位小姐掉落的髮飾。」

國分對小川耳語：「傷腦筋，平白引發騷動。」

「該走了吧。好啦，別管那種傢伙。」小川一臉不耐煩。

是嗎？國分暗想。不見得吧？我倒是想好好管一下那種傢伙。

國分尾隨小川邁開腳步，一邊對著他的背影竊笑——不過，那傢伙引發的無聊騷動，你或許會感同身受，因爲你和我站的位置不一樣。你只是沒發覺，其實你跟那種人是同類。算我拜託你，別以爲跟我是同層次的人……

這時，青年的話傳入耳中，國分猝然止步。

「想起來了，我們駛離時，旁邊有個開賓士的女人。那是賓士190E23。我還說，年輕女人開這種車很稀奇。記得她拎著像裝樂器的大型黑皮箱，也許她看到了什麼？又或者，是她撿走了？」

服務台職員神情益發爲難。

「不，我只是打個比方，請不要輕易下結論。」

國分凍結在原地。走在前方的小川察覺他的樣子不對勁，返身找他前，他一直無法動彈。

「喂，你怎麼了？」

賓士190E23。

黑色皮箱。

國分無暇考慮，筆直走向服務台，抓住傾身向前的青年肩膀。

「喂，我問你！」

青年驚訝地轉身。

國分幾乎貼到對方臉上，逼問：「那個開賓士的女人是什麼樣子？頭髮很長嗎？」
青年沒馬上回答，瞪大眼觀察國分後，轉向服務台職員，彷彿要求解釋。
「這位先生……」職員連忙上前調解。
國分搖晃著年輕人的肩膀。「喂，我在問你，是怎樣的女人？」
「怎樣啊……」青年一時語塞，「是個美女。」
「瘦骨嶙峋嗎？」
「嗯……算是吧。沒錯。」
「穿什麼衣服？」
「綠色連身裙。」
「你確定她拿著黑色皮箱嗎？」
國分咄咄逼人，青年不禁縮起肩膀。「沒錯，我一直看著。那似乎是一個很重的箱子。」
國分放開青年的肩膀，走回小川身旁。雖然他睜著雙眼，卻覺得一片漆黑。
「怎麼回事？」小川察覺事態有異，低聲問。
「是慶子。」國分舔著嘴唇，「慶子來了。」
「咦？」
「她來了，來我的喜宴。絕對不會錯。」
小川抓住國分的手腕。「你清醒一點，這怎麼可能？她應該連你結婚都不知道吧？」
「她可能調查過。」

國分瞪著差點笑出來的小川。

「絕對不會錯。對方說是開賓士的年輕美女，還拎著黑色皮箱。」

「什麼黑色皮箱？」

話一出口，小川約莫反應過來，輕鬆的笑臉一僵。國分點點頭。

「沒錯，慶子那傢伙帶著槍來了。」

小川的笑意彷彿瞬間擦拭得一乾二淨。

「那傢伙有競技用的霰彈槍，你也知道吧？那傢伙帶槍來，是爲了射殺我。」

頭頂上的水晶吊燈燦爛明亮，國分和小川呆立在大廳正中央。國分敏銳地環顧四周，突然覺得自己成爲射擊的飛靶。

三

那輛遭到棄置的賓士190E23，是一對年輕情侶發現的。午夜十二點半過後，他們正要從朋友住處回家，撞見停在路上、堵住狹窄道路的肇事車輛。

他們按幾下喇叭，對方車內卻沒反應。仔細一看，駕駛座似乎空無一人。

這對情侶已喝醉，多少有點怕麻煩。討論一陣後，兩人下了車，打公用電話通知一一〇時，已是午夜十二點四十五分。

「又來了？」

黑澤洋次脫口而出。

「這是第幾輛？」

「啊……呃，等一下。」話筒彼端的桶川勝男慢條斯理地回答，大概在翻閱資料。「應該是第十三輛。」

這麼多嗎……黑澤驚得目瞪口呆，從被窩起身，搔著蓬亂的頭。枕畔的鬧鐘指著凌晨一點。幹這一行早習慣被電話吵醒，尤其像今晚由桶川値班，他會嚷著「好無聊」就打電話來，千萬不能大意。

當然，即使桶川眞的覺得無聊打來也不會講太久，頂多兩、三分鐘就會掛斷。當刑警的，沒人習慣抱著電話聊天。或許是這一行總在趕時間吧，不過黑澤還是覺得很不可思議。

今晚桶川打來是爲了公事。大約十分鐘前，警方收到通報，在谷原七丁目的路上，發現一輛疑似遭到棄置的贓車。

「手法跟之前一樣嗎？」

黑澤指的是，最近的半年左右，東京都二十三區中的西北部，包括練馬、澀谷、杉並區內，頻頻發生的汽車竊盜案件。歹徒專挑高級車，是相當惡質的犯行。累積多達十二件，練馬北分局轄區有四件，搞不好這次的賓士將是第五件。

歹徒的犯罪手法十分固定。打開引擎蓋接上線路，發動引擎，駕車四處兜風後，不只把車內的東西洗劫一空，還在椅子上澆汽油縱火，或是把車子的烤漆刮得亂七八糟，扔到匪夷所思的地方逃走。更慘的是，如果裝有車用電話，車主事後還會接到電信公司的大筆帳單，當然，這是犯人打的電話費。

雖然不是什麼凶殘的案件，可是手法這麼惡質，且次數一多，報紙和電視新聞就會開始報導，對市民生活的影響也不容小覷。有些社區認爲警方靠不住，主動在夜晚巡邏停車場。站在練馬北分局搜查三課的立場，關係到他們的顏面。最近認爲犯案者是一群少年的看法逐漸占上風，有時一個晚上失竊兩輛車，歹徒不僅機動性十足，也令人感到似乎是爲了取樂，在車種的選擇上相當追求時髦。果眞如此，更得加緊追查，因爲青少年犯罪往往會愈演愈烈。

不過，桶川倒是毫不煩躁。那位老爹大概又是拔著鼻毛講電話吧，黑澤想著。

「不。排除車禍不談，這次的車子倒是挺乾淨，也沒有遭到洗劫的跡象。基本上，不是我們轄區的車，還不能斷定是相同的犯人幹的。只不過，狀況有點詭異。」

桶川調閱車牌資料，發現車主是住在江戶川區南小岩某公寓的女性關沼慶子，卻無法聯絡上她。

「電話沒人接，開著答錄機，很奇怪吧。」

黑澤的睡意總算消退。「你的意思是，她可能捲入什麼案件？」

「也許吧。」桶川的話聲依舊慢條斯理。「所以，我想請你去她的公寓看看情況，就是這樣。」

黑澤住的廉價公寓，位於墨田區的向島。

「辛苦了，拜託你跑一趟。隅田川東邊是妖魔鬼怪的巢穴，像我們這種在山手高級住宅區長大的人可不敢去。」

黑澤噗哧一聲，「虧你能臉不紅氣不喘地說出這種話。」落腳於練馬北分局前，桶川曾遊走各分局之間，算是沙場老將，而他待得最久的地方，就是向島分局。他才是妖魔鬼怪吧。

「留井他們趕去現場了，至於公寓的地址……」

黑澤迅速抄下地址。

「我跟附近的派出所聯絡過，巡警會陪你一起去。如果見到本人，就把原委告訴她，請她來現場一趟。」

聽他溫吞的口氣，似乎認定不可能見不到本人，黑澤也沒什麼緊張感。現在是深夜，也許車主還沒察覺車子失竊。八成是睡著，沒接電話。

「不好意思，每次都抓老弟你出公差。」

其實，桶川籍貫不詳，講話卻有那麼一點特別的口音。每次喊黑澤這樣的年輕人時，他一律稱呼「老弟」，聽在黑澤耳裡像是「老迪」。

「睡在你旁邊的美眉，由我負責道歉，你叫她來聽電話。」

「很遺憾，美眉在洗澡。」

黑澤伸手去拿隨意搭在椅背上的襯衫，一邊把傳來桶川笑聲的話筒掛上。很遺憾，這間屋子裡沒有女人生活的跡象，連一根長髮都撿不到。除非從沒整理過的萬年地鋪，基於同情生活不規律又忙碌的主人，化身爲大美女自薦枕席，否則恐怕暫時與女性無緣。

公寓的名稱叫「克萊爾・江戶川」，是一棟貼著磚紅色磁磚的時髦建築物。

「關沼慶子」的名牌貼在六〇四室的信箱上。

在巡警陪同下，黑澤首先前往地下專用停車場檢查。雖然只是在水泥地上以白油漆畫線的簡單格局，倒也停滿車子，唯有牆上貼著「關沼小姐」名牌的停車位突兀地空著。

「車子不在耶。」中年巡警拿手電筒照來照去，認爲這位女車主可能遭人丟在原地。

「我們局裡的人打過好幾次電話，可是都沒人接。」

「玄關的對講機呢？」

「按過，但沒回應，可見範圍內也看不到燈光。」

有種不好的感覺……黑澤暗想。她眞的不在嗎？那麼，案情就會變成是車子在外失竊，駕駛車輛的女性又下落不明……

「門鎖著嗎？」

「對。要是有備用鑰匙就好了，可是管理員只有白天值班，聯絡不上。」

兩人匆匆穿越停車場。黑澤忽然踩到某種柔軟的東西，停下一看，是塊像抹布的髒布，撿起才發現約有手帕那麼大。

巡警以手電筒照亮，「應該是擦車用的抹布吧。」

這麼一提，還眞的聞到一股機油味。黑澤沒多想，習慣性地塞進西裝口袋。

「她住在六樓，沒辦法從陽台進去……」

面對一臉苦惱的巡警，黑澤拍拍西裝暗袋。「眞到了緊要關頭，就用撬鎖器破門而入。但願沒這個必要。」

六○四室的門旁，掛著「關沼」的名牌。黑澤確認後，按下對講機的按鍵。

他聽見屋內響起鈴聲。然而，即使按第二次、第三次，依舊無人應答。

黑澤抬頭看著門，輕輕握拳，這次試著敲門。手背撞到金屬門的聲音，出乎意料響亮。他左右張望，不過目前兩邊鄰居似乎都沒開門的跡象。

「關沼小姐，妳在家嗎？」

他盡量壓低音量呼喚。

「關沼小姐？」

重複數次後，終於吵醒鄰居。傳來一陣門鍊的窸窣聲，右鄰的門悄然開啓。一個瞇眼皺眉，和黑澤年紀差不多，一身睡衣的男人探出頭。

「喂，都這麼晚了……」

對方不耐煩地抱怨到一半，似乎察覺制服巡警陪同在場的意義。睡眼惺忪的臉立刻緊繃。

「請問發生什麼事？」對方連語調都客氣起來。

黑澤亮出證件、報上姓名，表明是來找關沼慶子後，男人揉著眼回答：「不知道……隔壁的事我不清楚。」

唉，公寓裡多半是這樣的住戶。

「你今天沒看到她嗎？」

「別說是今天，我們根本難得碰到面。」

「這邊的鄰居呢？」黑澤往左鄰的門一指，男人搖搖頭。

「那是空屋。雖然有屋主，不過大概是投資客吧，好像不住這裡。」然後，他露出從下窺伺的眼神。「關沼小姐闖了什麼禍嗎？」

「不，不是的。」

黑澤說著，轉向巡警。

「沒辦法，開開看吧。」

「只好這樣。」

黑澤確認巡警將隔壁男人趕回門裡後，才取出撬鎖器。

慶子緊貼著大門內側。

沒辦法，開開看吧——聽到這句話前，她都靜止不動，屏息斂氣，燈也沒開，一直在窺探情況。

第一通電話打來時，是凌晨一點過後。她被電話鈴聲吵醒，搖搖晃晃走近話機準備接起，暗想或許是修治打來的。

可是，答錄機的動作比腳步踉蹌的她更快，從揚聲器傳出對方的聲音時，她驚覺這通電話絕對不能接。對方是警察，說是發現慶子的車。

練馬北分局？在谷原？遭人開過後棄置？

這是怎麼回事？織口連車鑰匙一起偷，應該會開走車。那輛車怎麼在練馬區？

（拜託，請妳先不要報警。）

修治的懇求在耳底迴響，慶子答應他不會報警。她並不打算毀約。

電話鈴聲不斷響起。由於太刺耳，她調成靜音。可是，不久後，玄關門鈴也響起。透過門上的貓眼，她看見門外穿制服的巡警。大概是爲了確認她的下落，親自過來。

僅僅一門之隔外就有警察……慶子不免受到影響。是不是該出面比較好？想到這裡，她好幾次差點伸手開門。然而，一旦面對警察，關於車子失竊的事能否扯出像樣的謊，遵守與修治的約定，她完全沒把握。

只有今晚，就這麼一晚，緊閉大門按兵不動吧。明天，如果修治攔下織口平安返回、如果槍順利回收，她再和修治商量編個謊話，主動報案「車子失竊」就行。目前暫且假裝不在家——不，推託是睡著了就好。由於身體很不舒服，吃過藥睡著，沒聽到動靜，這麼解釋就行。

可是，此刻門前的警察說「開開看吧」……

她從不曉得警方還能這樣處理。時間這麼晚，應該聯絡不上管理公寓的不動產公司，她以爲起碼不用擔心門會遭強行打開！

鑰匙孔似乎有某種工具戳入，喀嚓作響。

四

上路好一陣子，聊過天氣和確認路程後，大概是副駕駛座的竹夫在睡覺，握著方向盤的神谷一直沒說話，也不打算開口搭訕。車內燈和收音機都關著。

織口倚著後座位子，茫然地將視線投向窗外。高架高速公路穿過這陷入沉睡的夜晚都市上方。像大樓配線和電力系統的管線在牆內穿梭一樣，這條不眠不休、繼續奔馳，宛如粗大動脈的道路，也走在都市的天花板夾層中。

抬頭一看，雲破天開，星星從雲縫露臉。織口忽然想起，傍晚的氣象預報曾說天氣會從西邊好轉。

穿過新座市，接近所澤出口的標誌時，神谷開口：

「累了吧？不妨躺下來，好好睡一覺。後座應該有小毛毯。」

織口微笑，「不，我不要緊。」

「您滿腦子都想著令千金，所以睡不著嗎？」

隨口說出的話，神谷居然深信不疑，織口不禁心生好感，胸口湧起一股溫馨。到了明天，當他知道織口在金澤做了什麼、爲了什麼才去金澤，這個男人會怎麼想？他會有同感嗎？又或者，他會反對，甚至責難？

不管怎樣，他都不能給這對父子添麻煩。不僅是希望順利完成計畫，就算是避免拖累這對父子，他也得隱瞞眞正的目的。織口提醒自己。

接下來有那麼一陣子，他們針對織口在「漁人俱樂部」的工作、神谷的同事中某個喜愛釣魚的男子，有一搭沒一搭地聊著，氣氛漸漸舒緩、熱絡起來。

見竹夫安靜地睡著，織口問：「小弟弟……是叫竹夫吧。」

「對。」

「明天要上學，這麼晚還大老遠前往和倉，應該是有急事吧？」

神谷瞄織口一眼，隨即面向前方。在錯身而過的對向車燈照射下，可看到他臉上掛著笑，但那笑容似乎不大。

「說是急事，是很急啦，不過不是像您這樣的喜訊。其實，內人住院了。」

「竹夫的媽媽？是哪裡出毛病？」

神谷沒立刻回答，遲疑片刻，才輕聲吐露：「是心臟。」

「眞是抱歉，我不該多問。」

聽到織口的話，神谷有點慌張，再度瞥他一眼。

「不，不是什麼重病，眞的。怎麼解釋呢……呃，算是心病吧。」

「噢。」

神谷好像很想傾吐，又覺得不該向偶然搭便車的陌生人說這種事，顯得有些遲疑。要是談一談能排解苦悶，他想說多久我都願意聽，織口暗忖。仔細想想，這個男人或許將會是織口人生最後的時刻，親密交談的唯一對象。

「織口先生，您的家人呢？您提過夫人已去世，只剩住在金澤的女兒嗎？」

「是的，我就這麼一個女兒。」

織口的妻子已去世，並非謊言。不過，正確的說法，應該是「前妻」。至於女兒還活著，這是騙人的。不過，跟神谷一聊，謊言彷彿成眞，織口漸漸覺得有一個快生頭胎的女兒在金澤等著他。

不，也許的確如此。女兒和妻子，可能眞的在等他。等著準備出征、替她們遭受的非人待遇討回公道的織口。

「小孩實在很不可思議。」神谷低聲慨嘆。「說是父母的鏡子，還眞的沒錯。」

「剛才提過竹夫『不太會講話』。這孩子看起來十分聰明，是媽媽生病不能陪在他身邊，太寂寞了嗎？」織口不慌不忙地應道。

這個問題似乎直搗核心。神谷的雙手放在方向盤上，略作思考，然後才回答。

「這孩子是『緘默兒』。」

「緘默……」

「對，完全不說話。不過，不是天生的，都是我和內人的錯。」

大概是卸下心防，神谷說起原委，包括岳母的事、妻子的狀況。雖然他愼選字眼，沒責怪特定的人，可是織口很清楚，爲此他已身心俱疲。從他壓抑的口吻底層，不自覺地流露出來。

況且，神谷描述的內容，聽在織口耳裡，像身體上殘留的舊傷般熟悉，非常能理解——宛如對自己的事一樣深刻理解。

二十二年前，織口在生長的故鄉——石川縣伊能町，和當地地主的獨生女結婚。由於是入贅，他連「織口」這個姓氏都放棄。

他們是戀愛結婚。那時，織口在當地高中擔任國文老師，妻子比他小五歲，曾是他的學生。他們的結合遭到對方父母的強力反對，但在她揚言要私奔後，雙親終於勉強答應。跟神谷目前的處境，其實極爲相似。

出了所澤，經過三芳、川越、鶴島……神谷目送著標誌，一邊淡淡敘述。織口不時接腔，一直聆聽著。不知不覺中，他全神貫注在神谷的話語。這麼一來，或許就能忘記時間和現在的立場。

「唉，要說誰最不應該，可能是我這個上班族，不該高攀老鋪旅館的獨生女吧。因爲我明明知道，將來一定會牽扯出怎麼繼承家業的問題。」

神谷自嘲般說著，結束話題。車子駛進東松山市。

「抱歉，談起這種奇怪的話題。」

「我倒是無所謂。而且，我也不覺得你有錯。」

神谷微微轉頭。透過後照鏡，織口只窺見他沉鬱的表情。

「您和太太是在東京認識的吧？」

「對，內人也在東京上大學。」

「你們結婚時，關於旅館的繼承問題應該已達成協議吧？」

「當時協議由內人的父母，在旅館的職員中找一個適當人選當養子……」

「確實有這樣的人選吧？」

「對，比我和內人更適合的人選，我認爲他很稱職地打理旅館。」

「太太不想繼承旅館事業吧？」

「是啊，所以她才會到東京念大學。」

織口一笑。「那不就沒任何問題了嗎？你並沒有錯。雖然性格稍嫌溫和，或說是優柔寡斷……啊，對不起。」

「沒關係，我也這麼覺得。」神谷苦笑。

「雖然你有必要強勢一點，不過，太太得趁早切斷她母親的影響力。」

「我是這麼想……問題是，儘管腦袋知道，卻不曉得具體的方法。」

確實會遇到這種難題，織口暗想。半晌後，他吐出一句：「以前我也一樣。」

「哪樣……？」

「我曾處在跟你相同的情況。」

織口透露入贅的事，神谷好脾氣的臉一陣緊繃。

「那麼，現在仍……」

織口在面前搖搖手。

「不不不，最後還是不行。我實在無法忍耐，於是離開那個家。不過，我倒滿慶幸當時的決定。」

「那麼，您和夫人一起前往東京？」

「是的，後來我們感情一直很好。我的經驗沒什麼參考價值，就不多說了。只想強調一點，不管要離開娘家或要做什麼，夫妻之間商量過，同心協力一般都能克服。」

「這樣嗎……」

是錯覺嗎？神谷似乎有些心虛。織口看著神谷的側臉，在心中道歉。他像眞有那麼回事，又扯出一個謊。

實際上，織口是一個人來到東京。二十年前，也就是婚後第二年，生下女兒。當時女兒甚至還沒學會走路。

從新婚之際，夫婦倆就頻頻發生爭吵，並在勉強忍耐的過程中懷上孩子。諷刺的是，生下的小寶寶反倒成爲割斷織口與岳家關係的決定性因素。

「孩子生一個就好。如果想生第二個，可能會賭上夫人的性命。」

醫生這麼建議。由於嚴重難產，妻子在床上躺了將近一個月。嬰兒由岳母一手照顧，未經她的允許，織口連抱都不能抱孩子。

最後，一些迴避著織口偷偷交談的耳語，還是傳到他的耳中。

——大小姐要是沒找那種女婿，本來可以健康地生下一大堆孩子。都是那個男人害的，她才會差點賠上性命。

奇怪的是，這些竊竊私語並未帶給織口太大衝擊。眞正讓他幾乎膝蓋發軟、大受打擊的是，妻子出院後表示要暫時分房的時候；發現妻子比以前更黏著母親，和他變得無話可說的時候。是他在家中失去容身之地的的時候；是不管坐在哪裡都覺得地板、椅子或坐墊都冷冰冰，不管他說什麼都不再有人回答的時候。

即使如此，下定決心離家之際，他仍打算把妻子和女兒一起帶走。這樣下去，我們一家就完了。我們離開這裡，帶著孩子，一家三口重新建立家庭吧——他如此提議，懇求著。

終究是白費唇舌。

織口的妻子，寧願選擇從小生長的家、應有盡有的家，而非與他攜手共同建立的家。所以，織口將妻子和女兒留在伊能町的家，隻身來到東京。可是，當時他還沒放棄「遲早有一天會把妻女接來」這個回想起來太天真的希望。

三年後，希望徹底破碎。離婚協議正式成立，他恢復原本的姓氏，卻沒能爭取到女兒的監護權。

他沒再婚。在東京謀得教職，也沒持續太久。從事教育孩童的工作，會迫使他不斷想起留在伊能町的女兒，所以，他隨意更換工作，一邊留意防止旁人探究過去，獨自生活至今。

二十年後的此刻，織口深深感到懊悔。那一股悔意，促使他採取說謊的方式，形之於言語，向神谷傾訴……

那時，二十年前的那時，他應該帶著妻女一起離家，他們應該一起離開伊能町。這樣的話，只要這樣做，命運就會改變。撫養女兒的前妻，和剛滿二十歲的女兒，就不會碰上可怕的遭遇。母女倆也不會被射穿腦袋，一起陳屍在泥濘路上。

而織口，便用不著帶著槍奔向故鄉。

「深夜開車，光是不用擔心塞車就輕鬆許多。」

神谷主動搭話。織口從回憶中甦醒，回望著他。

「對，就是啊。」

「一點半左右，大概就能抵達上里的休息站。我得帶竹夫去上廁所，順便打電話詢問內人的情況，會停個十分鐘，您看可以嗎？」

當然，織口回答，接著視線又移向窗外。面部輪廓模糊地映在窗上，臉色分外慘白。

「到了上里，我也得打通電話。」

織口低語，神谷接過話：「要打去醫院吧，說不定孩子已出生。」

對著後照鏡中微笑的神谷，織口輕輕一笑，垂下目光。不是的，很抱歉，那些全是謊言。

打去慶子的公寓看看吧，織口整理著腦中思緒，如此想著。把她關在屋裡離開時，他確認過答錄機開著。如果她沒被人發現，答錄機應該還開著。

再確認一次吧。

這時，某個和織口立場截然不同的人，正拚命打電話到關沼慶子家。

國分慎介在東邦大飯店的大廳，身後緊跟著小川和他的妻子和惠。小川夫婦湊向話筒，幾乎貼在國分的耳上。

「不行，沒人接，她不在家。」

喀嚓一聲，國分切斷電話，粗魯地掛回話筒。電話卡發出「嗶」音退出來，在安靜的大廳裡，簡直像警報一樣響徹四方。國分抽出電話卡。

「開著答錄機，對不對？那就不見得是不在家。」和惠嘟起抹著濃豔口紅的嘴唇，「搞不好是睡著，才開著答錄機。欸，國分先生，你想太多了吧？說她帶槍過來，根本不可能嘛。」

國分默默握拳。站在他的立場，無法輕易接受和惠的推論。畢竟攸關他的性命。

「我贊成和惠的看法。」小川插話。

「欸，我們回酒吧，別管關沼慶子了。」

國分瞪著他，「虧你還能一派悠哉。」

「怎麼？」

「我和你們是一丘之貉。她恨的不只是我，你們也是共犯，說不定會跟我一樣被槍殺。」

小川夫婦面面相覷。小川鬆開領帶結，模樣十分邋遢。由於不勝酒力，連脖子都一片通紅。

和惠以尖銳的小指指甲搔著鼻頭，一邊打馬虎眼：「跟我可沒關係，我又沒做什麼壞事。」

國分退後一步凝視她，一股酒臭味撲鼻而來。

「這種話妳何不留著對慶子說？她一定會高興地拿著霰彈槍來找妳。」

和惠傲然撇開下巴，轉向一旁。小川以手肘戳戳她，「好啦，別說了。基本上，若是慶子真的打算射殺我們，爲什麼還在磨蹭？假如要動手，早就動手了吧。」

對，沒錯。國分一手放在話機上，煩躁地敲著指尖。爲什麼？既然慶子找來這裡，怎會毫無動靜？

「或許埋伏在停車場喔，要不要試試？」

聽著和惠嘲弄的口吻，國分火氣上衝。

「妳這女人，怎麼每一件事都拿來開無聊的玩笑？那妳去試試！」

「別罵和惠了。」

小川出聲緩頰。這時，服務生經過設置電話的大廳角落，國分三人嚇得抱成一團。

「笨蛋，你們緊張什麼啊。」

和惠率先退開。可是，她頂著花哨頭髮微微顫抖的模樣，並未逃過國分的眼睛。

三人備受震撼。以爲關沼慶子的事早已解決，可以拋在腦後，沒想到會以這種方式重返戰場……

我們簡直像巢中的幼雛，處在幾近崩潰、胃底彷彿抽空的奇妙無力感中，國分暗暗想著。慶子在高空自由盤旋，好整以暇地思索，要選擇哪一個當餌，我們卻連躲都不能躲。即使三人互相以對方當盾牌，頂多是把挨子彈的順序稍微延後。

這一切，都是慶子帶霰彈槍前來的緣故。該死，以前同居時，爲什麼沒針對這點多做考慮？當初甜言蜜語哄她繳回槍械執照，現在就不用提心吊膽。不然，乾脆狠一點，提出分手後，就先轟掉那女人的腦袋也好……

「慶子會在哪裡？」國分自問般低語：「她會在公寓，或是還在飯店？」

「搞不好她在你們的蜜月套房，向新娘抖出你的過去。」

和惠或許是隨口說說，沒什麼深刻的意思，這些話卻射穿國分心臟中央。看到國分神色大變，和惠嚇一跳，連忙補上一句：「騙你的，開玩笑啦。」

然而，國分並不理會。他的腦中，像猛灌蘇打水時不斷打出不愉快的嗝，擠滿類似的念頭。

對，不無可能。慶子大可將兩人的過往種種，在他的新婚妻子和親戚面前全部攤開。

沒錯，有可能。去年冬天，當他提出分手時，慶子爽快妥協，他十分安心，以爲兩人之間已結束。如他所料，慶子是個容易擺布的女人。

然而，演變成這步田地就另當別論。慶子這麼鑽牛角尖，不惜持槍找上門，就算今晚並未採取實際行動，殺他或傷害他，也不能保證往後會乖乖地忍氣吞聲。

搞不好她會說出去——得知他結婚後，那女人想到最有效的復仇手段。

「喂……」國分盯著磨得發亮的大理石地板，低聲開口。

「幹麼？」

「幫我一個忙。」

還眞現實，小川夫妻立刻湊近，露出謹愼的表情。國分咀嚼著苦澀的思緒，接下去吩咐：「你們找個理由，讓酒吧那票傢伙先回去。然後，我們三個回樓上，就說決定要在套房裡繼續喝。」

和惠皺起細眉，「然後呢，你想怎麼辦？」

國分的話聲壓得更低：「我從飯店溜走，去慶子的公寓探查。」

三人頓時陷入沉默，各自在心中盤算。

「我就坦白說吧，希望你們替我做不在場證明。」

小川夫妻心中的計算機，似乎閃出對他們有利的答案。換句話說，這個答案是——在不弄髒自己雙手的情況下解決麻煩。

「只是去探查，不需要不在場證明吧？」

和惠故作天眞地問。國分突然感到有些不可思議，這個女人爲何卯足勁，非要置慶子於死地不可？她有什麼理由這麼憎恨慶子？慶子長得比她美？慶子是有錢人家的女兒？

「就是啊，如果只是去探查的話。」小川口徑一致，還翻著白眼窺伺國分的表情。

國分的視線從他身上移開。「萬一眞的沒輒，我已做好心理準備處置慶子，讓她再也不能來攪局。」

「還處置咧。」和惠一笑。她的門牙沾上口紅，笑得讓人毛骨悚然。

「即使她在家，要是不讓你進屋呢？」

國分的手默默伸進長褲口袋，掏出鑰匙圈。上面掛著三把鑰匙，他位於市中心的新居鑰匙、車鑰匙，以及——

「將那間公寓的備用鑰匙還給慶子前，我又打了一把。」

小川低聲吹起口哨。「你啊，眞是準備周全的傢伙。」

沒錯，不管什麼事，我都會準備周全才行動，然後如願以償，國分暗想。誰也別想阻撓我，誰都別想！

我錯了，我太小看慶子。國分以爲她自尊心那麼強，不會一哭二鬧三上吊，搞得醜態畢露；以爲她內心根本沒有純情，很快會忘掉他。

不料，現實不如他的預期。那麼，做個修正就好。既然跟慶子分手時本該轟掉她的腦袋，現在動手也沒什麼不方便吧？

再沒有比今晚更適合的時機。法官大人，一個正逢洞房花燭夜的新郎，怎麼可能去殺人？

「好，那我們先回酒吧。」

小川立刻堆出共犯的笑容，牽起和惠的手。

時間剛過凌晨一點三十分。

同一時刻，這次換成織口從上里休息站的電話亭，打給關沼慶子。

神谷帶竹夫去洗手間。隔著電話亭玻璃，望向上里休息站的停車場，除了神谷的COROLLA，只有一輛小貨卡，和兩輛停泊著巨大車體的深夜長途巴士。可能是電話亭的玻璃染了色，眼前的景象奇異地泛藍。從電話亭的方向遠眺，停車場對面，接近出口那頭有座加油站，儘管燈火通明，卻沒車子停靠。

電話響四聲後，「喀」一聲接通，慶子事先錄的語音留言立刻傳來。

「關沼目前不在家……」

織口聽完，默默掛上話筒。很好，慶子還沒被人發現。她仍關在廁所裡，沒有任何變化。

織口緩緩推開門，走出電話亭。

休息站的餐廳圍著停車場，建造成L型。L的縱線一側是販賣部和休息室，橫線一側是廁所，人影稀落。只有長途巴士前，駕駛與接替員的年輕人同樣穿深藍色制服、戴帽子，伸著懶腰轉動手臂，一邊談笑。乘客幾乎沒下車，車窗大多垂著窗簾，也沒開燈。

販賣部的自動販賣機前，並排放著長椅。椅子上坐著一個戴棒球帽的男人，端起紙杯喝著飲料。他一手夾著點燃的香菸，紫色煙霧從亮處緩緩飄往暗處。織口茫然看著之際，神谷牽著竹夫的手出現在廁所附近，穿越那片煙霧走近織口。

「電話打通了嗎？」

織口露出笑臉，搖搖頭。「對。可是，似乎還沒生。」

「第一胎通常比較耗時，內人生竹夫我也緊張好久。」神谷以過來人地語氣說著，推開電話亭的門。

「不好意思，我再打一通電話。」

「沒關係。」織口彎下腰，問待在門邊的竹夫：「我們喝點飲料吧。伯伯口渴了，竹夫想喝什麼？」

神谷按著號碼，一邊代替孩子回答：「不用了，這孩子……」

「你來杯咖啡嗎？」

「咦？嗯，好啊。」

「那我去買，就幫竹夫買柳橙汁嘍。」

孩子沒回答，織口仍步向販賣部。

正值深夜，休息室和有店員的販賣部都已關門。鐵門上繪有油漆塗鴉，大概是暴走族幹的吧，字跡難以辨認。織口從口袋的零錢包取出銅板，塞進自動販賣機，買一杯熱咖啡、兩杯柳橙汁，同時試著解讀門上的塗鴉。

死——死神。ㄙˇㄕㄣˊ。

究竟是什麼驅使年輕人寫上這種字眼？比起織口年輕時，現今的年輕人早遠遠逃離「死」的威脅。既無戰爭也沒饑荒，更沒有傳染病。雖然車禍增加，但即使身負過去會致命的重傷，救活的比例提高不少。那麼，到底是有哪一點有趣，他們才會偏偏選「死」這種字眼寫著玩？

就算想破頭，也不可能獲得答案。不，根本沒必要去思考答案。用不著好心地袒護他們，那只是在替他們找藉口……

將三個杯子放在塑膠托盤上，返身走回停車場時，耳邊傳來摩托車巨大的排氣聲，彷彿在嘲笑織口的想法。

不只一、兩輛，不過幸好不是暴走族，而是飆車族。他們個個穿皮製連身裝，戴著堅固的安全帽，以優雅的角度傾斜車身，畫出漂亮的半弧形滑入停車場。一時之間，他幾乎對那漂亮的一連串動作看得入神。

可是，下一瞬間，他目睹另一幕景象。

是竹夫。神谷還沒講完電話，他大概覺得無聊，邁開短短的雙腿穿過停車場，走到長途巴士旁。只見他輕輕墊腳，步出巴士巨大車身的陰影。

兩輛一組的摩托車隊，朝竹夫小小的身影奔馳而來。

織口當下變成複眼，視野充滿各種景物。背對這邊的神谷、重新戴好帽子的司機、捻熄香菸的棒球帽男子，及彷彿在地面畫的分隔線上獨自玩耍、蹦蹦跳跳的竹夫，還有逐漸逼近的摩托車車燈。

「危險！」有人高喊。

織口來不及思索，雙腳便採取行動，托盤離手。視野一隅，神谷踹開電話亭的門衝過來。織口跑出去，無論過去或未來，這是他唯一一次如此敏捷地奔馳。他撲向竹夫，避開摩托車的車燈，滾臥路面。

摩托車的廢氣噴上臉頰，一股橡皮焦味撲鼻，耳旁聽到大聲尖叫。金屬的氣息和味道，在嘴裡擴散。

一回過神，織口已抱著竹夫，滾倒在鋪柏油的停車場。停在五、六公尺外的摩托車上，穿連身裝的車手紛紛下車，一起衝過來。神谷推開他們，飛奔而至。

「不要緊吧？」

看似領隊的車手取下安全帽尖聲詢問，是個二十五歲左右的青年。看到他誠懇的雙眼，及想碰織口和竹夫卻惶恐地縮回、不敢隨意碰觸的手，織口總算鬆一口氣。

「不要緊，我們不要緊。」

青年似乎放下心。雖然挨在他身後，另一名較年長的男子輕輕戳著他的頭，但他總算露出笑容。「對不起，我剛才沒看到。」

神谷抱著竹夫，轉向青年。

「哪裡，我也不夠小心。您一定沒想到，這麼晚停車場還有孩童吧。」接著，他向織口行一禮：「謝謝，您沒受傷吧？」語尾明顯帶著顫抖。

「對，沒事。」

神谷伸出手，拉起織口。「抱歉，我電話講太久。由於不想讓竹夫聽見，背對著他。」

這場小小的意外似乎引起長途巴士上的乘客，及加油站員工的好奇。巴士的窗簾紛紛拉開，加油站那邊出現兩道人影。

「好了，我們走吧。」

神谷懷抱竹夫，護著織口回到COROLLA旁。臨上車前，織口朝擔心地遙望他們的連身裝青年，輕輕舉起手。

巴士上的乘客看到沒發生什麼事，又拉起窗簾，加油站的人影也縮回去。

三人在COROLLA車中安頓下來，織口詢問：「太太情況如何？」

神谷表情還有些僵硬。「還是老樣子。不過，不去露個臉不太好。」

大概又是他岳母接的電話吧。

「咖啡剛剛扔掉了。」織口微微一笑，神谷總算回他一個笑容。

「換我去買。」

然後，他伸出食指，朝竹夫一戳：「你待在這裡。」

吩咐完畢，神谷下了車。織口傾身靠向副駕駛座。

「你嚇一跳吧，有沒有哪裡擦傷？」

聽到織口這麼問，竹夫依然沉默無語。

此時，恰巧長途巴士緩緩發動。隔著車窗看到的巴士巨大車體，像兩隻在水族館的水槽中並肩游泳的鯨魚。

「好大喔，眞想坐坐那種巴士。」

竹夫眨眨眼，仰望織口。短短一瞬間，織口覺得兩人稍微心意相通，十分高興，卻又連忙撇開臉。

爲什麼我會這麼做？千萬不能忘記眞正的目的，否則會想打退堂鼓。絕對不行。

他輕輕轉移視線，凝視那個包袱。綁得很緊的紐結形狀，透露出打包時他的意志多麼強烈，決心多麼堅定。

赫然回神，織口發現竹夫望著相同的地方。竹夫微微偏頭，在昏暗車內更顯漆黑的雙眸圓睜。

「瞧，爸爸回來嘍。」

織口伸手輕觸他的肩膀，要他轉向窗戶。

他不希望這孩子，用那種眼神盯著包袱。唯有這一點，他怎麼也無法承受。

五

車子並非沉默的機械。國分範子聽著不絕於耳的引擎轟隆聲，如此想著。車子是會講話的機械，是一種外向性的機械。因爲不管怎樣，兩人以上一起搭乘時，通常絕不可能保持沉默。

可是，如今她和佐倉修治，並肩坐在同一輛車的駕駛座與副駕駛座，卻沉默超過三十分鐘。她並非無話可說，也不是沒話想問，卻不知怎麼開口，不清楚能涉入多深，只好保持沉默。

修治一直盯著前方，表情幾乎毫無變化。以眼角餘光窺探後，範子閉緊嘴巴。該從何問起？該說些什麼？簡直像送來一個大蛋糕，獲准隨意切來吃的五歲孩童，卻無法跨出第一步。

車子進入練馬區，沿著西武線奔馳，逐漸接近關越公路入口。想必修治有十足的把握，確定織口正朝那邊前進。他沒東張西望，舉止之間也毫無不安。

據說慶子的車是白色賓士。可是，光憑這一點，在範子腦中不足以構成線索。她對車種一無所知，朋友告訴她「看標誌就知道」，她還反問「什麼標誌？」。聽到賓士，她腦海浮現的頂多是「很堅固的進口車」這點印象，連方向盤是不是在左邊都不確定。最近她才知道，也有方向盤在右邊的進口車。搞不好賓士屬於這一類，她暗暗想著。

「應該怎麼去找？」

她戰戰兢兢地問，修治似乎專注在一輛右轉車上，遲一拍才應一聲：「啊？」

範子一陣慌張，「不，沒什麼。」

「沒關係。妳說看看，什麼事？」

面對他一本正經的態度，範子更不好意思請教如此基本的問題。她頻頻潤著唇，小聲開口：「路上車子這麼多，要怎麼找慶子姊的賓士？」

「說來很理所當然，我認得織口先生的長相。」修治回答。「而且，賓士一看就知道，她也告知車型是190E23。」

範子感到十分窩囊。「在我聽來，那就像郵遞區號。」

修治一愣，發出上車以來第一次輕笑。範子頓時產生勇氣。

「我對車子完全外行。該根據什麼去找……賓士的方向盤在左邊嗎？」

「對。整體來說，外型比國產車堅固，一眼就看得出。」

範子用力點點頭。「明白，那我來找。」

好一陣子，空氣中又只有引擎的運轉聲。夜晚的街景在窗外飛馳而過，右側剛出現如巨大蟻蛉展翅的淺綠色高球場的球網，瞬間就被拋到身後。範子弓起身子，透過擋風玻璃仰望上空，雲層稍稍散開。

「對不起。」

起先，範子根本沒想到修治是在跟自己說話。發現修治面向她時，著實吃了一驚。

「我嗎？」她指著自己的鼻頭。「對我道歉？」

「嗯。」修治點點頭，又面向前方。範子注意到，他很在意緊貼在前方、形似吉普車的車子。

「這輛車一直擋路。」修治面露不耐，「大概是忙著聊天吧。」

前方的駕駛座和副駕駛座上並排著兩顆腦袋，是一對年輕男女。

「你怎麼知道？」

「他的車尾一直甩來甩去，三不五時還急踩煞車，一定是開車的傢伙忙著跟旁邊的女孩聊天。」

原來如此，路上明明不擁擠，車流也很順暢，前面車尾的紅燈（她後來才聽說那叫煞車燈），卻毫無意義地忽明忽滅。光是在範子觀望之際，又閃兩次。第二次時，修治往方向盤一拍，按下喇叭，前面駕駛座上的男人回望他們一眼。

「沒關係嗎？」

她的意思是「這樣會不會引發糾紛」，修治卻會錯意。

「不要緊，我馬上超過去。」

話聲剛落，他瞄旁邊一眼，右轉方向盤切換車道。他一下看鏡子，一下看前面，忙碌地移動視線，接著一口氣往前衝，迅速超越吉普車後，再度回到車流中。
範子轉頭看著超過的車子，雙方距離愈來愈遠。那是一對跟他們年齡相仿的年輕情侶，接下來說不定有好一陣子會談論「剛才那輛車上的傢伙眞過分」。他們恐怕連想都想不到，僅僅兩小時前修治和範子還素昧平生，會共乘一輛車是有不得已的苦衷。
（請不要見怪，我們正在追一個企圖以霰彈槍殺人的伯伯。）
事情的發生說來其實很單純。今早，她抱著「今天是哥哥大喜之日」的心態起床，中午還爲此前往美容院，到了晚上，撞見手持霰彈槍的慶子。而深夜這一刻，正奔馳在那條延長線上。
「剛剛你爲什麼說『對不起』？」
範子一問，修治望著前方回答：「因爲把妳捲入麻煩。」
「我不是被捲入，是自己主動要跟來。難道不是嗎？」
「是沒錯啦……」修治皺起眉。
「況且，我是慶子姊的代理人。你不妨想成，不是我跟來，是慶子姊本人來了。」
此刻，占據範子內心的只有一個念頭——是她企圖利用慶子。想教訓哥哥愼介，卻不想弄髒自己的手，於是企圖利用慶子當盾牌。她愈想愈覺得這種做法眞是可恥又卑鄙。
「織口先生打算前往金澤的哪裡？」
修治提過，他是要去殺人。那麼，目標對象恐怕住在金澤。
「市內嗎？還是……」
範子說到一半，修治就問：「妳去過兼六園嗎？」

「去過。」

大約兩年前，她和同事環繞能登半島一圈，曾在金澤市內觀光。兼六園是觀光勝地，當然不可能錯過。

「織口先生的目的地就在附近。」

那麼，等於是市區正中心。不僅賣紀念品的土產店林立，也是交通要衝。在那種地方揮舞霰彈槍，想必會引起大騷動。

範子回憶著抹茶滋味甘美的甜點屋，及物產會館等幾個地方。那邊綠意盎然，趁等巴士的空檔，她四處散步。兼六園下的十字路口呈斜狀交叉，一條路蜿蜒上坡。不停拍照的同事十分感嘆，連這麼理所當然的馬路都美得如詩如畫，不愧是觀光都市……

「這一帶也可說是金澤的商業街或政府機關街。」同事邊按快門邊解釋。

「在這麼棒的環境上班，眞是好命。這裡和東京一樣是都市，人口卻少很多。」

「可是，東京的政府機關區不也位於日比谷公園旁？所以，這一類的機構大概專門蓋在綠樹環繞的地方吧。」

對，那是大家在「這一類的機構」前拍照時提到的。所謂的「這一類的機構」就是……

「我一直在考慮，該不該告訴妳詳情。」修治接著道：「這件事與慶子小姐的狀況不同。不過，織口先生並不是會隨便殺人的人。正因如此，我才認為好好勸說，他應該會回心轉意。」

範子幾乎充耳不聞。她的腦中正在重現兩年前的金澤觀光之旅，回想在哪裡見過什麼。回憶籠罩的迷霧乍然放晴，她脫口而出：「是法院。」

握著方向盤的修治渾身一僵。

「猜對了嗎？兼六園下有個法院，織口先生是要去那裡吧？」

半晌後，修治緩緩開口：「他要去金澤地方法院。」

不知不覺中，車子停下。他們開進要上關越高速公路的車隊行列，等待前方車輛通過收費站。對範子來說，通過此處上高速公路，代表再也不能回頭。

情況演變至此，範子的胳臂第一次冒起雞皮疙瘩。她忽然對修治無論如何也要攔阻織口的理由有了概念——此事非同小可，不是闖入誰家與人爭執的小問題。

「織口先生要殺誰？法官或檢察官之類的嗎……？」

修治沒看她，而是仰望著收費站職員，伸出晒得黝黑的胳膊，接過收據。

車子開上關越高速公路，穿過在範子上方亮著照明燈的高聳關卡。

「織口先生打算射殺誰？」

停頓一個呼吸，修治才回答：「在金澤地院接受審判的兩個人。」

那是兩個年輕人。一男一女，年輕情侶。

「是強盜殺人犯。將近一年半前，爲了搶車襲擊一對母女，並用手槍擊斃她們……」

大約在五個月前，修治窺見織口過去的一角。

「純粹是偶然。恰恰與今天……過了凌晨，該說是昨天了吧，一樣是星期日，我的皮夾忘在店裡的置物櫃。平常我只隨身帶著零錢包，偶爾會發生這種情況……」

到了晚上，他才發覺這件事。

「那時我和朋友去喝酒，眞的很丟臉。酒錢請朋友代墊倒還好，問題是隔天公休。沒錢包無法生活，只得回店裡拿。反正順路，不麻煩。」

他從店鋪後門進去，爲了避免不愼觸動警報器，摸索著保全系統的開關。不料，他察覺開關已切到「OFF」時，辦公室裡傳來腳步聲。

「當時，我的心臟彷彿要從嘴裡跳出來。身處一片漆黑中，我以爲是小偷……」

可是，當他抓著某人忘記拿走的雨傘權充防身武器，躡手躡腳走近，看到「某人」的臉孔時，又爲別的原因嚇一跳。

「那居然是織口先生。」

織口在狹小的辦公室裡走來走去。修治目瞪口呆地旁觀，忽然想到，織口簡直像獨自玩著切西瓜遊戲。在遼闊無垠的沙灘上，雖然蒙住雙眼，卻沒人拍手引導，孤身踉蹌走過去，又跌跌撞撞走回來。

修治突然開燈，織口連忙轉身。由於力道過猛，腰撞到桌角，他哀嚎著彎下身。

「很像演短劇吧？我噗哧一笑……」

看到修治的身影，織口彷彿洩了氣，癱坐著凝視地板，動也不動。

「問他到底怎麼回事，起先他什麼都不肯說。在那之前，我和織口先生算走得比較近的，但當時他看起來宛如變一個人……該怎麼說，打個比方，平常在公司或學校認識的人，一旦在截然不同的地方遇到，有時不是會覺得對方判若兩人嗎？有時顯得格外蒼老，女生有時會意外漂亮，相反地，有時態度極爲凶惡，連說話的方式都不一樣……就是那種感覺。」

「是露出本性……」

聽到範子的低語，修治一驚，猛然望著她。

「妳說什麼？」

「露出本性。」她重複一遍，面向修治。「人啊，在學校或公司都會戴著面具，其實那是虛僞的臉吧？」

車子順暢行進。除了隱約可見前方一輛小貨卡的車尾，看不到別的車影。修治稍微用力踩油門，加快速度。碼表的指針徐徐移動，車速已超過一百公里。

「妳眞是一鳴驚人。」

「會嗎……」範子連笑也不笑。「人只有茫然失神時才會顯露出本性。我哥就是這樣。」

她連忙補上一句：「當然，想必我也是如此。」

「照妳這麼說，當時織口先生露出的表情，才是他的本性？」修治感到寒意直竄胃的底部。

「現在他也會是那種表情嗎？」

那一晚，修治一籌莫展地凝視癱坐在地、動也不動的織口。他不能撒手不管，卻又束手無策，只能拉把椅子坐下，默默等待。等待織口說些什麼，不管是辯解、怒罵，或道歉……

「等了很長一段時間後，他是這麼說的：『佐倉老弟，謝謝。多虧有你幫忙。』」

修治困惑地反問：「我到底幫了你什麼？」

織口終於抬起頭。然後，他以勉強聽得見的低沉音調回答：「再那樣一個人繼續待在這裡，我一定會發瘋。」

「你會發瘋？」

織口是北荒川分店的「老爸」，深受大夥敬愛。他總是笑咪咪，喜歡小朋友，對老年人十分親切，又有耐心——這樣的人居然會發瘋？

「不只是我，店裡不論是誰，聽到這種話都會笑出來。你該不會是太累？還是，跟我們喝酒時比較壓抑，其實你喜歡發酒瘋？」

修治半開玩笑，準備一笑，臉卻一僵。一直垂著頭的織口……

「他突然抱著頭，痛哭失聲。我第一次看到那把年紀的大男人哭。」

然後，織口帶著傾吐祕密後，總算卸下肩頭重擔的表情，道出原委。

事情發生在去年一月上旬，地點位於石川縣金澤市郊外的伊能町。

「居住當地、算是鎮上名士的某企業家家中，闖入兩名強盜。那是一對二十歲的男女，男的是企業家的外甥。」

男的叫大井善彥，女的叫井口麻須美。兩人都出身東京，國中時就列管有案，在雙方老家的管區少年課裡都算名人。

「兩人是高中的中輟生，就是所謂的『無業少年』。年滿二十歲後，情況毫無改善，只是變成『無業青年』，所以他們想藉機大撈一筆。」

他們的襲擊行動以失敗告終。企業家在屋裡裝設的保全系統派上用場，保全公司和警察立刻趕來。

「可是，大井善彥持有手槍，大概是走私進來的吧。雖然只是小嘍囉，但他和黑社會有瓜葛。問題在於，那把手槍上膛的子彈少了三發。」

兩人開至企業家住處的輕型私家車，是同樣住在伊能町的二十歲女性所有。在警方追問下，「大井善彥供稱，半路上爲了奪車，將擁有該車的女孩，及與女孩同車的母親一併槍殺。」

命案現場位於伊能町南端遼闊的山林中，旁邊不遠處，就是連結金澤市內和伊能町、鋪設完善的雙線道路。

母女倆的屍體，棄置在離道路約十公尺、深入山林的斜坡上。錢包、手表、首飾都遭洗劫一空。母親的後腦勺和背部各中一槍，女兒則是右耳後方一槍斃命。兩人都雙眼暴睜，眼中沾著泥巴。

「光是這樣，便足以想像她們多麼驚恐吧？」

善彥和麻須美都說，他們只是想搶車，如果對方乖乖交出，本來不會殺人滅口。

「可是，驗屍後發現，被害者的手腳有用力綑綁的痕跡。警方也查出疑似用來綑綁被害者的繩索，是善彥和麻須美當天中午在鎮上的雜貨店購買。」

範子凝視著前方，修治瞥她一眼，補上一句：「而且，彷彿是這種案件的慣例，做女兒的遭到強暴……」

範子小聲說：「這才不是什麼慣例。」

修治調整呼吸。雖說事不關己，但描述過程中還是感到腦袋發熱。

「不僅如此。根據現場勘驗和檢驗被害者遺體，查明子彈射出的方向和角度後，發現更慘無人道的事實。犯人似乎是讓母女倆並肩跪地，一個一個擊斃。」

當警方提出事實證據，逼問之下，善彥終於斷斷續續供稱：先擊斃當母親的，射背部，接著是頭。不過，我只殺一個人……

「射殺女兒的是麻須美，聽說她表示：『看起來很好玩，我也射射看。』」

「夠了。」範子撇開臉，「我不想再聽。」

修治深吸一口氣，看著窗外飛馳而過的燈光，數到二十個後才開口：「遇害的兩名女性，就是織口先生的前妻和唯一的女兒。」

範子緩緩轉過來。昏暗的車中，她的臉頰顯得格外泛白發亮。

「織口先生是伊能町當地人，那是他生長的故鄉。他在那裡結婚，生下女兒……不過，由於諸多因素，女兒尚在襁褓時就離婚，他隻身來到東京。」

修治暫時打住，等範子的腦袋能夠消化剛才的內容後，才繼續說下去。

「他們爲什麼離婚，詳細情形我也不清楚，織口先生沒跟我透露太多。不過，從他的語氣推測，他們絕不是在彼此憎恨的情況下離婚。尤其，他應該很掛念女兒。所以一直沒再婚，過著獨居的生活。」

「他的前妻也沒再婚？」

「沒有。」

範子緩緩點頭。

「發生那件案子時，織口先生已在我們店裡工作。」

回想當下的情形，命案發生時織口似乎沒什麼不對勁。他一如往常地工作，且談笑風生。

——不，至少，看起來像是這樣。

「織口先生案發後立刻回伊能町。我印象很模糊，只記得他臨時請假，出席兩名被害者的喪禮，也見到遺族，聽說是睽違二十年的重逢。」

我作夢也沒想到，會在那種情形下返鄉——修治想起當時織口一邊說，一邊拚命搓著額頭的表情，彷彿在極力安撫額頭裡即將竄出作亂的東西。

「那趟返鄉，他和負責那件案子的刑警談過，瞭解事情經過，明白凶手是怎樣的人……」

大井善彥，過去多次闖入該企業家住處要錢。對於旁系親戚中出現這樣的人，企業家一家也非常困擾。

「命案發生時，他們開著在東京偷的車子一路來到金澤。不過，大概是半路上超速，遭警車盯上，無奈之下只好棄車。為了取得新的交通工具，他們才會在那裡等待合適的車輛經過。」

修治說完，車內只聽見引擎聲，和沒完全緊閉的車窗被風震動的聲響。修治緊握方向盤，彷彿那是很沉重、很難掌控的東西。

說著說著，那天織口告訴他這番話時的怒火，似乎也轉移到他身上。那股怒火，應該就是促使織口今晚採取行動的原動力。

「起先，他們偽裝成搭便車的旅客，讓麻須美一個人站在路邊招手。那是一月的北陸地區，除了鏟過雪的道路之外，其餘是一片銀白世界，氣溫在零度以下。畢竟已是傍晚。」

遇害的母女，也就是織口的前妻與女兒，看到年輕女孩發抖著招手，等待願意載她的車輛，想必不忍心坐視不管。然而，這份善意卻招來厄運。

「兩人車一停，善彥就從麻須美的背後拿著私造手槍出現。據說，當時開車的是女兒。」

善彥把女兒押到後座，持槍威脅母親開車。開了一陣子，命她拐入旁邊的岔路，將兩人拖下車，帶到命案現場。

「命案本身毫無爭議，一分一毫也沒有。被害者既沒抵抗，又是兩名女性。如果對方眞的只是想奪車，把她們扔在路旁一走了之就行。可是，善彥和麻須美卻刻意把兩人趕到命案現場，還槍殺她們。」

命案公審後，織口每次都去法院旁聽。他曾表示：

「我想親眼確定犯人遭到嚴厲的懲罰。」

社會對這類案件往往很快失去興趣，旁聽者逐漸減少。案發當時爲之騷動的東京新聞媒體，難得再露面。當中，只有織口繼續往返。

可是，隨著往返次數的累積，「返鄉旁聽」在織口心中成爲一大負擔。

「他這麼提過：『每次，坐在椅子上看著被告席的大井，我就會想自己爲什麼要來受這種罪。爲什麼我非得聽這種渾蛋的辯解不可？爲什麼要給他狡辯的機會？他明明是用那麼殘虐的手段連殺兩人的惡徒。』」

當然，織口很清楚，這種想法十分危險。也因如此，每次出席旁聽，他就像遭到壓扁一樣。

「五個月前，我發現織口先生在辦公室的那一晚，正是開庭前夕。可是，他說好痛苦、好難受，連明天的飛機都搭不了。」

那種審判簡直是鬧劇。織口鄙夷地說著，握緊拳頭敲打膝蓋。

「他開始聽到謠言，說那兩人可能不會被判重罪。日本法院對凶惡的犯人一向寬大。而且善彥和麻須美剛滿二十歲，又是多年的吸膠中毒病患，犯案時據說也吸了強力膠，連有沒有行爲能力都是疑問……」

「哪有這麼誇張的事……」

範子仰起臉，聽得目瞪口呆。

「他們吸膠是自願的，沒人強迫他們吧？可是，這樣卻能夠減刑？」

「法律就是這麼規定。」修治一臉唾棄。「因此，他們還可進一步主張各自的家庭環境『問題多多』，兩人是環境的犧牲者，有更充分的餘地爭取減刑。」

受到此一消息的打擊，前往旁聽的織口很痛苦。他怕要是去了，說不定會當場站起，撲向被告席的善彥與麻須美。

「所以，他很苦惱，在公寓待不住。可是，他不會用花天酒地來逃避，又無法找任何人商量，才會潛入空無一人、一片漆黑的辦公室。」

五個月前，那個週日晚上，修治就是聽到這番話，看見織口溫和表情的背後，隱藏的苦澀容顏。

「他告訴我後，大概心情稍稍平復吧。後來，約莫兩個月一次，他會大老遠前往金澤。每一次，他總是不斷爲自己打氣。幸運的是，開庭日通常在週一，不必請假，店裡的人也不會發現，只有我知情。」

然後，就是今晚。

「這段日子，他一直努力控制自己，要壓抑情緒，親眼看到審判的最終結果。他認爲抱著『以眼還眼』的想法，我們就會退回原始時代。」

早在二十年前，他已喪失當父親的資格。身爲丈夫，想必也有許多地方做得不夠好，才會無法好好建立家庭，中途逃走……

「對於遇害的前妻和女兒，他再也無法償還這份虧欠。正因如此，他決定至少要親眼看到判決結果。他必須認眞盯著，以免母女倆的死亡受到不當的輕忽處理。」

「如果是這樣，今晚織口先生的行動豈不是自相矛盾？」

範子抬起頭，提出疑問。

「恐怕是終究忍無可忍了吧。不然，他不可能做出奪槍這種事。可是……爲什麼？爲什麼突然這樣做？」

修治沒回答，他答不出來。

沒錯，這樣說不通。如今織口等於選擇訴諸武力，去執行他之前極力否定的想法。

促使他這麼做的，到底是什麼？壓垮駱駝的最後一根稻草，從何而來？

到底發生什麼事，讓織口改變？

六

黑澤走出關沼慶子的公寓，在入口處和巡警分別後，立刻去找電話。斜對面的兒童公園設有公用電話，他拉開電話亭的門，伸出腳抵著，按下按鍵。看看手表，馬上就要凌晨兩點。

電話還沒響完一聲，桶川就接起。

「喂？這裡是搜查三課。」

「我是黑澤。」

「噢，是老弟你啊。」桶川的話聲帶著笑意。「我就知道你會打來，有什麼不滿嗎？」

這位老爹還是如此敏銳。黑澤暗暗咋舌，忍不住握緊話筒，相對地，聲音卻放低。

「我就是覺得不對勁。」

「哪裡不對勁？對方不夠漂亮，不值得半夜吵醒你跑一趟嗎？」

「不，是美女，關沼慶子眞的是美女。只是……」

大約十分鐘前，黑澤借用慶子家的電話，將聽來的事情經過向桶川報告。當時，顧慮到慶子在旁邊，他裝得若無其事。實際上，他怎麼也無法釋懷。

「關沼小姐說……」桶川複述剛才寫下的摘要。

「今天沒用車，不曉得車子何時失竊。白天她去過附近的超市，也許是那時遺失車鑰匙。但連鑰匙遺失，她都是接到通知才發現。以前車子曾遭人惡作劇，管理員提過，這一帶有許多偷車賊和專偷車內物品的人，要多加小心，沒想到會遇上這種事……她的敘述，到此爲止都沒錯吧？」

「是的。」

「電話和門鈴響時沒回應，是睡著的緣故。她從傍晚身體便極不舒服，一直躺著。直到剛剛才醒來——這個『剛剛』指的是你登門造訪的時候吧？聽到門外有人聲，驚訝地開門一看，發現是這麼回事。由於現在還是很不舒服，今晚不想出門，明天再去練馬北分局報案……我倒覺得沒什麼不對勁。」

「她看起來身體狀況眞的很糟。」

黑澤仰望「克萊爾．江戶川」這幢建築，一、二……六樓的那扇窗就是慶子家，此刻還亮著燈。

「眞可憐，年輕女孩啊，最脆弱敏感了。」

「不，我不是這個意思，她一隻腳好像扭傷，臉色非常蒼白，簡直像病人。」

「老弟，你到底想說什麼？」

黑澤鼓起勇氣回答：「車子失竊時，或許她就在現場。」

桶川頓時沉默。

「然後，跟犯人發生扭打受傷。可能是挨揍，才會到現在都不舒服。連她宣稱今天沒用過車，我都懷疑是假的……不談別的，換成是你，車鑰匙遺失你會毫無所覺嗎？」

「不知道，因爲我沒車。」

「那麼，請你試著想像。」

「換成是我，搞不好眞的會這麼糊塗。」

桶川咕噥著，發出粗重的鼻息。

「你想太多了吧？果眞如此，她爲什麼不把這些事告訴你？」

根本明知故問，黑澤暗想。「她在袒護犯人。」

「哦？」

「不然，就是遭到威脅。」

桶川又完全不當回事般「哼」了很長一聲，黑澤一陣焦急。如果桶川親自來，當面見過她，一定會有同感。她的態度和臉色非比尋常，他卻不曉得怎麼讓桶川明白。

「桶川先生，你怎麼知道我會再打來？」

「因爲你的聲音帶著這樣的味道。」

「看吧，」黑澤提高音量，「這是你直覺的感受吧？可是你猜對了，我也一樣，憑著直覺感到怪怪的……她似乎隱瞞著什麼大事。」

桶川直截了當地說：「你的『直覺』和我的『直覺』在經驗火候上差太多，不能隨便相提並論。」

眞是的！黑澤還想解釋：「可是……」

「你到底想怎樣？再回去找她，擺出凶神惡煞的樣子逼問眞相？」

「不，當然不可能。」

他只是很想確認這種不太對勁的感覺，才想問問桶川。

桶川似乎陷入沉思，他的背後傳來細微的雜物聲響和交談聲，約莫是從發現車子的現場回來的相關人員。

「看過她的屋裡了嗎？」

黑澤彷彿早就在等這句話，立刻回答：「當然，但不是看得非常仔細。」

「那麼，發現什麼問題？」

「連身洋裝。」

「你是指，她的服裝？」

「客廳隔間的地方，掛著一套薄皺紗質的嫩綠色洋裝。不是平常上街穿的，是盛大場合穿的禮服。」

「或許是剛從乾洗店拿回來吧。」

「不對，上面還留著香水味。」

小禮服旁，有一束插在大花瓶裡的乾燥花。起先，黑澤還懷疑是花上噴有香料，近前確認後，發現直覺是對的。那是小禮服發出的香味。

黑澤咧嘴一笑。「看吧，最起碼她說今天沒出門是騙人的。」

透過電話，聽得見支撐桶川重量級身軀的旋轉椅咿呀作響。

「就算如你所說，她眞的在袒護偷車賊……」

「是。」

「或許那傢伙是她的親人，或男朋友。哎，我認爲這種可能性最大。」

黑澤再度仰望慶子家的窗口。這時，燈光熄滅。

「這本來就不是什麼大不了的案子。雖然發生車禍，但車子已找到。依她的說法，並沒有其他東西失竊，對吧？」

對對對，問題就出在這裡，黑澤暗想。當他告知車子爆胎，撞上電線桿時，慶子籠罩著不安的表情，霎時出現變化。按理，聽到失竊的車子撞壞，至少會露出一絲不悅。可是，她反倒一副恍然大悟的樣子，頻頻點頭。

「她的車有沒有什麼特徵？像是與眾不同的地方。」

「據說沒有，你等一下。」

桶川似乎在和旁邊的同事交談，話筒中傳來簡短對話的隻字片語。

「喂，沒什麼特別的。不過，車上的手套箱做得比一般尺寸大，還襯著類似緩衝材質的東西，應該是特別訂製。」

「那會是什麼？」

「不知道，你怎麼不回去問她？」

桶川的語氣逐漸帶著幾分認眞，不過似乎還沒當一回事。

「總之，今晚你先回家吧。」他安撫道。「報告書明天再寫就行，夜晚的露水對身體不好。」

六月怎麼可能有夜露？正想反駁，竟諷刺地打一個噴嚏，黑澤忍不住笑出來。

「你看吧。」桶川也笑了。

「我知道了。」

這麼一笑，心情頓時鬆懈。或許桶川沒錯，是他想太多。一定是這樣，一定是的。反正不過是椿私家車失竊案，他如此告訴自己。

「我要回去了，明天見。」

「晚安。」

一掛上電話，黑澤又打了個噴嚏。不可能是感冒，他有點過敏症狀，偶爾會發作。大概是室內灰塵引起的。啊，八成是那束乾燥花害的。

黑澤翻著口袋，取出剩下兩、三張的小包面紙，擤著鼻涕走出電話亭。

七

刑警離去後，慶子立刻鎖上門，轉身回到客廳。強烈的暈眩和反胃雖然和緩許多，但頭仍在抽痛，難以集中精神思考。

正因如此，她腦中一片混亂。到底發生什麼事？

織口將她的車棄置在路上，是發生車禍，不得不這麼處理吧。

那麼，目前他的狀況如何？找到其他的交通工具了嗎？

還是，他不再需要慶子的車，才棄車不顧？或許車禍純屬偶然，織口已去到不必用車的地方。這表示他抵達目的地了嗎？

床頭桌上的電子鐘，顯示凌晨兩點零四分。慶子茫然望著，數字變成兩點零五分。時間流逝，事態持續發展，她卻覺得自己被排除在外。

飄浮在半空的視線，最後落在屋內一隅的電話。慶子從椅子上起身，跛著腳匆匆穿越客廳。

對，答錄機。大概是一點左右，她發現警方打來後，便切換到靜音。搞不好，這期間修治打過電話。

一看來電紀錄，共有七通留言。她倒帶按下播放鍵，隔著一段令人焦急的時間，終於流瀉出錄下的留言。這一款機型，會在播放每一通留言後，以電腦合成聲報告對方打來的時間。慶子一屁股坐在地上，豎耳傾聽。

起先的三通內容很清楚，一聽就知道是練馬北分局的刑警打來，分別是剛過凌晨一點、一點五分和一點十分。由於再三打電話，慶子都沒接，派出所的警員才會和黑澤刑警登門查訪。想到這裡，她忍不住咋舌。

第四通錄音留言，完全沒說話立刻掛斷，第五通和第六通也一樣。慶子皺起眉，若是惡作劇未免太糾纏不放，這幾通分別是一點十二分、十四分、十七分，短短的時間內，會是誰打來？

她又把第四、五、六通倒回去重聽一遍。對方等電話接通，傳出慶子的留言，聽完後立刻掛斷，毫無線索可循。

她決定放棄，繼續聽第七通留言。令人驚訝的是，這一通和前三通一樣沒人說話，立刻掛斷，卻是在一點三十四分打來。

不明白的事實在太多。修治情況如何？範子在做什麼？他們知道織口沒開慶子的賓士了嗎？毫無消息傳來，八成還在拚命追趕織口吧。

慶子再次啓動答錄機，將鈴聲調回正常音量後，離開電話旁。明明待在住慣的自家屋裡，卻覺得極度不安，像是迷路的孩子。她護著疼痛的腳，一邊繞圈子，雙手無意識地搓著身體。

唯一值得慶幸的是，沒引起警察起疑。慶子遺失車鑰匙，有人用那把鑰匙從停車場偷走她的車。而她一直窩在家裡沒出門，不知車子何時被偷，當然也不曉得是誰偷的。就這麼簡單。

那名刑警不也提過？考量到車主是年輕女性，爲防萬一，才來調查一下。既然是深夜，她又身體不適，汽車失竊的報案及認領手續等明天再辦也不遲。然後，他不就說聲「請多保重」就走了嗎？沒問題，他什麼都沒發現。何況，刑警只踏進客廳，槍櫃在寢室，他不可能察覺槍也失竊。

右腳尖一碰到地板，腫大的腳踝一陣鈍痛。慶子忍著痛，來回走動。這樣走著走著，腦袋總算勉強開始運轉，簡直像上發條才能跑的玩具小汽車。

這時，慶子手肘撞到某樣東西，砰一聲掉落。

那是掛在衣架上，穿去東邦大飯店的小禮服。想吹吹風再收起來，便掛在衣架上，吊在客廳和廚房隔間處。

撿起來後，慶子突然愣住。

黑澤刑警注意到這件衣服了嗎？

小禮服上殘留著慶子愛用的香水味。今晚，由於決定死在國分眼前，她盛裝打扮才出門。這件小禮服也是爲了今晚特地買的，無論是設計或材質都不像平常穿著上街的衣服。

那名刑警察覺到這一點，看穿慶子今天沒出門的謊言了嗎？

她用力咬著唇，刻意搖搖頭，緊緊鎖住這個念頭。怎麼可能？對方只是來調查偷車案件。試著回想，自稱黑澤的練馬北分局年輕刑警，和慶子年紀相仿，頂多差個兩、三歲。這個年紀就能當上便衣刑警，可見腦袋應該不錯，不過他看起來很粗壯，給人的感覺不太世故。那一類的男人，應該不會注意女人的衣服。想到這裡，慶子才憶起，他好像穿著領口發皺的襯衫，一頭亂髮像剛遭人叫醒。

沒事、沒事，是我想太多。他不是乾脆地走掉嗎？

可是，那名刑警眞的離開了嗎？

慶子輕輕走向窗口，途中改變主意，先關掉客廳的燈。然後，她躡手躡腳地靠近窗戶，貼在牆邊，從窗口俯瞰外面。

隔著狹小的道路，對面有座小型兒童公園，兩邊都沒人。公園入口的左側設有電話亭，雖然整晚都亮著燈，但幾乎淹沒在五月開始繁茂生長的公園樹叢中，無法窺見。她觀察好一陣子，似乎沒人走出來。

慶子安心地呼出一口氣，剛要離開窗邊時，電話響起。

她感到心臟彈起、幾乎要直衝腦門，踉蹌奔向電話旁，調高揚聲器的音量，等待對方開口。

慶子的應答錄音播放後，傳來年輕女子的聲音，說話的方式十分拘謹。

「請問是關沼慶子小姐嗎？我是『漁人俱樂部』北荒川分店的野上裕美，謝謝您經常光顧敝店。」

慶子不禁瞪大眼。這麼晚了，她到底有什麼事？

可是，這個自稱野上的女人，突然變得呑呑吐吐。

「我打來是……呃……這個……請問我們店裡的佐倉……是不是在您府上……」

此時，電話彼端插入另一人的聲音，聽起來很慌張。

「喂！裕美，妳幹嘛打電話……我不是叫妳別胡鬧嗎……」

「可是，店長，我……」

一陣喀嗒喀嗒的雜音後，電話斷掉。

之後，對方再也沒打來。

修治過來的事，北荒川分店有人知道……唉，從頭到尾不明白的事實在太多。

在漆暗的客廳裡，慶子癱坐在地，告訴畏怯的自己：我答應過修治，只能忍耐著等下去。

八

出了上里，經過高崎、前橋、駒寄、赤城高原、沼田、月夜野……神谷的COROLLA順暢地繼續奔馳。

離開上里休息站前，織口改坐到副駕駛座，好讓竹夫躺平。後座的竹夫，以椅墊充當枕頭，小小的身體完全藏在毛毯下，發出鼻息。距離他的頭部不到十公分，放著織口的「包袱」。

灰色道路在織口的視野內無限延伸，像反覆捲了又捲的平滑輸送帶，綿綿不絕，不休不止。他任由車子震動著，腦袋明明很清醒，身體卻頹然萎縮，彷彿逐漸洩氣。

左邊車窗外浮現出黝暗的森林、平緩的丘陵、形狀凹陷的池沼，隨即消逝在後方。儀表板上的數字顯示時速在九十公里上下，但神谷的駕駛技術很好，車體幾乎毫無晃動，也不會搖擺。這是個幾乎令人遺忘速度，不管到哪裡都暢行無阻，只要一敲似乎就會發出聲響的深夜。

織口腦中閃過在上野分別時修治的神情。這時他不曉得在做什麼，大概在跟野上裕美共度愉快的時光吧。他們十分相配，但願能進展順利。

在深夜的北荒川分店辦公室和修治碰個正著，是半年前的事。織口想起，面對年齡幾乎可當兒子的修治，自己抱頭流淚的模樣。

那時，織口疲憊不堪，身心倦怠到極點，很想丟下一切逃走，卻碰到修治——一個年輕人，反而讓他覺得不必再忍耐，才會卸下心防，傾訴一切。

後來，他和修治多次談論伊能町的強盜殺人命案。每一次，修治總對犯人殘虐的手法義憤填膺，另一方面似乎也勾起他滿腔好奇。

「究竟是什麼原因，驅使人類走上那條路？」修治一臉嚴肅地問。當時，兩人坐在「井波屋」。

「你是指殺人嗎？」

織口一問，修治連忙搖頭。

「對不起，是什麼原因根本不重要，反正他們已做了壞事。」

織口不禁微笑。

「沒關係，不必顧忌我。其實，關於這點我也想過很多次。」

修治問的是「人類爲何會成爲犯罪者」。

「這可是大哉問。」

「織口先生，你以前教書時想過這個問題嗎？比方，班上有你無法應付的不良少年……」

「不良少年和犯罪少年可不一樣。幸好，我雖然教過不良少年，卻沒教過犯罪少年……」

聽著令人心情平穩的引擎聲，織口靠著椅背閉上眼。

——我遇到的學生、小朋友、年輕人，全在我的理解範圍內。即使需要花上一段時間才能理解，也不至於無法理解。

可是，那兩人不同。

仔細想想，大井善彥的父母取的名字未免太諷刺，沒有比「善」更不適合他的形容。

僅僅一個月前，就在上次開庭聽到辯方證人的證詞前，織口本來還相信——他試著去相信：不論是善彥或麻須美，只要給他們一個機會、只要有良好的環境，他們一定會洗心革面。正因如此，這場審判才有意義。這是爲了懲罰，同時也是爲了讓他們領悟自身犯下的罪行代表什麼。

聽著律師不斷重複的辯詞，織口理解他們其實也是犧牲者。不，應該說他必須去諒解，他們已對犯行後悔、對被害者深感抱歉。這一次，他們一定會重新做人……

然而，這個想法太天眞。

——我們是一群忠厚老實的濫好人，才會被騙這麼多次依然沒學到教訓，才會繼續遭到殺害。

是的，所以現在……

善彥和麻須美是否眞的悔悟？他們是否曾想起那對恐懼得雙眼暴睜、遭到擊斃的母女，又會不會感到心痛？就讓我來一探究竟。法庭上，在爲被告大井善彥滔滔雄辯的律師身後，他是否悄悄吐出紅舌頭扮鬼臉？他是否毫無悔改之意，對逮捕自己的警察，和正要審判自己的法庭，乃至周遭旁觀的人只有遷怒的恨意？會不會正耐心等待機會，釋放這種敵意？現在就讓我來弄個明白吧。

或許這麼做，可對二十年來疏於照顧的妻女，盡一點爲人夫、爲人父的職責：或許這麼做，可彌補當年棄家逃走該負的責任。如今，織口總算趕上這輛中途下車的列車，在最後的關鍵時刻，終於獲准坐上駕駛座。

——雖然兩名乘客都已死亡。

正因這樣想，他才擬定這個計畫。再次想起這一點，他激勵自己。

耳邊微微傳來音樂，織口睜開眼。

神谷左手伸向收音機調整聲量，連忙問：「啊，抱歉，吵到你了嗎？」

收音機的聲音非常微弱，織口換了個坐姿。

「不會，沒關係，反正我也沒睡著。」

神谷的雙手放回方向盤上。「馬上要進關越隧道，得聽一下路況報導。」

車子朝著谷川岳前進，右邊是水上溫泉鄉，不時看到路旁提醒駕駛接近關越隧道的標誌。

收音機裡播放的節目，大概是爲了深夜長途大卡車駕駛規畫的吧，演歌和流行歌之間穿插著女主持人的聲音。凌晨兩點半時，插播道路交通情報中心的現場報導。神谷豎耳聆聽一陣，低語：「看來沒什麼狀況。」

前方可見關越隧道的拱型入口，車輛逐一吸入洞開的半圓形。神谷稍稍減速，把COROLLA靠向車道中央，引擎聲似乎愈來愈大。車子滑入隧道的前一刻，緊臨左邊、大大寫著「隧道內請打開收音機」的標誌躍入織口眼簾。

下一瞬間，神谷的COROLLA鑽進亮著橘燈的隧道。收音機的聲音頓時消失，什麼也聽不見。氣壓的變化令耳朵一緊，不大吼無法交談，織口乾脆默默坐著。

這是在號稱日本脊椎的山脈上鑿洞貫穿的道路，開了一道很長很長的洞。穿越後就進入新潟縣，距離練馬約一百七十公里，等於消化前往金澤的三分之一以上的路程。

車子駛出關越隧道的瞬間，感覺上變成一枚子彈。或許只有帶著槍的織口才會產生這種聯想，不過，從漫長的水泥管解放出來，神谷的側臉似乎也鬆一口氣。

離開隧道的同時，收音機復活。

織口感到十分不可思議，脫口問：「既然在隧道裡聽不見，爲什麼還要豎立『打開收音機』的標誌？」

大概是這個問題太單純，神谷微微露齒一笑。「怎麼，您不知道嗎？」

「對，畢竟我不開車。」

「啊，也對。進入那種超長的隧道時，按規定一定要打開收音機。」

「噢……」

「記得是從日本坂隧道大車禍後，開始規定的吧。一旦遇上事故，即使在隧道中，也會播放該處的車禍訊息。試著想想，日本坂隧道車禍時，裡面發生追撞，卻一直無法通知陸續進入的車輛，於是演變成嚴重的慘劇。經過那次的教訓，才會出現這種措施。」

原來如此，織口點點頭。

「現在沒發生任何事故，進入隧道後什麼也聽不見。可是，萬一發生意外，只要打開收音機就會聽到報導。所以，才會設置那種標誌。」

「我又學到一課。」織口笑道。

只要是規定就會遵守，眞是一板一眼的老實人。織口暗暗想著。

神谷是個合乎情理的人，也十分注重家庭。雖然他的家庭似乎有許多問題，但他仍爲了想辦法解決，感到萬分苦惱。

織口不禁思索著——

像你這樣的普通人，如果遇上大井善彥那種人，會怎麼應付？織口無法向開車的神谷開口，只能在心中發問。

你說有困難時應該互相幫助，對我這個陌生人非常親切。你一方面疼愛小孩、關心妻子、對岳母客氣，又要殫精竭慮地維持家庭生活。想來，你在公司也擔負著類似的職務，夾在部下和上司之間吃足苦頭，不亢不卑地工作著吧。

你是個毫不特別、煩惱多多的平凡人。這樣的你，會怎麼看待大井這種人？你會怎麼做？像大井善彥這樣的人，你覺得能信任他到何種程度？

從頭頂上方緩緩滑過的夜空中，織口發現北極星。他輕輕動一下手，觸摸著裝子彈的腰包，一邊仰望那顆星星，在心中提出最後一個問題。

得知一切眞相後，你會不會後悔讓我同車？

九

凌晨兩點三十分，修治和範子乘坐的「漁人俱樂部」掀背式轎車，抵達上里休息站。見修治放慢車速，開向休息站的停車場，範子問：「要進去嗎？」

「嗯。我想試著打聽，有沒有人看過織口先生駕駛的白色賓士。」

「噢。」她如此回答，心裡仍感不安。停車場上，停靠著一輛巨大的冷凍貨櫃卡車，周遭不見任何人影。該去問誰？

修治一停妥車子，兩人立刻下車。範子朝著販賣部關上的鐵門，和只有自動販賣機並立的無人休息室望去。

「那邊的加油站搞不好還在營業，我過去瞧瞧。」

修治指著靠近出口的加油站，範子點點頭。這時，他像順帶一提，補上一句：「妳要不要先去上個廁所？」

然後，他任由薄外套的衣襬翻飛，奔向加油站。眞是的，原來他發現了，範子悄悄臉紅。

大約三十分鐘前，她就很想上廁所，卻說不出口，只好一直忍著。不，她自以爲忍住，但修治還是敏銳察覺。要去加油站打聽可能是藉口，其實是爲她停車的吧。

電視或電影裡，絕不可能出現在追蹤某人的途中，衝去上廁所的鏡頭。然而，現實往往很糗，步驟也更笨、更平凡——想到這裡，範子連忙訂正。不對，是我太糗、太平凡，這種緊要關頭居然還要上廁所。

範子跑向廁所，在空無一人的昏暗室內，提心吊膽地匆匆解決。走出來時，恰巧撞見制服胸口繡著公司標誌的兩名駕駛，也剛從廁所出來。大概是那輛冷凍貨櫃車的司機吧。

修治急著趕路，這次休息恐怕會焦躁難耐。範子一心想彌補，只顧著打探線索，無暇多想就出聲：「不好意思，請問……」

兩名駕駛神情意外地停步。其中一個年紀相當大，另一人年約三十左右。

「什麼事？」比較年輕的駕駛應道。

「你們有沒有在附近看過白色賓士？」

兩名駕駛面面相覷，不約而同地噗哧一笑。年紀大的駕駛重新戴好同樣繡有標誌的帽子，一邊說：「小姐，妳這種問法，我們無從答起。」

「賓士倒是看過很多輛。」年輕駕駛答腔，還帶著笑意。「這年頭，阿貓阿狗都開起進口車。一天內大概會看到二十輛左右的賓士。而且，通常是白色賓士，不過偶爾也有黑色的。」

「這樣啊，不好意思。」

範子撂下這句話，拔腿就跑。那兩人說的沒錯。眞是的，我怎麼會這麼白癡……

她毫無必要地拚命喘著氣跑回來，雙手撐在掀背式轎車的引擎蓋上，正在咀嚼窩囊感之際，看到那兩名駕駛走向卡車，帶著笑容交談。兩人跨上高高的階梯，輕快鑽進駕駛座時，年輕的駕駛察覺範子的視線，還對她揮手說再見。範子連忙移開目光。
大卡車發出轟然巨響，震動停車場靜謐夜氣，緩緩發動，揚塵而去。從加油站跑回來的修治，與他們錯身而過。他揮著一隻手，做出「毫無收穫」的動作。
「對方說沒看到？」
「嗯，」修治有點喘，「我早料到機率不高。對方表示，印象中過了半夜後，就沒替賓士加過油。唉，這也沒辦法。」
他光滑的眉間出現皺紋，繼續道：「不過，倒是有件可疑的事。據說，正好一小時前，有輛摩托車差點撞到一個小朋友。當時救那孩子的人，不管年紀或外貌，聽起來都和織口先生很像。」
「那麼，你的意思是……」
修治搖頭。「不，問題是那孩子跟一個看似他父親的男人在一起。後來，他們和那個救小孩的年長者，三人開車離開。而且，車款好像是COROLLA……」
說到這裡，修治微微睜大眼，凝視範子。「妳怎麼了？臉色好蒼白。」
「會嗎？」
「嗯。」修治點點頭，旋即望向空無人影，只有蒼白燈光閃爍的廁所，然後湊近範子。
「是不是遇到色狼？」
由於他問得十分認眞，範子連忙否認。
「不是的、不是的。」
「還是被卡車司機騷擾？」

「不是的，眞的啦。」

知道修治是由衷擔心自己，範子更覺窩囊，忍不住想掉淚。

「不是的，是我太笨。」

修治愣住。範子整個人縮得小小的，恨不得直接消失。

「我向剛才那輛卡車的司機打聽消息。對方說一天起碼看到幾十輛白色賓士，讓他們笑話了。」

頓時，修治的緊張神色褪去，嘴角放鬆。「對方的話也沒錯。」

「就是啊，我有夠白癡。不提別的，把車停在這裡的司機，怎麼可能看到早我們一小時上路的白色賓士？連這麼理所當然的事都不懂，簡直笨到家。每次都這樣，我完全幫不上忙又不會察言觀色，只會給別人添麻煩……」

她連珠砲般一口氣說完，是認爲只要動著嘴巴，就能阻止淚水奪眶而出。實際上，淚水並未止住，話聲反倒抖得愈來愈厲害，她更覺得狼狽。

修治默默凝視著獨自說個不停的範子，中途把雙手伸進外套口袋，微微偏頭，浮現有點被打敗的表情。看到他露出這種表情，範子害怕地陷入沉默，原本想繼續，但話早已吐盡，最後陷入雙肩顫抖、啞口無言的窘境。

範子垂下目光，擔心著修治會怎麼說她，惶恐地縮起身體等了半晌，修治卻冒出一句：「奇怪。」

範子戰戰兢兢地抬起眼，發現修治一隻手從口袋抽出，正眺望放在掌中的流線形細長物體。

對上範子的視線，修治露出笑容。

「不小心帶來的，我完全忘記身上有這玩意，是發煙鉛錘。」

範子安靜下來。修治放回口袋，辯解般說「原本想拿手帕給妳……」，而後空著的手打開車門，「誰曉得居然沒帶。鉛錘不能擦臉，車上也許有面紙吧。」

範子深吸一口氣，想抑制顫抖。她打開副駕駛座的車門，鑽進車裡。修治繫上安全帶，繼續道：「對於每件事情，最好別動不動就鑽牛角尖。」

範子望著他。修治沒笑，但也沒生氣的樣子。

「對不起，」範子輕聲道歉：「都是我害你浪費時間。」

修治剛要插上鑰匙，頓時停下手，微微一笑。

「妳啊，犯不著什麼都怪到自己頭上。就算是浪費時間，也不過區區五分鐘。」

「……」

「妳不要想得太嚴重。不論是好是壞，周遭的人其實根本不會那麼介意妳的舉動。」

這句話狠狠打在範子心上。眼淚又快流出來，她連忙忍住。

修治轉動鑰匙，發動引擎。車子開始震動，發出起動的聲響。爲了不讓噪音壓倒，修治稍稍提高音量：「今晚的事也一樣。慶子小姐在槍上動手腳，是她的決定，不是妳強迫她。沒錯，妳寫信想慫恿她，但妳也只做了這一件。接下來的發展，妳用不著覺得內疚。」

範子點點頭，淚水滑落臉頰。

「妳還好吧？」

修治一問，她又點點頭。

修治略微揚起嘴角，露出笑容。看來，這似乎是他的習慣動作。每當他這麼一笑，就像個調皮搗蛋的孩子。

「妳太累了，倒也難怪。」

範子取出置物箱中的面紙，擤鼻涕，擦眼淚。

「妳還擔負著向織口先生解釋原委的重責大任。其實，妳不是非做不可，卻願意接下這個任務，我很感激。所以，別再為一點小事畏畏縮縮，好嗎？」

「我明白了。」

範子終於回以微笑。哭出來後，情緒一時無法平息，不過內心變得輕鬆許多。

「好，我們走吧。」

接著，掀背式轎車緩緩滑出停車場。

十

慶子靠著沙發，在黑暗中睜著眼。眼前這片黑暗，和她心情的顏色一樣。

大約三十分鐘前，電話突然不再打進來。不，應該是一小時前吧。她已失去時間感。

好安靜，如死亡般寂靜。隨著她心臟的跳動，隨著從心臟壓出的血液湧動，腫脹的右腳傳來陣陣刺痛。要是沒有這股刺痛，她甚至快分辨不清究竟是醒著，還是在作夢。

目前織口走到哪裡？修治和範子情況如何？

織口究竟打算前往何處？

她茫然想著，思緒轉了又轉，像形狀怪異的的旋轉木馬。轉啊，轉啊。這樣就能打發時間，等早晨來臨，一切都會解決。轉啊，轉啊……

這時，不遠處傳來細微的聲響。

聽錯了嗎？隱約傳來金屬的碰撞聲，彷彿遠處有誰拋起銅板，卻沒接好，掉落地上。是錯覺嗎？此刻又毫無聲息。

慶子重新靠回沙發上，凝視著黑暗。即使閉上眼，黑暗依舊存在。糾葛的思緒蠢動，她無法不睜開眼。可是，疲倦壓垮她，緩緩地、慢慢地，以糖果融化的速度包覆著她的意識。雙眼還睜著，睡意已降臨，最後眼皮漸漸下垂。旋轉木馬開始迴轉，然後下巴突然垂落，脖子一動又使她清醒。如此周而復始，不斷反覆。

朦朧的，朦朧的……

腳步聲。

起先，她以爲這也是在睡夢中，或許是旋轉木馬發出的聲響。可是，目光越過黑暗的客廳，雖然有點模糊，還是看得出某人站在入口。

慶子睜大眼，反射性地縮回伸直的腿。右腳踝一陣疼痛，她頓時清醒。這不是夢，屋子裡眞的有人。

對方的雙眼似乎尚未習慣黑暗，扶著牆，謹愼而緩慢地橫向移動。那個看不出是誰的人……對，是個男的，他穿長褲的腿極爲緩慢地移動，身體微微前傾，彷彿在豎耳靜聽。

他到底是誰？來做什麼？是怎麼開門的？

那男人沒看著慶子這邊，大概作夢也沒料到慶子會在此處吧。他的身體朝著寢室，腳也朝那邊走。

慶子大氣也不敢喘，盡量不發出聲音，緩緩縮回腳。她緊緊盯著黑暗中男人的剪影。是誰？是誰？是誰？彷彿發瘋的鋼琴家，在鍵盤上猛力敲擊出不和諧的音調，這句話在慶子腦中轟然作響。你到底是誰？

要站起來必須撐著沙發靠背，慶子在木板地上一點一點移動臀部。男人左手扶著牆，右手在黑暗中摸索……寢室的……對，他是在找房門的握把。

慶子抬起手，抓住沙發的靠背，試著拉起身體，卻失敗了。她必須退到更後面。

再次放下手，磨蹭著往後退，她抓住椅背。這次成功了。千萬不能碰到背後窗戶垂掛的蕾絲窗簾，千萬不能讓從窗口射入的光線照到自己，一定要小心，要小心。

慶子起身，微微半蹲。這時，頭抬得有點高，瞬間照到窗口的光線，她卻沒察覺。彎腰繞到沙發後方，朝著房間的對面，朝著男人想去的寢室相反的方向，雙手撐地越過通往廚房的那扇門前，緩緩爬行。只要順利繞到男人後面，抵達玄關大門口就好……

沒問題，順利前進，也沒發出聲音。再幾步路，應該會有一張邊桌。如果碰到桌腳，就繞過去，回到牆邊，一定要小心別碰倒桌子——

慶子伸出右手，在黑暗中摸索，指尖碰到桌腳。她抬起膝蓋前進半步，試著確認。她碰到的桌腳，非常柔軟，而且有布料的質感。順著往下一摸，觸及類似折邊的東西。是長褲。

這不是桌子，是人腿。

醒悟的同時，慶子縮手企圖逃走，可是，從黑暗中伸出的胳臂猛然掐住她的頸項，把她從牆邊拖開。慶子束手無策，滾倒地上。連著幾個耳光甩過來，她無法呼吸。

「慶子，妳以爲逃得掉嗎？」

伴隨粗重的呼吸，傳來男人的話聲。挨巴掌時承受的力道，導致慶子耳朵仍嗡嗡作響，眼前一片模糊。即使如此，她依然想著，這是聽過幾百遍的聲音，曾在耳邊甜言蜜語的聲音，怎麼可能……怎麼可能……

慶子想尖叫，厚實的手掌卻捂著她的嘴。男人揪住她的頭髮，拽起她的腦袋往地上猛砸。這當中，男人一直壓低音量，不斷發出呻吟般的呢喃。

「妳不該來礙事。像妳這種人，根本沒資格阻撓我。妳這個婊子！」

一次、兩次，慶子的頭猛力撞擊地板，逐漸失去意識，發不出聲音。然後，她感到男人的雙手掐上脖子，用力絞緊……

下一瞬間，掐著脖子的手鬆開，慶子順勢倒在地上。有人在呻吟，一旁傳來撞牆聲，接著清楚響起「好痛！畜生，放開我！」的叫聲。她知道這是誰的聲音。伴隨著猛烈的跺腳聲，糾纏的人影也撞上牆，暫時分開，又再次撞擊。一個人把另一人壓在牆上，將他的雙臂扭到背後。逐漸模糊的視野中，慶子看到被壓在牆上的男人膝窩，遭到後面的男人抬腿猛踹。

「跪在地上，雙腿張開與肩同寬。快點，不要掙扎。掙扎只會更痛。」嚴酷的嗓音發出命令，然後抓住牆邊還想反抗的男人後頸，對著牆上就是狠狠一記，這下對方終於不再抵抗。喀嚓的金屬聲響起。

慶子無法起身，只能茫然凝望。她聽見腳步聲，天花板的燈亮起。耀眼的白光直射，她不禁閉上眼。

「不要緊吧？」

男人呼喚著她，某個東西輕觸慶子臉頰。她睜開眼。

起先，慶子還認不出這個蹲下身，單腳跪地，正探頭注視她的男人是誰。又要遭受攻擊的恐懼率先升起，慶子掙頓時扎著想後退。

「別動。」男人溫柔地按著慶子的頭。

「妳不能亂動，維持這樣、維持這樣。可以呼吸吧？」

慶子只能眨眼，一吸氣喉嚨就猶如火燒，忍不住咳嗽。

「不要慌。慢慢深呼吸……對對對……沒錯。不用擔心，沒事了。」

男人撫摸慶子的頭，沉穩地說。接著，他環顧四周，迅速移動，又回到原位。他抓來一疊面紙，墊在她微微偏向一邊的臉頰下方，然後抱住她的頭，讓她側臥。

「妳在流鼻血，側身躺好。」

慶子閉上眼，盡量靜靜轉動脖子，側過臉。鼻子下方和嘴巴周圍微溫，原來是流血了……

「這裡的樓梯間上鎖不能走，電梯速度又特別慢，害我耽擱不少時間。應該跟管理員好好抱怨一下。」

慶子睜開眼，身邊是練馬北分局的刑警，叫什麼名字？她腦袋一片空白，想不起來。

他又消失在慶子的眼前，再次返回時，拿著沙發椅套，似乎是隨手扯下。他把椅套蓋在慶子脖子下方，叮囑道：「我馬上叫救護車。妳乖乖躺著，別亂動。」

可是，慶子很想起身。她想知道發生什麼事——那個嗓音，那隻抓住她的手……

「刑警先生。」

抓著準備起身的對方衣袖，慶子喊道：「我、我……」

刑警扶著試圖坐起的慶子。她望向倚著牆癱坐在地、雙手反銬身後、鎖在通往廚房的隔間門把上的男人。

沒錯，果然如此。

是國分慎介。

「慎介……」

聽到慶子的話聲，對方抬起頭，露出恨不得朝她吐口水的表情，臉色十分蒼白。

「妳認識他吧？」

扶著她的刑警低問。這時，慶子終於想起刑警的名字，是黑澤。

「對，是很熟的人。」

一點頭，慶子忍不住落淚。國分瞪著慶子，又將視線移向黑澤，大聲咆哮：「這是非法拘禁，暴力行為，我是……」

黑澤微微聳肩，攙扶慶子靠著沙發後，走近電話。

在刑警緊急通報的期間，慶子一直凝視國分，他也瞪著慶子。充血的眼白、骨碌碌打轉的黑眼珠，看起來彷彿是另一種生物。

「你來做什麼？」

她張開嘴，好不容易擠出一句。

國分撇開臉。「喂，妳怎麼查出我要結婚的？」

慶子依舊默默凝視他，暗暗想著：我真的愛過這個男人嗎？

「妳連喜宴會場都打聽出來，還帶著槍跑去吧？我知道，我全知道，我是……」

這時，黑澤返回。國分仰起頭，咬牙切齒地放話。

「快逮捕這個女人！她持槍外出，企圖殺害我，所以我是正當防衛。不信你問，都是這個女人的錯。」

有那麼一、兩秒，黑澤面無表情地盯著國分，似乎毫不驚訝。最後，他轉身背對國分，又屈膝在慶子身旁蹲下，彷彿要看清她的眼眸深處，靜靜地問：

「妳能說話嗎？如果很難受，只要搖頭就好。」

慶子閉上眼，點點頭。

「關沼慶子小姐，剛才這個男人說的話是真的嗎？」

慶子的目光避開黑澤，她沒力氣開口。

「那我換個問題。妳有槍吧？應該是競技用的霰彈槍，對不對？」

慶子終於張開雙唇，擠出話語。她感到一股鹹鹹的血腥味。

「你怎麼知道？」

刑警的手伸進外套口袋，扯出一塊骯髒的布。

「我猛打噴嚏。在口袋裡找手帕時，發現這玩意。我忘得一乾二淨，這是第一次來找妳時，在停車場撿到的。當下四周太暗我沒細看，重新攤開，立刻就明白。瞧，就是這個。」

黑澤攤開沾上油污的布塊。

用不著解釋，慶子也曉得那是什麼——是她擦槍用的布，上面沾了油。那原本是射擊俱樂部贈送的小毛巾。

一定是織口遺落的……她暗忖。

「這是繡有名字的毛巾，邊上繡著『厚木射擊中心　俱樂部』。我一看見，立刻想到說不定是妳的東西，本來可能放在失竊的車中。」

慶子緩緩露出笑容，「你反應眞快。」

黑澤也微微一笑。「第一次上門拜訪時，就發現妳的樣子不太對勁。我直覺不光是車子失竊這麼簡單。」

「所以，你又回來？」

「對，沒錯。」

恢復正經後，刑警問：「妳有槍吧？」

慶子點頭，「是霰彈槍。」

「那玩意跟車子一起被偷了嗎？」

慶子一點頭，淚水就奪眶而出——我現在一定很丟人吧，我……想到這裡，她哭得益發不可收拾。

「妳知道是誰偷的嗎？」

慶子閉著眼繼續哭。雖然累壞了，但她不能違背對修治許下的承諾。她無法顧及其他，只拚命想著這一點。不知道，我不知道，是不認識的人偷走的……

「妳知道是誰吧？」黑澤重問一次。「妳該不會是在袒護那個人吧？」

遠方傳來警車的鳴笛聲。一輛又一輛，慶子腦海浮現數不清的警車奔馳而來的景象。

「妳最好趁現在坦白一切。槍械失竊是大事，妳應該明白吧？在情況還不嚴重前，全部說出來吧，袒護別人也沒好處。」

慶子抬眼望著黑澤，想笑一笑。她想笑著說：「我真的不知道。」

可是，她只能歪斜著嘴唇。

「我的演技太差了。」吐出這句話，一直支撐她的精神武裝頓時散架。即使如此，她仍在進行最後的抵抗，顫抖著雙唇，試圖做最後的努力。不能說，不能講出來，她答應過……

「妳在袒護誰？」

黑澤一邊問，一邊伸出手，拉近覆蓋慶子的沙發椅套，替她擦臉。

慶子強忍著。如果黑澤沒說出下一句話，或許她還能堅持。

他關心著慶子額頭的傷，單純地說：「眞可憐。」

在這之前，從來沒有人給予她如此樸實的同情。導致堤防崩潰瓦解的一顆小石頭，只是這麼純眞、這麼簡單的一句話。

慶子哽咽著，哭了出來。話語和淚水一起泉湧而出，止也止不住……

4

chapte

第四章

終點

一

凌晨三點四十分，以「克萊爾・江戶川」六〇四室爲中心，出現臨時戰地。由於涉及槍械，對練馬北分局和轄區隸屬的江戶川西分局來說，案情一舉擴大。

關沼慶子道出原委後，由救護車送走，國分愼介則押回江戶川西分局。將聯繫工作推給其他警員，匆匆趕來的桶川，在聚集的搜查員中發現黑澤，開口第一句話就是：「老弟，你的直覺也有準確的一天啊。」

「承蒙誇獎，備感榮幸。不過，現在可不是高興的時候。」

桶川使勁搓著長滿鬍碴的渾圓下巴。

「關沼慶子不曉得那個叫織口的男人去哪裡吧？」

「對，只有追趕他的青年佐倉才知道。」

「織口的住址呢？」

「目前仍在確認。我們試著和『漁人俱樂部』北荒川分店的負責人聯絡，可是還沒找到人。」

「傷腦筋。」

和這句話相反，桶川一臉悠哉。他仰望著「克萊爾・江戶川」的磚紅色外牆，上頭映著警車的紅色警示燈，閃爍不定。幾乎所有窗子都亮著燈，住戶紛紛探出頭觀望。

「總局雖然起動緊急警網，但車子失竊將近五小時，他很可能已離開東京。眞棘手，我們不擅長廣域搜查。」

「沒時間發牢騷，快走吧。」

「去哪裡？」

「還用說嗎？當然是回谷原，棄置賓士車的現場打聽消息。你不是每次都強調，這是辦案的基礎？」

「既然專程過來，犯不著再回去。」

伴隨「唔」一聲，桶川伸了個懶腰，放低音量以免周遭的刑警聽見：「這種分秒必爭的情況下，去現場打聽根本沒用。只要等著，自然會得知織口的住址。到時只要去他家搜查，搞不好就曉得目的地。這樣比較快。」

「太不負責任了吧，那是江戶川西分局的……」

桶川佯裝不知。「這是我們局裡的案子。那麼想回谷原，你自己去……原來你也是個不值得託付的男人。」

「不值得託付？」

桶川毫不客氣地抓起黑澤的領帶，用力拉過來，仔細端詳他的襯衫領口附近。

「你看，這是什麼？」

上面殘留斑斑血跡，是抱著關沼慶子時沾染的。桶川精明的目光停留在那裡，嘻嘻一笑。

「慶子妹妹哭著拜託你吧？希望你務必阻止織口。她以鉛塊塞住槍管，企圖在男人面前自爆身亡，這樣的想法雖然淺薄，卻也證明她眞的被逼上絕路。怕連累其他人喪命，她一定極力拜託過你吧？爲了展現男子氣概，你接受了她的託付吧。」

「可是，調查行動各有分擔……」

黑澤正想抗議，桶川突然「咚」地往他胸口一拍。

「很痛耶，幹麼打我？」

「等一下，那個是誰？」

桶川的目光，轉向黃色封鎖線外側看熱鬧的群眾。明明是深夜，還冒出這麼多人。

桶川下巴遙指的「那個」，是一個年輕女孩。她待在最前頭，雙手抓著封鎖線。爲了緊緊抓穩，以免遭人潮擠開，她用力到關節浮現。

年輕女孩的視線一直追逐著往來的刑警，一下不安地舔舔嘴唇，一下仰望六樓。她的臉色蒼白、雙肩頹然垂落，似乎有些疲憊，不過倒是長得滿可愛。

「老弟，你最會哄年輕女孩了吧，去向那個女孩打聽看看。」

話尾剛落，桶川已快步走開。他故意從遠離那個女孩的地方鑽過繩索，混入看熱鬧的群眾。無奈之下，黑澤只好跟上。

桶川靈巧地移動，在那個女孩斜後方站定，輕拍她的肩膀。

「妳好，小妹妹。」

聽來像在跟小孩說話。年輕女孩嚇一跳，轉過身。桶川的食指豎在嘴前，低聲問：「妳是關沼慶子小姐的朋友嗎？還是，妳認識織口先生或佐倉先生？」

年輕女孩渾圓的雙眼瞪大，凝視著桶川。

「織口先生……和佐倉先生？果然跟他們有關係嗎？太多人說過太多事，我都搞糊塗了……」

「妳是他們的朋友吧？」

年輕女孩像無端遭人懷疑是扒手，猛力搖頭。由於不瞭解狀況，她顯得相當害怕。「不……我……我是……」

「妳認識他們吧？妳一定很擔心。」

桶川和藹地問。這種語氣加上柔和的圓臉，就是這位老爹的武器。

果然，年輕女孩以只有桶川聽得見的音量回答：「我不曉得該怎麼辦。可是，我好擔心……您是警察吧？」

桶川點點頭。「我和這個年輕人都是。」他指指黑澤。「妳願意告訴我是怎麼回事嗎？用不著慌，慢慢講沒關係。小姐，妳叫什麼名字？」

年輕女孩纖細的喉嚨一顫，應道：「我叫野上裕美。在『漁人俱樂部』北荒川分店，跟織口先生和佐倉先生一起工作。」

距離「克萊爾．江戶川」約一個街區的路燈下，桶川和黑澤取出警察證件，讓野上裕美安心後，開始詢問相關情報。

她不曉得織口住在哪裡，也不清楚他的出身地。不過，她表示織口獨居，不太喜歡談論任職「漁人俱樂部」前的生活。

「他是個大好人，非常溫柔和善。我們都很喜歡織口先生。」

裕美似乎是個聰明女孩，稍微鎮定後，依序描述昨晚的來龍去脈。

「到新小岩車站附近的居酒屋後，佐倉先生突然不見。由於先前發生一些事，我猜他是去關沼小姐的公寓，雖然店長攔著我，勸我不要多管閒事，我還是打了電話，卻是答錄機留言……」

「嗯。所以，情急之下，妳乾脆來看看？」

「對，就是這樣。」裕美在襯衫胸前緊握拳頭。「然後，我聽說關沼小姐遇襲受傷……」

「她的傷不嚴重，不用擔心。」黑澤說，「等精神上的驚嚇平息，很快會康復。」

可是，裕美在意的似乎不是慶子的健康狀態。她畏怯地不停眨眼，略微翹起的可愛小嘴哆哆嗦嗦地詢問桶川：「是佐倉先生傷害關沼小姐，畏罪潛逃嗎？」

「哎，不是的，妳放心吧。倒不如說，他是想幫助關沼小姐。」

「眞的？」裕美浮現安心的神色。不過，幾乎是同時，黑澤察覺她眼角微微滲出可悲的嫉妒之情。桶川大概也注意到，微笑著輕拍裕美的肩膀。

「他似乎是個能幹可靠的青年。裕美，試著仔細回想，佐倉從居酒屋消失前，做了些什麼。」

「他打過電話。」原以爲裕美會陷入沉思，沒想到她立刻回答。可見佐倉修治失蹤後，她一定曾四處尋找。

「哦？」

「我們等了又等，還是不見佐倉先生回來，於是去問過店員。有人看到他在打電話。」

桶川浮現和藹的笑容。話題愈逼近核心，他就會變得愈溫柔，像準備接住跳樓自殺者的充氣墊一樣。

「噢，那他會打去哪裡？妳知道嗎？」

裕美搖搖頭。「詳情我不清楚。不過，他似乎翻閱火車時刻表，隨手一放，便衝出居酒屋。」

「時刻表是翻到哪一頁，妳問過嗎？」

「不知道，我不知道。」裕美快哭出來。桶川雙手拍著她的肩，出聲安慰：

「沒關係、沒關係，警察已出動尋找他們。能不能再告訴我，妳和店長是幾點道別？」

「兩點過後，店長送我搭上計程車……」

「可是，妳沒回家？」

「我家在三鷹那邊。我實在不放心佐倉先生和關沼小姐，半路又折回來。」

桶川撫著稀薄的頭髮，宛如毫不在乎門禁時間、不會緊盯女兒行爲舉止的「開明」老爸般點點頭。

「是嘛、是嘛。那店長呢？」

「他要到佐倉先生在草加的公寓查看，我想一起去，但他不答應……」

「店長家在哪裡？」

「西船橋。」

黑澤瞄向手表，三點二十分。即使店長繞到草加，想等佐倉修治回家，死心後才返回西船橋，現在也差不多到家。只要能聯絡上店長，就能知道織口的住址和家人下落。

「怎麼辦……我眞不明白，事情怎會變成這樣。」

桶川安慰著哭哭啼啼的裕美。「妳用不著哭喪著臉，先回家等消息，好嗎？喂，黑澤，替她叫輛計程車。」

送野上裕美坐進計程車後，黑澤回到「克萊爾．江戶川」。時間算得眞準，負責聯繫的警車無線電，收到聯絡上「漁人俱樂部」北荒川分店店長的通報。

「去搜他房子，走吧。」桶川大步走近，往黑澤背上用力一拍。「你可別忘記裕美的話。」

二

清晨四點二十分。修治和範子穿過關越隧道，加快速度經過湯澤、六日町、小出，一路來到越後川口休息站前方。

距離長岡還有三十公里。從長岡改走北陸高速公路，在抵達金澤東出口前，約有兩百五十公里的路程。感覺上開了很久的車，其實尚未走到全程的一半。

自練馬上關越高速公路算起，開到長岡爲止費時三小時，保持相同的速度，修治有把握比織口快。織口開車一向謹愼，即使是走高速公路，也絕對不會飆到必要以上的車速。何況，今晚他是爲了完成重大目的，避免一時疏忽發生意外，應該會格外小心。

路程還很漫長，以這個著眼點來看，算是相當幸運，肯定追得上。修治超過擋住視野的小貨卡，繼續踩油門。這時，一則新聞從一路開著的收音機流瀉而出：

「曲子播到一半，要爲您插播最新消息。這是一則有些危險的新聞。」

主持人一改開朗的語調，播報起新聞。

「昨晚十一點左右，住在東京都江戶川區『克萊爾·江戶川』公寓六〇四室的關沼慶子小姐，在停車場遇襲，放在後車廂的競技用霰彈槍一把，及保管在室內一盒共約二十發的子彈皆遭竊取。」

修治不禁屏息，感覺像是突然缺氧。原本靠著椅背的範子連忙挺直腰桿。

「據關沼小姐表示，竊取這把槍的，是同樣位於江戶川區內的釣具專賣店『漁人俱樂部』北荒川分店的店員——織口邦男，織、口、邦、男，現年應爲五十二歲。該名嫌犯一併偷走關沼小姐的車子逃亡，但這輛車在午夜一點左右，被人發現棄置在練馬區谷原的道路上。目前，警方尚未掌握嫌犯織口的去向和下落。」

範子雙手抓著安全帶，夢囈似地低喃：「織口先生……把車子……」

「噓，安靜點。」修治口氣嚴厲，伸手調高收音機音量。

「此外，關沼小姐失竊的這把霰彈槍，屬於上下雙管式，據報下方槍管的中央堵著鉛塊。至於原因，警方仍在調查，還未公布詳情。」

範子聽得目瞪口呆，修治也萬般洩氣。看來，警方一訊問，慶子似乎已全盤托出。

主持人毫不留情地繼續播報：

「這件案子關係錯綜複雜，還有許多細節眞相不明，不過，有一名任職『漁人俱樂部』北荒川分店的同事，正在追趕嫌犯。這名同事從關沼小姐那裡得知經過，掌握嫌犯的去向，尾隨在後。據說，他也攜帶一把關沼小姐所有的霰彈槍。同時，警方與北荒川分店的負責人確認，證實少一輛印有店名的掀背式轎車，該名同事可能是利用這輛車進行追蹤。是掀背式白色轎車，車身兩側印有店名和商標，車牌號碼是……」

主持人重複兩次修治他們的車牌號碼，進行總結：

「警方正全力搜索嫌犯及該名同事的行蹤。各位駕駛朋友，如果發現這輛車，麻煩利用最近的電話打一一〇報警。懇請協助配合。」

半晌，兩人都說不出話。範子凝視修治的側臉，兩手扭絞在一起。修治覺得雙腿軟綿綿，彷彿變成棉花。

「怎麼辦？」範子問。宛如那年冬季的某天清晨，在剛凍結的溜冰場上滑行而去的第一個曲棍球，她的聲音連同纖細頸項支撐的腦中塞滿的思緒，都無法遏止地竄出。「到底該怎麼辦？如果警察找到我們，會逮捕我們嗎？會帶走我們嗎？那織口先生呢？他不在慶子姊的車上，沒人能找到他，他會動手殺人。我們會一起遭到警方逮捕嗎？」

爲了截斷她的滔滔不絕，修治使勁連按兩次喇叭。緊貼在前方的小貨卡司機，驚訝地回頭，露出「再按一次就跟你沒完沒了」的激憤表情，狠狠瞪著他們。

喇叭響起的同時，範子倏然閉嘴，然後又連珠砲似地說：「爲什麼要按喇叭？你是在大肆宣傳，要人家來抓我們嗎？」
修治又按得喇叭發出悲鳴。「我是要妳閉嘴，還不明白嗎！」
範子雙手按住臉。由於手在發抖，下顎跟著顫動。
「對不起。」她好不容易擠出一句。「我嚇到了，很害怕，腦袋一片混亂。」
她用力握緊拳頭，低聲說：「我不會再大呼小叫。」
修治筆直看著前方，使勁握著方向盤。
「警察不是在通緝，只是在尋找，而且找的是這輛車。」
「可是……」
「換句話說，他們還沒掌握織口先生的去向。既然如此，不必這麼絕望。」
收音機繼續播放音樂，是快節奏的舞曲。那種喧囂反倒讓腦袋更混亂，修治粗魯地關掉。
「換輛車吧。雖然是壞消息，不過幸好我們及時聽到。只要去休息站，應該會有辦法。」
「要偷車？」
範子只是忍不住反問，但一說出口卻變成強硬的質問。修治瞥她一眼，稍微皺了皺眉頭。
「在越後川口下交流道，妳一個人應該回得去吧？」
「我……」
「到這種地步，妳退出比較好。槍管塞有鉛塊的事，媒體已公開。說不定織口先生正聽著這段報導，妳沒必要特意冒著危險，跟隨我去說明。」
修治的話速加快，不讓範子插嘴。

「現在是清晨四點多，不必等太久其他交通工具就會陸續發車，妳也可搭新幹線。剩下的事，我一個人會想辦法解決。」

「不，我也要去。」

「可是……」

「一起去，我不想半途而廢。否則，一開始我就不會跟來。」

範子抬起下巴，定定注視在眼前延展的灰色道路。

「況且，又不確定織口先生真的聽到這則新聞。搞不好他沒聽見，毫不知情。身爲慶子姊的代理人，我有責任，絕對不會打退堂鼓。」

「萬一妳像剛才那樣失控，我會很困擾。」

範子提高音量。「我不是提過，不會再犯嗎？對不起，我保證！」

修治吐出一口氣。說她膽怯偏又這麼頑固，說她內向偏又如此好強，真是夠了……

「欸，織口先生爲什麼會扔下賓士？」範子似乎考慮起別的事，不過大概是在勉強自己，手指還痙攣般顫抖著。

修治搖搖頭，「我也不知道……說不定是發生車禍。」

「那麼，現在不知情況怎樣。他弄到別的車，或是改搭電車之類的嗎？」

「以時間來看，不可能搭電車，而且電車也不方便。可是，他對機械不在行，難不成有別的方法弄到車……」

霎時，修治靈光一閃。不過，尚未說出口，範子從他的表情變化，便察覺他心中所想。她猛然抓住修治手肘，問道：「剛才你不是提過？在上里休息站，有人救了一個差點遭摩托車輾過的孩童。那個人的年紀和外貌，很像織口先生。」

修治緩緩點頭。

「對，我也在想這件事。」

「沒錯，就是那輛車……」

「聽說是COROLLA。」

「織口先生該不會是搭便車吧？只要在關越高速公路入口等著，要攔下往新瀉或北陸的車子，應該不會太困難。」

範子湊近修治，抬頭望著他。這次，換修治說出她可能在思考的事：

「也就是說，現在織口先生不是一個人。」

這時，載著織口的COROLLA在北陸高速公路上繼續順暢奔馳。車子經過柿崎交流道，早離開長岡超過五十公里。COROLLA上的收音機沒打開，駕駛座的神谷和副駕駛座的織口幾乎毫無交談，陷入單調的沉默。

只聽得見引擎聲。竹夫在後座熟睡，雖然織口不時閉上眼佯裝睡著，其實他一秒都不睏倦，甚至無法放空思緒。

逐漸接近終點。想到這裡，他不禁心跳加遽。

回想起從前還在教書時，從他手上拿回考卷的孩子，浮現期待又不安的表情，一邊按照點名順序走到教室前方。老師，這次我考幾分？有些學生會爽快地直接詢問；有些學生大概心知考得不好，縮著肩膀不敢抬頭。

完成計畫後，說不定我的心態會和那些孩子一樣……織口暗想。我拿到幾分？寫出正確答案了嗎？

他忽然憶起，二十年前隻身來到東京，執教數年間的事。有一次，他採用論文形式進行測驗，有個學生沒回答問題，而是針對以這種形式企圖判定學生閱讀能力，長篇大論地表達不以爲然。那篇「論文」，連答題用紙的背面都寫得滿滿的。

雖然織口無法完全接受那個學生的意見，但其中不少地方他頗有同感。所以，在發還考卷前，他趁放學後單獨找那個學生到教室，進行溝通。平常寡言內向，在課堂中表現不起眼的學生，在織口率直地主動開口後，愉快地回應，讓他得以明白學生的想法。

談話結束後，學生低頭道歉。「對不起，我太狂妄了。」他害羞地笑著說：「可是，如果有任何不滿或不服氣，我認爲不應該躲在背後批評，應該做點什麼。」

那孩子現在不知過得怎樣……織口想著。

跟留在伊能町的妻子正式離婚後，每次站在講台上，他都不禁質疑自己：像我這種無法成功建立家庭的半吊子，憑什麼教導學生？於是，他辭去教職。當時，有些學生認定他會離職，和他與校方的爭執有關（實際上，他的確是相當反體制的教師），還發起反對運動，徵求大家連署。當時，那個學生也參加這場運動。

（不應該躲在背後批評。）

應該做點什麼——這句話是對的。約莫是爲了滿足孩子氣的單純正義感，及小小的反抗心理，那個學生才會選擇這樣的字眼吧。可是，這句話豈不是比他以爲的，涵蓋更多層面的事實——包括極爲單純的事實嗎？

應該做點什麼。他必須採取行動，不然永遠只能原地打轉。

「不曉得幾點天才會亮。」

修治睜開眼，問駕駛座的神谷。大概以爲織口在睡覺，神谷露出有些驚訝的神情，瞄一眼儀表板上的時鐘。

「不知道。約莫五點左右，天就會漸漸亮了吧。」

夜晚將要結束。織口體會著近乎安心的感受，深深窩進座椅中。

「聽說，很多嬰兒都是在黎明時分出生。」可能是想到織口虛構的女兒，和那個女兒即將產下的嬰兒吧，神谷繼續道。「或許，織口先生的外孫也是如此。」

織口微笑著點頭。居然對他的謊言深信不疑，神谷溫暖的性格，教他感動之餘有些心酸。

三

越後川口休息站的停車場上，停著三輛長途卡車，和兩輛私家轎車——一輛是跑車型的進口車，另一輛是外型矮胖的家庭房車。每一輛車都空蕩蕩，引擎當然也熄火。

修治將掀背式轎車停到角落，盡量避免車身的商標和車牌號碼引起注意。自從聽到收音機播報的新聞後，他總覺得所有的對向車、所有追上來超過他的車，都認出這輛掀背式轎車，正在打一一〇報警。

「要怎麼進行？」

下了副駕駛座，範子立刻奔向修治這邊。光是想到要偷別人的車，她就臉色發青。

「你打得開鎖住的車門嗎？沒鑰匙也能發動引擎嗎？該怎麼辦？」

「兩項我應該都能搞定……」

修治望著餐廳的燈光低語。自動販賣機、長椅、垃圾桶、菸灰缸，在附近休息的駕駛共有四人……不，五人，現在有一人走出廁所。

來參加釣魚活動的客人，常忘記拔下鑰匙就鎖門，所以「漁人俱樂部」車子的置物箱中，總會放入中古車商慣用的萬能鑰匙。當然，用法經過專人指導。儘管是兩根細長鐵絲組合而成的簡單工具，只要掌握住訣竅，一般汽車的車門幾乎都能打開。

問題在於，沒有鑰匙的情況下，能否連結電線發動引擎？修治算是手很巧，理論上也知道步驟，但畢竟是第一次嘗試，不曉得要耗費多少時間……

從停車場角落觀望半天，一名穿緊身牛仔褲的年輕男子，走向跑車型的車子，打開車門鑽進去，發動引擎，俐落繞過半圈停車場後，揚塵而去。大卡車根本不列入考慮，只剩下家庭房車。那輛家庭房車有寬敞的四人座，車身是金屬藍，雖非高級車，不過應該很好開。

一個男人在菸灰缸旁抽菸。他穿著西裝，長褲的褲管打摺。略微側身吐出煙霧時，看得見他規矩地打著領帶。
那輛家庭房車八成是他的吧，他恐怕不會休息太久，再繼續等下去就要開走了。
修治把範子拉到身旁，在她耳邊交代幾句。雖然他解釋得十分簡短，但她似乎很快領會。
「做得到嗎？」
「嗯，應該沒問題。」接著，她露出好勝的眼神訂正：「我絕對會搞定。」
穿西裝的男人悠哉地呑雲吐霧，一邊仰望夜空。距離天亮還有一段時間，但星光似乎漸漸稀薄，夜晚正緩緩退場。
見穿西裝的男人捻熄菸，修治輕推範子的後背。
「交給妳了。」
「嗯。」
範子跑向與餐廳並排的廁所。她前腳剛走，穿西裝的男人就離開菸灰缸旁，走向車子。一旁看似卡車司機的兩個大塊頭男人，背對修治，倚著自動販賣機聊得十分起勁。
穿西裝的男人打開車門。修治拎著裝有槍枝的沉重袋子，快步走近。在旁人看來，大概以爲他會經過車旁，前往餐廳吧。他加快腳步，來到近得足以清楚觀察西裝男人舉動的地方。
坐在駕駛座上的西裝男人轉動鑰匙，發動引擎。這時，廁所那邊突然傳來範子的尖叫：「失火了，失火了！快來人啊！」
時機抓得正如預期，西裝男人驚愕地仰起臉，打開車門，探出上半身。範子還在尖叫。原本正談笑的卡車司機衝向廁所，西裝男人彷彿受到他們的提醒，也下車跑起來。

「冒煙了！」不知是誰粗聲大喊。

修治邁開腳步，跑向那輛車門敞開、插著鑰匙，發動引擎卻遭擱置的車子。他先把槍袋扔上車，接著鑽進駕駛座，把副駕駛座的車門一開，恰恰看到範子衝出廁所，筆直奔來。

「快、快！」

範子一頭鑽進車裡。修治迅速發動車子，她喘息著調整姿勢，關上車門。車子衝出停車場時，後照鏡裡映著從廁所跑出來的西裝男人，和兩個卡車司機的身影。穿西裝的男人茫然地垂著雙手呆立，一名卡車司機噗哧一笑。

「我成功了吧？」

和充滿活力的話語相反，範子緊張得手還在發抖，修治伸出一手緊緊握住。

「了不起！」

「那個發煙鉛錘，好端端的居然能點火。」

兩人像脫韁野馬般狂笑，笑聲幾乎震得車子晃動起來。

修治拿出一枚發煙鉛錘，交代範子在廁所點火，製造起火的假象，再把鉛錘扔至無法立刻找到的地方。然後，只要一高喊「失火了！」通常附近的人就會趕來。光是叫聲很容易拆穿，一旦冒出煙霧，趁大家尋找起火點之際，便能爭取時間。

「原本就只是稍微受潮，多花些時間點火，應該還是會冒煙。」

範子拭去眼角的淚水，她是笑到流眼淚。「對呀，然後大叫一聲『我去找滅火器』，我就趕緊逃出來。」

不過，他們沒笑太久。兩人都沒興奮到忘記目前的處境。範子拉著安全帶，正色問：「欸，接下來要找COROLLA嗎？」

修治搖搖頭。範子意外地瞪大眼，緊抓著安全帶看向他。

「如果能在半路上找到當然最好，但不能抱太大希望。何況，我們不確定織口先生眞的在那輛COROLLA上。即使他當時在車上，現下不見得還是如此。說不定爲了配合COROLLA的目的地，途中又改搭別的車子。」

「對喔……」

「所以，我們要搶先一步。」

這輛車的駕駛座有個按鍵，可調整後照鏡的角度。之前，後照鏡是配合倒楣車主的視野設定，修治調整到易看的角度，確認偵防車和交警都沒追來，才繼續解釋：「我們搶先到目的地，這樣更能確實逮到他。」

「去法院前面嗎？」

「嗯。織口先生恐怕是打算，利用大井善彥從拘留所出來，要進入法院的那一刻執行計畫。霰彈槍無法從遠處射擊，他一定會埋伏在法院周圍。」

然而，這個預測，最後將以另一種形式遭到背叛。

那則新聞是在車子奔馳過上越、名立谷濱，剛要經過能生町時，鑽入織口耳中。

北陸高速公路到這一帶，大大小小的隧道連續不斷，一板一眼的神谷又按道路標誌的提醒，打開收音機。這次不是音樂節目，似乎是藝人的談話秀，不過一進入隧道就切斷，完全聽不出在談什麼。織口心不在焉地充耳不聞。

不料，離開高峰隧道時，不知名藝人的談話轉換成播報員在報導新聞。他聽到的是播到一半的新聞：

「……失竊的霰彈槍，槍身長二十八吋，是十二號口徑的上下雙管槍。由於下方槍管中央遭鉛塊堵住，一旦開槍會陷入極爲危險的狀態。據槍枝擁有者關沼慶子小姐表示……」

播報到這裡，車子又進入隧道，切斷新聞。注意到織口忍不住直起身，神谷問：

「聽起來是在說槍怎麼了吧？」

「咦？嗯，是啊。」

「東京不曉得發生什麼事。」

對，發生了什麼事？槍管中央遭鉛塊堵住？怎會有這麼荒唐的狀況。

可是，剛才的新聞中，清清楚楚提到關沼慶子的名字。

這條隧道很短，織口來不及重新振作，COROLLA已衝回天空下。同時，收音機復活。

「……所言，本案關係非常錯綜複雜。根據目前確定的情報，追蹤嫌犯的同事，名叫佐倉修治，佐、倉、修、治，是二十二歲的店員，同樣持有關沼慶子的霰彈槍。這把是二十號口徑，應該是比起先前失竊的口徑略小的上下雙管槍。總之，警方還未掌握兩人的行蹤，處於毫無線索的狀態。剛剛江戶川西警局局長召開臨時記者會，東京都內已展開緊急戒備，要求所有單位合作提供消息……」

聽到這裡又遇上隧道，廣播斷訊。織口耳朵嗡嗡作響，使勁嚥下口水，不知不覺地緊握雙手，茫然凝望前方。

有人發現慶子。警方知道織口奪走她的槍逃走，企圖追捕他。

不過，織口早有心理準備。何況，警方不可能查出他的去向。住處沒留下任何線索，他很確定這一點。不要緊，儘管安心。

問題在於，根據剛才的消息……佐倉修治帶著關沼慶子的霰彈槍，正在追趕他。

眞的嗎？織口費力地整理著瀕臨混亂的腦袋，一邊自問。修治也許眞的會做出這樣的舉動。修治什麼都知道，包括織口的去向。而且，八成也猜到織口的目的。

所以，修治才會追上來企圖阻止，很像他的作風……織口有些茫然，卻能夠理解，這確實是修治的做法，簡直太符合他的作爲。發現年長的同事突然脫離常軌，修治竭盡全力想打消對方的瘋狂念頭。

可是，他怎會帶著槍？是他的判斷，還是……

對了，想必是慶子的建議。她的屋裡，放著另一把規格類似的槍。

隧道內的橘色燈光，將織口的雙手染成像假人的噁心顏色。他愕然凝視雙手，倏然抬起眼，察覺陷入沉默的收音機，調頻器的燈還亮著，終於回過神。

出了隧道，又會傳來收音機的廣播聲。這次，說不定新聞不會從中段開始報導，也許會清楚念出織口的名字，從頭複誦一遍，沒時間發呆。

「不覺得有雜音嗎？」

由於唐突出聲，語尾有些沙啞。大概是隧道內的風壓塞住耳朵，神谷「咦」一聲，反問織口。

織口提高音量，「我是說收音機，有奇怪的雜音……唉，這種聲音眞刺耳。」

他誇張地皺起眉，急著伸手觸摸開關，卻是音量的調整鈕。播音員的話聲瞬間放大，彷彿在嘲笑焦急的織口，說到「霰彈槍的構造……」才又變小。因爲織口連忙調回音量。

逐漸接近隧道出口。車子離開半圓形出口，將橘色燈光拋在身後，COROLLA滑到夜空下。這一瞬間，織口終於找到電源開關，立刻關掉收音機。

「呃，對不起。」他知道自己的話聲十分不自然，也知道神谷微微皺眉，不時偷瞄著他。

「我啊，最怕電波的雜音，牙齒好像會發麻……有些人不是討厭聽到刮玻璃的聲響嗎？跟那種感覺很像。」

聽著織口匆匆解釋，神谷浮現懷疑的神色。在織口的胸口，心臟逐漸膨脹。那溶解在血液中，潛伏在體內的不安黑影，彷彿突然在心臟裡凝結成塊。

半晌後，神谷才開口，又恢復平穩而略顯疲憊、有點睏倦的表情。

「我也很怕刮玻璃的聲響。」

織口悄悄撇開臉，安心地閉上眼。

「來到這一帶，收音機總會有雜音。前面不會再出現像關越隧道那麼長的隧道，關掉收音機沒關係。」神谷繼續道。

「謝謝。」織口道謝，靠回椅背，盡量保持正常的呼吸。一股窒息感朝他襲來。

修治追在後頭，肯定是走同一條路。織口離開慶子家，過了多久修治才從東京出發？此刻，他追到什麼地方了呢？

另外，還有一個更大的問題。織口若無其事地轉過頭，覷向放在熟睡的竹夫腦袋旁的大包袱。那把霰彈槍，下方槍管的中央堵著鉛塊？

如果新聞報導沒錯，不是騙人的，當他以正常方式開槍時，死的將會是自己。怎會變成這樣？爲什麼槍管會塞住？慶子明知如此，才帶那把槍出去嗎？

不過，這倒解開他偷槍時的疑惑。昨晚的慶子，似乎懷抱著陰鬱的計畫，才會盛裝打扮，在後車廂放一把槍，小巧的皮包裡還藏有一發子彈，隨身攜帶……

織口的目光移回前方延伸的道路，閉上眼試圖集中精神。接下來，該怎麼辦？要如何順利脫身？

不管怎樣，修治都會追來吧。他不僅聰明，反應也快。聽到這則新聞膽怯，或者死心，乾脆半路放棄追蹤……這不是織口認識的佐倉修治會採取的方法。他沒做錯事，只是想阻止要做錯事的朋友。既然如此，當然沒什麼好怕的。

修治不會放棄，他們遲早會遇上。那麼，他乾脆……

「神谷先生。」他睜開眼，輕輕起身呼喚神谷。「請問下一個休息站在哪裡？」

「應該是越中境吧，差不多還要二十分鐘。」

「實在很不好意思，能不能在那邊停一下？我想打個電話。」

「可以啊，反正我也想趕走瞌睡蟲。」神谷爽快地點頭，然後微微一笑：「要打去醫院吧？」

織口堆出笑容。「對，沒錯，說不定生了。剛才我一直有這種感覺。」

清晨五點二十五分，他們抵達越中境休息站。

車窗右側是海，一下車，視野頓時開闊起來。夜色漸漸褪成淺藍，東邊的水平線上微微泛白。大海看起來是晦澀的銀色，像陳舊的百圓銅板的色調。一般人對日本海的印象總是晦暗陰鬱且沉重，其實根本不是這樣。比起南海或太平洋的明亮壯闊，日本海只不過略顯幾分老成罷了。

好冷，織口想著。

寬敞的停車場前，零星佇立著五、六個同樣在休息的長途巴士乘客。他們觀賞著日本海的黎明，一邊啜飲熱咖啡或紅茶。雖然和之前在上里的巴士公司不同，不過旅客看起來往往一樣，而且大家似乎都會對別人產生親切感。織口走向電話亭的途中，與一個乍看難以相處的中年女性錯身而過，她卻主動對織口道「早安」。

一進入電話亭，織口按下「一七七」，氣象預報台。北陸地區今天的天氣是……降雨的機率則是……

織口面對事先錄音的氣象預報，適當做出答腔的樣子後，看到神谷喚醒竹夫，牽著他的手帶往廁所。織口朝還一臉惺忪的竹夫揮揮手，孩子沒反應，神谷倒是露出笑容。

掛上電話步出電話亭，織口徐緩地斜斜穿越停車場，回到COROLLA旁。他雙手撐著引擎蓋，出神地望著逐漸明亮的天空與大海。用這種方式熬夜等待黎明是難得的經驗，不過以前每逢有釣魚活動，他總在這個時間起床。每一次，他都覺得早起眞好。黎明的空氣中，或許含有能夠令人脫胎換骨的成分。早起眺望天空，靈魂彷彿獲得洗滌，沾染的污垢與皺紋都清除得乾乾淨淨。

「怎麼樣？」

耳邊傳來神谷的話聲。轉頭一看，神谷握著竹夫的手，另一手抓著兩個紙製咖啡杯的握把，朝他走來。竹夫也拿著一個冒熱氣的杯子。織口連忙伸出手，從神谷手上接過一個杯子。

「這還眞燙。沒燙傷吧？」

「不要緊。我的臉皮厚，手皮也一樣厚。」

織口一笑。一股溫情湧起，幾乎要將事實脫口而出，他連忙呑回肚裡，必須欺騙這對父子到最後一秒。

「你的臉皮一點也不厚，只是假裝很厚。因爲你太善良，爲了對方著想，才會忍不住裝出不會受一點小事傷害的樣子吧。」

神谷露出目眩神迷的表情。他張開嘴想說什麼，又呑下衝到喉頭的話，微笑著問：「打過電話了嗎？」

織口無意識地迴避神谷的視線。他感到心虛，也怕神谷看穿眞相。

「對，打過了。」織口回答，「生了，說是三十分鐘前生的。」

宛如丟進平底鍋的奶油融化，神谷的笑容逐漸擴大。這個男人是眞心替我高興，織口再次想著。

「眞的嗎？實在太好了。恭喜，是男是女？」

「是個女孩。」

「這樣啊、這樣啊。」

竹夫雙肘放在COROLLA引擎蓋上，拄著腦袋。神谷輕輕摸著他的頭。

「你聽見沒，說是生下一個小妹妹喔。」

竹夫抬起臉，仰望織口，瞬間放鬆嘴唇，似乎笑了。雖然比閃爍的星光更短暫，教人懷疑那細微的表情變化只是錯覺，但織口自認確實看到了。

「謝謝。你猜怎麼樣，」織口說出準備好的謊言：「我女婿的伯父夫婦也住在東京，他們向來很疼愛我女兒夫婦。一聽說她快生了，昨晚同樣朝金澤出發。他們的小孩留著看家，剛才打電話過去想通知他們消息，卻嚇一跳。他們家的小孩告訴我：『咦，爸媽出發時，說要帶織口叔叔一起去啊。』」

神谷噗哧一笑，「這樣豈不是恰巧錯過？」

「是啊。不過，他們在一小時前，也從米山的休息站打電話回家，說是到越中境會再打電話。所以，我只要在這裡等著，應該就能跟他們會合。」

「米山嗎？」神谷看看手表，「如果一小時前開到米山，對喔，差不多快到這裡。」

「對，所以我就在這裡下車……承蒙照顧，多虧有您幫忙，改天再好好答謝。」

神谷輕輕搖手，打斷織口的道謝。「不用了。只是湊巧走同一條路，很高興能幫上忙。而且，您這段旅程的終點有好消息等著。至於我，可能沒這麼幸運。」

織口顧忌地看一下出神望著大海的竹夫，朝神谷走近半步，小聲說：

「希望夫人多保重。不過，爲了讓她早日康復，您必須振作點。」

神谷不好意思地垂下目光，織口拍一下他的胳臂。「不，我要訂正。不是必須振作，應該是，稍微不振作一點就好。換句話說，好好打混過日子就行，像一般大男人主義的老公。」

「織口先生……」

「我不該多嘴，當我沒說。」

織口笑著，對竹夫彎下身。「竹夫，那我走嘍，跟你一起兜風很開心。謝謝幫忙，伯伯要在這跟你說再見了。」

他抓起那冰冷的小手，跟孩子握手。

「伯伯會祈求上天，讓你媽媽早日康復，回到東京團聚。伯伯的祈禱一向很靈驗，你媽媽一定會馬上好起來。」

神谷湊近，手放在竹夫肩上，一邊問織口：「是在哪家醫院生的？」

織口有點猶豫。原本想說謊，一時又想不出像樣的名稱。同時，他也湧起一股衝動，覺得至少該告訴神谷一句眞話，於是不假思索地回答：

「在伊能町的木田診所，聽過嗎？」

神谷思考片刻，說：「不，我不知道。伊能町是在金澤的郊外吧，我沒去過。」

織口制止想幫忙的神谷，自行從後座取出包袱。

「看起來很重。」神谷頭一次這麼說。織口只是笑笑，什麼也沒解釋。

在神谷父子坐上COROLLA，開車遠去的過程中，織口始終姿勢端正地目送著。神谷曾回頭向他致意，竹夫也透過副駕駛座的窗戶凝望他。織口一逕站著，直到看不見COROLLA爲止。他的雙手緊貼在身體兩側，站得筆直，表情嚴肅得像等待「敬禮」號令的老兵。

COROLLA走遠，插曲結束。織口突然分外疲憊，不禁蹲坐在地。

然後，他好不容易才把放在腳邊的包袱拉過來，拎著包袱，一骨碌起身。

盡量待在靠近休息站入口的地方比較好吧，修治一定會來。

突然間，他想到新聞可能做了報導，或許該脫掉藍色工作服。可是，他又想到這樣修治也會沒注意到他，於是打消念頭。

不管怎樣，只要名字沒清楚曝光，應該不會有人把東京發生的霰彈槍失竊案，和在日本海邊的休息站悄然佇立的男人聯想在一起。畢竟大家都很忙。

修治到來時，該從哪裡解釋？織口思索著眺望大海。距離金澤還有一百二十公里，夜色變得更淺，早晨近得伸手可及。

四

織口邦男的公寓，位於千葉市內私鐵沿線的小鎮，是一棟塗著灰泥的獨棟房子改建而成，一共住了三戶。

耗費一個小時以上，把六張榻榻米大的房間，和四張半榻榻米大的廚房鉅細靡遺地搜過一遍，連住在該處的三戶人家也全叫醒進行偵訊，唯一的發現，就是織口實在準備周詳、心機頗深。

「這樣不行，對方占上風。」桶川摸摸鼻子。

「我不是早說過，應該回谷原。現在回去還不遲，我們走吧。」黑澤大表不平。

撇開這點不談，不顧轄區所屬，擅自越區登門搜索，江戶川西分局的刑警一臉不悅。黑澤不想為這種事引發爭執，決心說什麼都得拉桶川回去。練馬北分局應該也愁人手不足。

沒想到剛離開公寓，來到雙線道上，桶川立刻舉手攔下往練馬反方向車道的計程車。

「你想做什麼？」

「不要說得像遭色狼偷襲的美眉好嗎？我只是要回家啦。」

「回家……？」

「My home，Go home，你也一起來。」

「別開玩笑了，我要回局裡。」

桶川又抓著黑澤的領帶，把他拉過來。

「少囉唆，你來就是了！我又不是要回家睡覺。雖然去局裡的資料室找也行，可是，說不定會被課長發現轟出去，所以不如去我家的資料室找。而且，從這裡出發，去我家比回局裡近多了。」

黑澤皺起眉。不是不願意，而是看穿桶川的意圖，表情頓時有些歪曲。

「桶川先生……」

看似急躁的計程車司機開口：「喂，到底要不要上車？」

桶川亮出黑色證件，司機立刻閉上嘴。

「你發現什麼？」黑澤逼問。

「趕快上車好嗎？有什麼話在計程車上也可以談吧？」

桶川住在千葉市內的某公共社區住宅，可是，他很奢侈地另外租一間小公寓，當專用「工作室」。那裡堆滿過去的搜查紀錄和相關資料，此外，還囤積所有案發當年主要的報章雜誌。他常常睡在這裡，偶爾才回家一趟，的確可稱爲「my home」。爲此，黑澤曾有痛苦的經驗。當初，剛調到桶川手下工作，他就開口邀約：「我請你吃晚飯，來玩嘛。」想念家常菜的黑澤興沖沖赴約，卻什麼也沒得吃，直接被帶去那間「my home」，最後甚至得乖乖切洋蔥。

不過，既然在這個節骨眼宣稱要回那裡調查資料，一定是在織口住處發現足以掌握他去向的線索。黑澤把桶川企圖占領狹小空間的腿推開，壓低話聲，以司機聽不見的音量切入正題：「你發現什麼？」

桶川本來閉著眼，這時像在俏皮眨眼般，只睜開一隻眼，哼哼地笑。

「你猜猜看。」

黑澤勉強按捺住想把他扔出計程車外的衝動，調整坐姿，仔細思考。到底會是什麼？搜索住處時，桶川曾熱切地凝視過什麼嗎？

車子進入千葉市內，終於停在桶川租的公寓旁時，黑澤的腦中出現兩個答案。快天亮了，鄰居養的一隻狗拚命吠叫。面對桶川迅速率先爬上公寓樓梯的背影，黑澤用不輸狗吠的音量高喊：「你看過書架吧？」

織口屋裡有一座小書架，書塞得滿滿的。大部分是小說，從不需費神的大眾讀物，到玩家專用的釣魚指南都有。在黑澤看來，其中並沒有特別值得注意的東西。

「那書架上有什麼嗎？」

「很接近，可惜還是答錯。」桶川打開公寓的門。

「不然就是廚房，你不是曾打開櫃子湊進去聞。」

「那個啊，我是在聞洋蔥腐爛的氣味。我最愛那種味道。」

桶川在天花板附近摸索著，一扯繩子，罩著復古式斗笠形燈罩的電燈「啪」地亮起來。在黃色燈光下，浮現六張榻榻米大的工作室。除了東邊窗戶和入口處的隔間牆，整個屋子的牆旁都塞滿書架。幸好房東知道桶川是刑警，不然恐怕會以爲他是嗜好詭異的怪人，弄得不好，甚至會被趕出去。

「好了，你坐嘛。」桶川率先一屁股坐下。屋裡沒半張桌子，僅有一個不知從哪裡撿來，四處裂開的木箱。箱子側面留著「青森蘋果」的貼紙殘骸，似乎努力撕除過。

「剛才，你提到書架是正確的。我看到的，就是書架旁的一個小相框。」

「相框？」

屋裡有那種東西嗎？

「塞在後面，不過擦拭得很乾淨，幾乎一塵不染，感覺上他似乎很珍惜。」

可是，那個相框裡裝的並非一般照片，而是從雜誌彩色印刷頁剪下來的圖片。

「那是四個穿制服的女生合照，大概是高中生的年紀吧，也許是入學典禮結束拍的紀念照。就算是這樣，把剪報框裱起來還是很少見。」

黑澤不甘不願地點頭同意。「可能是親戚的女兒。由於一些緣故，那個女孩登上雜誌版面……

所以，他想留作紀念……」

桶川搖頭。「如果是那樣，不會只剪下照片，應該留著整篇報導。那個相框裡裝的印刷圖片，四周甚至留著用尺畫線以便切割的痕跡。這表示他不需要報導，只要照片。」

黑澤考慮半晌，出聲問：「織口當過老師吧？」

「對，北荒川分店保管的履歷表上寫得很清楚。他當過私立高中的老師，你也知道吧？」

黑澤點點頭。「對，我聽過報告。可是，桶川先生，關於他的本籍、親戚及過去的工作地點，應該是另一組負責調查。」

由於那邊沒什麼進展，同事們正感煩躁。當然，那是因爲三更半夜的，難以跟對方取得聯繫。反過來說，在黑澤眼中，總覺得調查織口的過去之所以困難，是因爲這個男人似乎把過去通通捨棄，斬斷一切關係。

桶川慢條斯理地揮手。「不過，那一點先撇開不談。」

「你到底想說什麼？」

「我啊，黑澤……」桶川傾身向前。在沒有第三者的情況下，桶川突然直呼姓名，黑澤頓時神經緊繃。「那張照片的學生中，最邊上的女孩——很適合穿水手服的可愛女孩，我老覺得在哪裡看過她。」

黑澤沉默以對。桶川的圓臉上，顯露出足以令對方乖乖閉嘴的氣勢。

「我在哪裡看過，絕對看過！就是那張照片裡的女孩，而且是同一張印刷照片，不是雜誌就是報紙，總之我有印象。而且，如果我的記憶沒錯，應該是不久以前。就算再久，頂多也不會超過

一、兩年。而且，既然是我注意到的，絕不會是什麼好新聞，一定與案件有關。」

桶川指著環繞四周的書架。

「換句話說，那個女孩的大頭照就藏在其中。」

「要我找出來？」

「沒錯。」桶川起身，「你從右邊找起，我從左邊開始。」

「有什麼線索嗎？我又沒看過她的長相。」

「只要發現年輕女學生的照片就告訴我，這點小事你做得到吧？」

桶川和黑澤背對背，著手挖掘堆積如山的雜誌。

五

起先發現織口的身影時，修治還以爲看錯。織口不可能孤零零地坐在那種地方。他就坐在越中境休息站入口處的水泥矮牆上，膝上放著包袱。

可是，坐在那邊，任由看似廉價的工作服衣襬隨風翻飛的人，再怎麼看都是織口邦男。

「你怎麼了？」

大概是察覺修治的樣子怪怪的，範子開口問。修治看著前方低語：

「是織口先生。」

「咦？」

車子減速靠近，織口認出駕駛座上的修治。他軟弱地微笑著，抱著包袱起身。

在織口的提議下，修治先讓他上車，將車子開到休息站的餐廳後面停妥。建築物背後，可能是哪裡在施工，地上散落著裝管線用的管子。旁邊的鐵材堆積如山，上面有幾隻早起的麻雀，蹺著小腳跳來跳去。

「你終於追上來了。」織口一開口就這麼說。

修治緩緩搖頭，凝視著織口。「不見得……我看不是吧。你是聽到新聞，知道我們會來，特意在這裡等吧？」

織口和修治下車後，修治靠著引擎蓋，織口倚著背後的水泥牆。範子則打開副駕駛座的車門，坐在椅子上，小腿伸出車外。織口小心翼翼抱著的包袱，放在後座。

織口交出包袱時，修治頓時覺得「終於結束」，把沉甸甸的包袱放在座椅上時，安心與解放感讓他頭暈目眩。

「織口先生，我自認大致明白事情原委。可是，你怎會突然決定這麼做？爲什麼？」

修治一問，織口抬起頭，仔細觀察範子的表情才應道：

「倒是你們，能否先把你們那邊的情況告訴我？新聞報導得十分片面，我不太明白。」

修治和範子對看一眼後，修治開始解釋，包括他懷疑織口根本沒搭上快車，及如何發現慶子、遇到範子。至於範子的立場，在她從旁解釋後，修治又補充：

「慶子小姐會在槍管塞鉛塊企圖自殺，她認爲是自己的責任。萬一害死織口先生可不妙，想當面和你溝通……因此，她跟著我一路來到這裡。」

織口再次露出窺探範子表情的眼神，然後才開口，語氣相當和藹。「謝謝。」

範子默默搖頭。

說完慶子要他帶著槍，可是他沒帶子彈來的事，修治不禁苦笑。

「我根本不可能向你開槍。」

織口雙手緩緩撫著頭。

「我們回東京吧。」修治靜靜地說。「織口先生，別做這種事了。我自認相當明瞭你本來想做的事，多少能理解你的心情。可是，這樣終究是不對的。」

織口微笑，「你認爲我想做什麼？」

修治一時語塞，「你想把大井善彥……殺掉，對不對？」

然而，織口搖頭。

「難道不對嗎？」

「不對。」

「那你爲什麼要帶著槍？」

「我想試探他。」

「試探？試探什麼？」

織口的視線移向修治背後、麻雀正在戲耍的鐵材堆上，閉口不語。修治想催促他回答，看到織口嚴肅又寂寞、彷彿遭遺棄的孩童般徬徨的神情，卻再也說不出話。

「我想試探他。」終於，織口出聲，幽幽吐出回答。「我想試探的是，大井善彥是否眞的對自己的行爲後悔，是否準備好接受應得的懲罰。」

上次公審時要是辯方沒出現新證人，吐露意外的事實，或許就不會想這樣做了吧。織口從頭細述。

「前來作證的是在東京新宿的酒家上班，現年十七歲的少女，聲稱她去年秋天生的小孩是大井善彥的。」

大井本人也知道這件事。嬰兒出生時，他早就因命案遭到逮捕。當母親去看他，告訴他少女產子的事，他非常驚訝，極爲欣喜。

「聽說他還發誓，要做一個夠資格當父親的人，就算爲了這一點，也要洗心革面。」

至於共犯井口麻須美，則是她的母親出庭作證，表示女兒吸膠中毒超過五年，不時會出現幻覺，陷入狂亂狀態。

「這個我知道。」修治插話。「吸膠的事，從一開始就受到重視，對吧？你曾告訴我，案發當時，大井和麻須美都吸了膠，處於神智不清的狀態。」

「我也告訴過你，託吸膠的福，他們可能會減刑吧。」織口諷刺地笑道。

母親站在證人台上哭泣的過程中，麻須美不曾看母親一眼，一逕垂著眼。

「她似乎感慨萬千。可是，我一直凝視著她，所以看得很清楚。退庭時，就在被帶出去的前一秒，她瞥向旁聽席的表情，簡直像怪物。怨恨、憎惡、氣得發狂，只有這些。」

範子雙手交抱，輕輕縮起肩膀。

「那時，麻須美望著遇害母女的遺族——以前曾是我的姻親和岳父、岳母，他們每次都來旁聽。雖然我們並未和解，但在旁聽席上總是坐在一起。這場審判還是熱門話題的期間，有一次太多人希望旁聽，只好用抽籤的，我沒抽中，無法進入法庭。當天退庭後，在附近的咖啡店內，身爲受害者的母親和外婆，同時曾是我岳母的人，還爲我轉述審判的情況。」

「眞是諷刺。在她們遇害後，我才能回到故鄉，也才能和岳母——以前的岳母對話。她七十一歲，沒有助聽器無法跟別人交談。然而，她卻一邊哭著，一邊努力將普通老百姓難以理解的審判情形，向我仔細說明。」

修治默默凝視織口。他們三人像散落在周遭的管子，動也不動，以致麻雀愈來愈大膽，甚至湊到織口的鞋尖旁。

「而且……」

織口一出聲，麻雀受驚飛離。他仰起臉目送著這幅光景，許久後才對上修治的視線，繼續道：

「麻須美從被告席瞪著岳母他們的眼神，彷彿在說：『母親必須在這裡宣傳我是吸膠中毒的不肖女，全是你們害的，都是你們害我被捕。』至少在我看來是這樣。所以，我開始不明白了。」

這一次，他們應該會誠心懺悔、大徹大悟、痛改前非吧。其實他們也是大環境下的犧牲者，不是想做這種事才故意做的……

「我一直這麼相信，並說服自己忍耐至今。如果不這樣，我認爲開庭審判就失去意義。可是，這一點卻變得愈來愈可疑。」

然後，織口得到情報。

「雖然伊能町是座小鎮，可是後面有金澤這個大都會支撐。最近，年輕人不再跑去東京或大阪，漸漸願意留下來定居。當時我教過的學生，超過一半仍在鎮上生活。所以，還有這樣的情報網。」

偷偷交談，竊竊私語——雖然只是謠傳，但人人都確信是真的。

「據說，自稱替大井生孩子的十七歲少女，證詞根本是鬼扯。當然，大井的確跟她發生過關係，她生孩子也是事實。可是，沒有任何確切證據，可證明孩子的父親是大井善彥。大井和他的家人，在大井犯下這個案子遭到逮捕、審判前，似乎完全沒把她放在眼裡。公審開始後，才連忙把她找出來，付錢給她，拜託她作證。」

「爲什麼？」範子難以置信地問。

修治代替織口回答：「他想爲孩子做個稱職的父親——只要說出這種話，法官就會產生好印象，對吧？」

織口深深點頭。腦袋彷彿突然變得沉重無比，幾乎無法支撐，重重垂下、點頭。

「是的。只有這個辦法。吸膠中毒也好，有小孩也罷，總之他們想盡辦法，使出各種手段減輕刑責。」

「他們根本沒反省……？」

範子的問題，修治無法回答，織口也沒立刻回答。

「我就是想知道這一點。」織口呻吟著。「所以，才會擬定這次計畫。佐倉，你知道大井和麻須美目前在哪裡嗎？」

修治皺起眉，「這還用說，應該在拘留所吧？」

「不不不，大錯特錯。那兩個人在伊能町的醫院。」

「醫院？」

「是的。大井善彥那個有錢的企業家親戚住在伊能町，他以前也多次登門要錢引起騷動，你應該知道吧？」

「對，我聽說過。」

「那種時候，善彥一樣總是吸過膠。大概是爲了壯膽，high起來再出征吧。所以，有一次……大約是兩年前，那個企業家的家人終於抓住他。據說是正巧有個略通武術的熟人在場，便直接押他進醫院。」

「這次也是在那家醫院？」

織口點頭。

「爲了抑制吸膠中毒引起的幻覺等症狀，他在那家醫院待過一陣子。這次，麻須美也關進那裡。兩人在拘留所內頻頻出現幻覺，大吵大鬧企圖自殺。起先他們關在警察醫院，由於症狀毫無起色，辯方向法院提出特別申請，才轉到以前治療大井頗有成效的醫院。當然，是在嚴密監視下。」

織口疲憊地垂著頭，按著雙眼補充說明：「跟拘留所比起來，關在醫院裡的監視還是比較寬鬆。在我看來，這恐怕只是他們企圖逃走的墊腳石。」

「你的意思是，他們串通好在演戲？」

織口抬起臉。「所以，我才想確認這點。約莫三個月前，大井開始跟某採訪記者定期會面，談自己的家庭環境、少年時代的事，還有現在的心情之類的。那名採訪記者，同時也採訪在拘留所與大井接觸過的人，於是我探聽到一些。」

在拘留所中，一個和大井短期同房的二十歲青年表示，大井告訴他：「裝病也好、裝瘋也罷，不管怎樣都行，反正試試看，審判時一定會有效果。畢竟誰也不曉得是眞是假。」

範子露出畏懼的眼神仰望修治，修治搖頭。

「怎麼會……」

「聽說大井還說，拘留所那樣的地方他一分鐘也待不住。只要有機會出去，他絕對不會白白放過。」

織口搖搖晃晃離開牆邊，雙臂緊緊環抱在胸前。

「所以，佐倉，我想給他們一個機會，進行試探。看他們是否眞如律師所說，早已悔悟，或者我聽到的小道消息才是眞的，就這麼簡單。也許麻須美仰望法官的眼神是眞的，瞪視旁聽席的是假的，也許正好相反。如果我不去確認，置之不理，再過五年、十年，同樣的悲劇還是會發生。在我遇害的妻子、女兒的名字後面，將會有一長串命喪那種人手裡的受害者名單。」

好一段時間，只有沉默流過。天空大放光明，四周都亮起來。麻雀吱吱喳喳，往來北陸高速公路上的車輛噪音，彷彿遠方的浪潮聲。

「確定後……你打算怎麼做？」修治低聲問。「如果發現善彥和麻須美都眞心悔悟了呢？你會就此罷手？」

織口沒回答。

「如果是相反呢？如果你發現他們其實一點也沒學到教訓，滿心只有對受害者的恨意，你又會怎麼辦？」

織口依然沒回答。修治愈來愈高亢的話聲，嚇得範子抬起眼：「佐倉先生……」

修治沒理睬，只顧看著織口。

「到時，你會乾脆斃了他們吧？可是，在我看來，其實都一樣。織口先生，你只是在找槍殺他們的藉口，什麼試探根本是騙人的，你甚至對自己說謊。你不過想殺掉那兩個人而已，對不對？」

修治離開引擎蓋，緊握拳頭，呼吸急促。

「不是嗎？」

一逼近，出乎意料地，織口的頭髮傳來整髮劑的氣味，和他每天上班時抹的味道一樣。修治突然陷入混亂：爲什麼我會對織口先生大聲怒吼？

「求求你，」修治的話聲嘶啞：「請恢復正常。醒一醒，拜託。」

可是，織口充耳不聞。

他拖著沉重的腳步，緩緩走近鐵材，背對著修治。

「一切應該交由司法審判，你不也常這麼說嗎？如果允許動用私刑，我們的社會就會瓦解，不是嗎？」

織口緩緩轉過頭。修治彷彿溺水的人緊抓救生圈，牢牢抓住織口的視線。一旦移開目光，織口將永遠消失在某處。

「我們回東京吧，請你上車。現在回去，不至於引起太大的騷動就能解決，好嗎？」

修治繞到車前，打開駕駛座車門，想催促織口上車。正要轉頭呼喚織口，他聽到範子小小的尖叫，某種堅硬的物體頂住後腦勺。

「織口先生？」

修治縮著肩膀，難以置信地轉身，只見織口拿著慶子的槍。

「可是……槍明明……」

範子衝向後座的包袱，把結打開。從裡面滾落出來的，和旁邊地上散落的東西一樣，是幾根管子。

「你從一開始就打算這麼做嗎？你早就藏好槍？」修治啞聲問。

織口沒回答，只說一聲對不起。「走到這一步，我還是沒辦法放棄。」

原本雙手握著槍，織口迅速換個姿勢，單手將槍夾在腋下。

「範子小姐，把關沼小姐借你們的槍也給我吧，連盒子一起拿過來就行。我會叫佐倉幫我組合。」

「織口先生！」修治傾注全身的力量，激動地喊著。「你知道自己在做多麼愚蠢的傻事嗎？一旦擊發那把槍，你就會死，槍管中央已堵塞。雖然我可能也無法全身而退，可是你肯定會死，明白嗎？」

「不明白的是你。」織口很冷靜。「關沼小姐這把槍，下方的槍管塞有鉛塊吧？上方的槍管好端端的，照樣可用。而且，一般情況下，這種上下雙管槍，是按照先下後上的順序出彈，不過，利用切換開關，也可按照先上後下的順序擊發。」

修治倒抽一口氣。

「我說的是眞是假，要不要試試？其實，我考慮要申請槍械使用執照，曾多方研究。可是，由於我辭去教職時幾近酒精中毒，爲了振作起來，看過一年半左右的精神科，留下紀錄。大概會因此拿不到執照，我才決定放棄，但我還是繼續鑽研槍械方面的知識。關於怎麼用槍，我比你清楚得多。」

範子把黑色皮箱拖來。

「打開蓋子。」

她乖乖照做。

「佐倉，關沼小姐教過你怎麼組合吧？能不能試試？」

「織口先生……」

「拜託你，好嗎？」

修治從未感到自己的雙手、手指、身體，像這一刻般沉重。組合完畢，織口不曉得鬼鬼祟祟在做什麼，終於，他從背後遞出兩發藍殼子彈。

「幫我裝進去好嗎？裝好後，可別企圖突然轉身射擊我。就算你那樣做，也打不中我，而且不等你開槍，我就會先扣下扳機。」

「我知道。」

修治將兩發子彈塞進槍管，牢牢裝妥。

「謝謝。槍口朝前，直接遞過來，再往後退就好。」

聽命行事後，將沉重的槍交到織口手中的觸感傳來。這是瘋狂接力賽的接力棒，修治暗想。剛交出槍，織口就把剛才懷裡的那把槍管堵塞的槍，往修治腳邊一扔。

「這下我就能連開兩槍。」

織口的腳尖輕戳那把槍管堵塞的槍。

「撿起來，上車。」

於是，修治撿起槍。看起來，這把槍的外表和他剛才組合的槍一模一樣。至少，在外行人眼中似乎相同。這時，背後的織口說：

「那把槍上方的槍口沒有扼流器。」

「扼流器？」

「對，就是調節器。你看看下方的槍口，裡面應該還套著一個像圈圈的東西，使槍口變成雙重的，可是上方的槍口卻沒有。」

仔細一看，正如織口所說。

「所謂的扼流器，是爲了調整霰彈的散開度——也就是擴散開來的方式，裝在槍口前端內側的東西。喏，就像拿水管澆水時，如果直接使用，水流會很粗；換成緊握水管口，水流會變得很細，噴得很遠，對吧？原理相同。」

織口的語調，好似在台上講解文法般穩定。

「關沼小姐堵住下方槍管的危險槍枝，只有下方的槍口有扼流器。而我手上這把完好的槍，上下槍口都有扼流器，這應該是她的喜好吧。佐倉，順便請你看一下，那把槍的膛室——就是裝子彈的地方。」

修治從槍管的根部喀嚓一折，打開膛室。

裡面什麼也沒有，是空的。

「原來你騙我。」

他轉身注視織口，只見織口一臉抱歉地微笑著。

「可是，切換開關的確是扳到『上』，就是那個小小四方形的凸起。上面不是還寫了個『S』嗎？那同時也是保險裝置。」

修治觸摸那個小小的四方形凸起，可上下移動，現在的確是撥到上方。

「剛才我是拿謊話射擊你。」織口低語。

修治抬頭望向那雙眼睛，看入他的瞳眸深處，發現一項讓他不寒而慄的事實。俗話說「眼睛是靈魂之窗」，眞是這樣，現在這個人的眼睛，就是囚犯用銼刀割斷鐵欄杆越獄後的窗。只剩從內側扳得扭曲的欄杆，朝外面的世界張著大洞，裡面是空的，空空如也。

原本監禁在這雙眼睛深處的囚犯，修治印象中那個織口企圖控制的囚犯，早越獄逃出，重獲自由，爲了復仇，筆直朝著目的地前進。

抓不到他了，再也追不上，最終一切都是徒勞……

這個認知很正確。

「沒有退路了。快，上車吧。範子小姐，妳跟我一起坐在後座，開車就麻煩佐倉。只要一小時，應該就能抵達伊能町。」織口催促著。

六

在越中境休息站讓織口下車後，大約又過一小時。神谷的COROLLA在小杉下了北陸高速公路，剛進入國道一六〇號線。

這是一條沿著海邊名勝景點奔馳的道路。雖然竹夫不時打哈欠，但早就完全清醒，眺望著窗外。由於在小杉曾停車打公用電話到醫院，得知佐紀子的病情沒變化，目前已穩定下來，神谷感覺輕鬆許多。

同時，他也感到，這次又爲這種無謂的騷動，平白增添竹夫的困惑。害怕佐紀子有個三長兩短，他總是乖乖聽話、任由擺布。他知道佐紀子沒有惡意，更相信佐紀子跟他一樣痛苦，所以無法強勢拒絕，可是到頭來，受傷最深的，也許是竹夫。

（您得振作一點。）

織口臨別時的勸告沉入腦海。往下沉的同時，不斷掀起波紋。

（您應該好好打混過日子。）

到底要怎麼做才好？神谷微微苦笑。那個叫織口的男人，好像有點怪怪的。

（乾脆拋下一切，就此蒸發消失算了。）

神谷伸展著久坐僵硬的背，一邊考慮著。

（如果我不在了，佐紀子的媽媽一定會很高興吧。然後，遲早有一天，佐紀子和竹夫都會忘記我……）

織口說，後來他帶著妻子離開故鄉。由於這個判斷是正確的，他現在才能抱外孫。此時，搞不好他已在凝望嬰兒皺巴巴的小臉。

（我必須勇敢跨出去才行。）

副駕駛座上的竹夫大概覺得無聊，靠著椅子發呆。七點左右應該能抵達和倉的醫院，得立刻打電話向校方請假，否則級任導師又會擔心。然後，必須盡量訂到最早一班飛機，盡速折返東京。

雖然每一樁都是小事，累積起來卻變成極大的負擔。面對這場幾近精神作戰的鬥爭，神谷發現，其實遠比過去意識到的疲累。這一切，都是搭載織口這個男人——基於萍水相逢、今後不會再見面的輕鬆感，他盡情吐露。這和抱怨好熱就會覺得更熱，尖叫喊痛就會比實際感覺更痛的道理相通。如果一直默默忍耐，遲早有一天，甚至會忘卻自己在忍耐……

一旦開口抱怨、吐苦水，說出去的話就會原封不動地回報到自身。他開始不耐煩，連想都懶得去想。一方面，或許是目的地接近，心情有些放鬆。他厭倦和竹夫之間的沉默，於是打開收音機。

起先聽到的是氣象預報。北陸地區今天的降雨機率是百分之十。從駕駛座抬頭仰望，果然如此，淺藍天空果真開始擴展。說到這裡，他才想起東京仍是陰天，愈往西走就逐漸雲破天開。太好了，如果在這種節骨眼下起綿綿霪雨，他一定更無法忍受。

接下來的新聞報導，神谷充耳不聞。國會如何如何，不當融資又如何如何……對於運轉過度的腦袋，這些話題未免太沉重，實在聽不下去。

忽然，他似乎聽到「織口」這個名字。

彷彿打瞌睡被叫醒的瞬間，神谷嚇得一顫。一時之間腦袋還無法思考，也沒辦法集中心神。可是，他反射性地單手扭大收音機音量，播音員平板的話聲變得清晰可聞，籠罩在意識上的薄霧如退潮般放晴。

「偷走霰彈槍逃亡中的織口邦男，目前依然行蹤不明……」

偷走霰彈槍正在逃亡？

織口、邦男。

神谷忍不住笑出來。眞是的，怎會有這麼荒唐的事。僅僅一小時前，那個身材略胖、長相溫和的男人還坐在副駕駛座上。那個曾跟他談天說地、一起喝咖啡，對於女兒即將生產充滿期待的男人，就算名字一樣——

織口、邦男，新聞明明白白是這樣播報的。

這麼一沉思就疏忽了駕駛，後面的車猛按喇叭。神谷宛如受到挨打般的衝擊，赫然回神，重新握好方向盤坐穩。

織口、邦男。

神谷機械性地開車，一邊數著逐漸加快的心跳。或許是我聽錯了吧？我以爲那個男人自稱「織口」，搞不好他其實是「堀口」。沒錯，一定是這樣。哎，這倒有意思。我居然一直搞錯。

（這是我的證件。）

昨晚的記憶復甦，衝擊著神谷。

對，沒錯，那時他讓我看過工作證，上面清楚地用漢字寫著「織口邦男」。不是堀口，的確就是織口……

那麼，是新聞說錯了嗎？神谷曾向收音機，可是播報員早念起另一則新聞。那清晰易懂卻不帶情感的語氣，正在報導北海道發生的觀光巴士出車禍的情況。轉到別的頻道也沒用，這個時間播報新聞的，僅有這個頻道。

（偷走霰彈槍逃亡中的織口邦男，目前依然行蹤不明……）

霰彈槍？那個叫織口的男人，根本沒拿什麼霰彈槍。槍這種玩意，雖然他只在電影、電視上看過，但起碼也知道是怎樣的形狀。霰彈槍？

別開玩笑了。那個人只抱著一個大包袱。而且，他是在擔心女兒的生產……

（伊能町的木田診所。）

他不是連目的地都交代得很清楚嗎？

突然抬起眼，發現竹夫正仰望著他。自從閉口不語後，這孩子的臉上似乎也失去生動的表情。如果一般人的臉像波濤起伏的大海，竹夫的臉就是深山中的小湖。縱使有時會泛起小小波紋，絕不會怒濤洶湧，讓人看到湖底。

可是，此刻竹夫眼中明顯浮現不安。這孩子跟我想著相同的事——神谷恍然大悟，胳臂頓時起雞皮疙瘩。他們宛如相對擺放的大鏡子和小鏡子，映照著彼此。

「不可能的，對吧？不會是那個伯伯。」

神谷勉強扯動僵硬的臉頰，向竹夫露出笑容。

「絕對不是，應該只是名字相似吧，你不用在意。」

然而，竹夫的視線從神谷臉上轉開後，便牢牢盯著收音機的電源燈。爸爸，我不這麼認為。我想再聽一次新聞——神谷察覺竹夫發出無言的訊息。

「那麼，我們就確認一下，好嗎？」

與其說是講給竹夫聽，其實是為了勸服自己，神谷大聲繼續道：

「只要打電話到木田診所，問問看有沒有一位織口先生就行。」

沒錯。如果織口來接電話，就能互相笑著說眞是太荒唐。他可以為冒犯之處道歉，甚至也可聽織口驕傲地描述剛出生的小寶寶多麼可愛……

萬一找不到織口呢？倘若他錯過會客時間，進不去醫院，待在聽不見廣播的地方？或是，即使在醫院，卻不方便接電話？那又該怎麼辦？難道在嫌犯織口遭到逮捕前，要抱著這份疑慮，懷疑自己曾載過偷霰彈槍逃走的男人，一直屏息呑聲？

還是，該直接衝到警局報案？冒著可能根本認錯人的風險？

伊能町的木田診所。

「竹夫，我們掉頭回去。」

話聲剛落，神谷梭巡四周，尋找能夠迴轉的地方。

「去木田診所看看吧。織口先生說不定在那裡，就算他不在，如果能確定有一名今天早上生產、娘家姓織口的年輕媽媽也好。這樣一來，就跟我們無關。如果不是這樣，我們得報警。這種大事不能輕忽。竹夫，我們回頭吧。」

孩子什麼也沒說，竹夫向來如此。神谷會覺得這是一種積極肯定的沉默，或許只是一廂情願的想法。

「對不起，等這件事辦完，我馬上帶你去找媽媽。再忍一下。」

心神不寧的話語、神谷的思緒，及繼續奔馳的車子輪胎，一切都開始空轉。

七

找到那張雜誌上刊載的照片的，是黑澤。

「穿水手服的女學生」是桶川給的唯一線索，其他什麼都沒有。黑澤沒看過那名女學生照片，眼下能做的，就是發現穿水手服的女孩印刷照片，便直接給桶川過目。如同只能悶著頭胡亂揮棒的打擊者，他連著揮棒落空超過一小時。

可是，發現那張照片時，黑澤直覺「就是這個女孩」，湧起一股確信感。緊接著，看到照片旁的標題與內容提要，他不禁大喊：

「桶川先生，該不會是這張吧？」

桶川從黑澤手中搶過雜誌。看到他凝視的那一頁時，臉上與生俱來的圓滑線條逐漸消失，黑澤的背上泛起一陣寒意。像一個垂釣者，發現釣起來的魚，長著之前光看模糊魚影時難以想像的怪異形狀。

「是一年前。」桶川壓低話聲。

「金澤的伊能町母女槍殺案。沒錯，就是這張，我看到的就是這張照片。這是遭到槍擊的女孩，學生時代的照片。」

黑澤踢散腳邊堆積如山的雜誌，衝向電話。

打去石川縣警局的電話接通，和直接負責伊能町強盜殺人案的刑警取得聯繫，總共耗費十分鐘。在這十分鐘裡，黑澤覺得血壓幾乎升到兩百。自從成為便衣刑警、調到搜查三課以來，他頭一次經歷這麼令人熱血沸騰的案件。

電話彼端的石川縣警局刑警，自稱姓泊，是從位於金澤市內的自宅打來。他跟桶川一樣是巡查部長，似乎也是隻老鳥。黑澤來不及聽對方粗厚的嗓音，桶川就一把搶過話筒。

桶川說明原委的期間，泊不發一語，感覺不到絲毫動靜，但他聽完立刻接口。

「你想知道那起案件的相關者中，有沒有叫織口的人是嗎？」

「對，沒錯。織口邦男。」

半晌後，泊才回答：「那件案子目前還在公審，我幾乎每次都去旁聽，也看過受害者的遺族。」

「是，所以呢？」

「我也見過織口邦男。」

黑澤貼在桶川的耳旁，大爲緊張。

「他是兩名受害者的遺族。是二十年前離婚的丈夫，也是丟下女兒離開伊能町的父親。姑且不論法律上怎麼認定，但在情感上，他絕對有資格說是兩人的遺族。他幾乎每次都來法院旁聽。」

桶川的嘴巴張得大大的。

黑澤在他身邊對著話筒大吼：「喂？這個案子的犯人關在哪裡？」

「伊能町的木田診所，地址在……」泊幹練地報上地址和電話號碼。「犯人由於吸膠中毒引起的幻覺與譫妄症狀極爲嚴重，有一陣子甚至導致公審無法進行，於是特例接受住院治療，以前治療過大井善彥的主治醫師就在那裡服務。」

「那麼，兩人都在木田診所嗎？」

「是的，兩人都在診所。今天是公審開庭的日子，兩人都會從那裡出發。十點半開庭。」

這是私設法庭——黑澤的腦海，閃過這個字眼。織口刻意選在眞正的公審開庭當天，帶著槍啓程趕往。

「快調派警力戒備木田診所。」聽見桶川的怒吼，泊回答：「我立刻行動。」

電話掛斷。接著，桶川又抓起話筒，按下木田診所的號碼。黑澤再次貼在他的耳旁。

一聲、兩聲、三聲……電話鈴聲一直響。這是放在哪裡的電話？掛號處？辦公室？護理站？到底在哪裡？

快來接電話。

「喀嚓」一聲，另一端的話筒接起，一個女聲傳來：

「木田診所，您好。」

這一瞬間，從東京到金澤，隔著織口跋涉的五百公里距離，對方顫抖的話聲傳到黑澤和桶川的耳中。

桶川自報身分，然後，眼中浮現難得一見的猶豫，緩緩問道：

「那邊發生什麼不尋常的事嗎？」

對方回答得顛顛倒倒：「一個持槍的男人，在大門玄關……」

桶川捕捉到黑澤的眼神。只見他歪著嘴角，左右搖頭。

「完蛋，來不及了。」

黑澤看看時鐘，上午七點二十三分。

八

木田診所是棟白牆四建築，不大的前庭綠草如茵，是一所小巧玲瓏的醫院。在遠離住宅區、可俯瞰伊能町的平緩山腰，悄然豎立招牌。建築四周環繞著雜樹林，頻頻傳來野鳥鳴啼。正面入口的鐵柵欄，和旁邊掛的招牌「木田診所　內科／外科／小兒科／精神科，可掛急診」，沐浴在朝陽下。

一路上，織口不發一語，不管問什麼他都不肯開口，也不肯解釋擬定的計畫。他一手毫不鬆懈地握著槍，連把子彈從腰包取出，改放到外套口袋時，仍完全不說話。範子的懇求，他似乎根本沒聽到。

「織口先生，你不會射擊佐倉先生吧？你不會開槍吧？你威脅我們也沒用。拜託，我們回去吧。」

可是，織口沒回答。修治感到槍口忽而在腦後，忽而在背上。他繼續開車，領悟到自己認識的織口、曾和他一起工作的織口，已消失無蹤。現在的織口，是修治不認識的織口留下的殘骸。

所以，現在這個織口，或許眞的會朝他開槍。爲了達成目的，或許做得出這種事。

車子爬上緩坡，穿過大門，來到木田診所的建築物前。那裡停著兩輛警車。一時之間，修治還以爲警方先趕來埋伏。

可是，前面那輛警車上，夾在穿制服的巡警和便衣刑警中間，穿慢跑裝的年輕人正要鑽上車。他銬著雙手，腰上綁著繩子。修治恍悟，那就是大井善彥，正要被帶往法院。同時，他終於明白織口的目的——他就是在等這一瞬間，毫無防備的瞬間，可當場對大井和麻須美喊話的瞬間。

他就是要這樣試探他們，逼出他們的眞心話。

同樣是在刑警的包夾下，井口麻須美準備鑽入後面的警車。她的長髮在頸後綁成一束，一身看似連身裙的服裝，露出的膝頭藏在車門的陰影中。

修治在輪胎摩擦聲中停下車子，大井善彥的目光掃過來。他的頭髮剃得很短，似乎難以定焦的雙眼，對上修治的視線，驚愕頓時擴大。

織口以令人難以置信的速度從後座下車，打開駕駛座車門，拉著修治的胳臂，把他扯下車。由於力道太猛，修治單膝跪倒。織口張開雙腿站穩，架起霰彈槍，把槍口對準他。織口朝警官們發出的吶喊，是修治從未聽過的醜陋叫聲。

「不准動！」

警官們瞬間停止動作，下一秒立刻呈扇形散開彎下身，還拉著大井善彥的胳臂，把他的頭往地面壓，井口麻須美的身影也從修治的視野中消失。接著，修治聽到織口的話聲。

「是大井善彥和井口麻須美吧？快從這裡逃走！我是來救你們的。快點逃走，快啊！」

車子猛然停車的瞬間，範子撞到前座的椅背。車門開啓，織口下車。範子拚命四處摸索，推開車門，跌落到車外。

車身另一頭，是織口和修治。織口舉起霰彈槍，槍口緊緊瞄準踉蹌撲向地面的修治腦袋。前方警車的警官全放低姿勢，其中一人的胳臂伸出，抓起警車無線對講機的麥克風。

頭上響起悲鳴。範子抬頭一看，二樓窗口一名護士探出頭，聲嘶力竭地大叫，雙手抓住濕毛巾尾端，拿著晾衣夾。她一直叫個不停，毛巾滑落手中，掉在距離範子不到五十公分的地方。這彷彿是一個暗號，四周紛紛開窗，響起叫喊，人潮開始蠢動。

範子看不到車子另一頭的修治，只見輪胎旁露出他的腿。那隻腿的膝蓋骨上，狠狠踩著織口的鞋子。由於踩得太用力，修治的膝蓋幾乎快反折斷裂。

啊，怎麼會這樣。

範子藉由手肘和臀部蹭著地面後退，企圖離開車旁。她已分不清前後左右，原以爲織口不可能朝她和修治開槍、織口不可能殺人的想法，頓時從頭頂被抽走，一口氣消失——織口先生是認眞的，他眞的打算殺人，他就是爲了強調這一點才帶我們過來。

「你們還愣著幹麼，快過來！解開繩子，不然我就斃了這傢伙！」

織口對著警官和大井善彥喊道。警官壓著善彥，只見他的嘴巴啞然大張，仰望著織口，及織口抵在修治頭上的槍。

「別開槍，別開槍！」警官的怒吼響起。範子不清楚他在阻止同僚，還是對著織口喊叫。某處響起電話鈴聲。四周傳來縈繞不去、迎頭痛擊般的尖叫聲。

「動作快點！」織口怒喝。警官壓住大井的頭。沒用的……範子哭著想。織口先生，沒用的，就算你這樣做也是白費工夫……

可是，下一瞬間，範子看到茫然凝視織口的大井臉上，掠過理解的神色。能利用就利用的盤算，和利己的判斷，支配這個情勢。倒在地上爬行的範子，目睹大井甩開警官的手，掙扎著試圖起身。

織口先生就是想讓我們看到這一幕。範子在心中反覆尖叫，明明沒喊出聲音，喉嚨卻快破掉。他就是爲了呈現這副景象，才威脅我和佐倉先生，把我們帶來診所。織口先生是對的，我們都錯了。我終於懂了，我懂了，拜託住手吧。

「喂，站住！」

刑警的怒吼中，夾雜著大井的呼喚聲。

「麻須美，過來。來呀，快點！」

刑警正想飛身撲向大井之際，織口用力把槍口往修治的頭一戳，於是修治撞到車門。刑警凍結般停下動作，目光躍向診所入口處。那邊已聚集人群，門的彼端尖叫聲不斷。

奇妙的靜謐籠罩著範子，一切看起來都像慢動作。大井善彥朝這邊跑來，朝著車子跑來。麻須美緊跟在後，途中絆到一個刑警的腿，雙手撐地站起的同時，還惡毒地謾罵。她也朝這邊奔來，來到範子身旁。麻須美扶著車門，鑽進副駕駛座，大井的手則伸向後座車門。麻須美的背瞬間擋住範子的視線，然後消失。接著，範子看到在車子另一頭，一夫當關的織口。

織口的槍，緩緩舉起。範子用幾近最大慢動作的鏡頭，看著每一瞬間。織口的槍口離開修治頭部，換手拿穩槍，移向正要衝上車的大井頭部，而後瞄準扶著車門的大井臉部。

——織口先生是正確的，被告應處以死刑。

這時，有人喊道：

「伯伯！」

織口停下動作。

九

神谷的COROLLA抵達木田診所前時，起先看到的是織口的藍外套。他既沒看到警車，也沒看到織口手中的霰彈槍。唯有藍外套，深深烙印在神谷腦中。果然是你，你就是織口邦男。

他把車子往大門旁一停，連滾帶爬下車，甚至忘了竹夫。前方發生的事——兩輛警車和堵在警車前的金屬藍小轎車、癱坐地上的年輕女孩、凝固般靜止不動的警官、織口持槍脅迫的青年頭抵車門膝蓋跪地，還有從警車那邊現身的兩名男女，正跑向織口，這一切宛如海嘯，瞬間一起展開，強烈的電流掠過，燒掉神谷思考能力的保險絲。

神谷來不及弄清楚事態，愣在原地。他想呼喚織口，卻聽見竹夫的聲音。

「伯伯！」

神谷轉過頭，只見竹夫推開COROLLA副駕駛座的車門，小腿下地，一手抓著車門。他張開嘴，喊出：「伯伯！」

他再回頭一看，發現織口望向這邊，露出意外遭到毆打的驚愕表情。原本朝向車子的槍，由於織口稍稍鬆手，槍口下垂，離開車子後門旁的年輕人。緩緩畫出弧形，慢慢偏離。

刑警沒錯過這個機會，兩人立刻衝過來，一人起身從外套底下拔出手槍。

「住手！把槍扔掉，槍扔掉！」

聽見警告，織口立即反應，幾乎是反射動作。他原本想舉起槍，卻一個沒抓穩，槍口歪斜，變成對準奔來的刑警。這時，周遭一陣轟然巨響，幾乎撼動神谷五臟，他看到織口飛向後方。

「織口先生！」

車門旁的青年起身衝出來。織口大幅度往後倒，槍從手中拋出。可是，站在車子後門邊的男人，比刑警和青年快一步——這個遭織口瞄準頭部、差點受到槍擊的年輕人，抓到織口的槍。他滾倒在地，確認槍枝無恙後，立刻彎腰站穩腳步，朝衝向他的刑警開槍。

身。

前面車子的擋風玻璃轟得粉碎，彷彿只有那裡下冰雹。一名刑警仰倒，另一人遭玻璃屑飛濺一身。

倒下的刑警，壓住駕駛座車門旁的青年，僵在原地的神谷忍不住大叫。到底叫些什麼神谷也不記得，但聽起來恍若一種警報，抓著霰彈槍的年輕人轉向神谷。

我要挨槍了——神谷不禁暗想。年輕人正要扣扳機，那是像軟糖拉長般的一瞬間，像世界遭到扭曲、切得粉碎的一瞬間。看到年輕人的臉上浮現滑稽的驚訝表情，神谷企圖臥倒。

「不行，不行！」

傳來女人的尖叫。癱坐在車旁的年輕女孩，反彈似地跳起，衝出來。她用身體撞持槍的年輕人。這時，年輕人開槍。神谷感覺當下挨了無數個耳光，後退之際，視野一角閃過竹夫蒼白的小臉，接著他的腦袋仰倒看到天空。

範子撲向大井時，修治從遭到槍擊的刑警身下爬出來，左眼仍一片模糊。全身上下都不覺得痛，只感到焦躁，和彷彿連靈魂都燒焦的刺鼻火藥味。

大井以槍托撞開範子。見她倒在地上，大井重新握好槍，一把抓起從仰臥的織口外套口袋散落的子彈，起身衝向修治他們車子的駕駛座。他鑽進駕駛座，抓到方向盤時，修治緊跟在後。修治被他撞開、踉蹌踉蹌勉強攀住後車廂，車子已匆匆發動，擦過警車，甩開刑警追捕的手，躍上馬路。

修治貼著後車廂，單手攀著車頂，緊抓不放。透過後車窗，可看到開車的大井頭部，及望著他破口大罵的麻須美臉孔。他使盡全力避免被甩落。木田診所遙遙拋在身後，愈離愈遠。警車的鳴笛聲傳來又斷掉，也許是修治逐漸意識不清的緣故。

車子猛烈彈跳，修治撞向車頂，頓時恢復清醒。

眼下的車內，麻須美拿著槍，笨手笨腳地裝填著大井從織口口袋中搶來的子彈。上面是藍色，下面是只有一發的紅色子彈。舉起槍管關上膛室後，她遞給前座的大井。大井把槍放在膝上。接著，麻須美彎下身，取出另一把槍。

是那把槍，慶子塞住下方槍管的槍。之前隨手放在車內，麻須美眼尖發現。

此刻，她在為那把槍裝子彈。

修治感到腦袋在空轉。麻須美槍殺那對母女的情景，如旋風般浮現腦海。

（看起來很好玩，我也射射看。）

我得閃開——修治剛這麼想，爬上車頂之際，下方的後車窗被轟然擊碎，是麻須美開的槍。碎裂的玻璃發出驚人的聲響，噴濺到後車廂上。修治的牛仔褲也沾到碎片。

這是第一發。那把槍的開關撥到「上」後，就沒調整過。接著，第二發會從下面的膛室，朝著中央堵塞的下方槍管射出。

這時，他聽到大井的怒吼。

「不要浪費子彈！等警車追來再開槍，笨蛋。」

「可是，這傢伙……」麻須美回嘴。

「看我把他甩下去。」

搞不好真會被他甩下車。修治的胳臂麻痺，肩膀快脫臼。

如果能夠設法繞到前面，擋住大井的視野，或許能讓他減速。可是，在修治咬牙試圖移動，忍受強風和震動緩緩挪動腳步之際，畫出淺弧形的山路對向車道，出現一輛車。面對這輛甩著車尾疾駛的車子，那輛車像驚奇箱的玩具般彈出。大井猛切方向盤，車子跳了起來，失去控制，衝上路肩。

修治以為大井會打方向盤，重新掌握車子動向，可是衝勢過大的車體，脫離大井的操控，意外滑落山腰。輪胎勉強在坡面著地，車頭朝下，逐漸加速往下、再往下。

修治中途就被甩出去。他感到身體浮起，一瞬間，樹木三百六十度旋轉（快眼冒金星），背部先落地，傳來猛烈的衝擊。修治聞到泥土的氣息，身體彈跳一次、兩次，不停滾下斜坡。他一頭衝進雜木林下的草叢，以為可減緩滾落的力道，不料下一瞬間，身下的地面突然消失，在零點零幾秒之間，他再度騰空落下，飛進冒著冰冷土腥味的地方。

修治似乎昏迷兩、三秒，抬頭一看，發現自己倒在一個泥水塘般的淺灘中。

一仰起頭，劇烈的暈眩襲來，彷彿四周又轉一圈。左臂沒感覺，他想起身，腿卻使不上力氣。大井的車，停在距離修治約五公尺的上方斜坡，跟修治一樣擦過雜木林後，打橫翻覆。車子引擎冒出薄煙，不過沒看到火苗，也沒爆炸。奇妙的非現實感襲來，簡直像電影中的特技表演。修治躺在池旁的泥濘中，依舊無法起身，只能凝視著車子。

朝上的車門打開，大井探出臉。他的頭部淌血，還活著。

而且，他一手拿著槍。

大井先取出一把，放在身旁，手又伸進車門內側，接下另一把。麻須美在車裡，遞給他槍，兩人都活著。

警車的鳴笛聲傳來。在哪裡？逐漸逼近了，在上方。修治總算仰起頭，跳下車的大井站在斜坡上，隔著五公尺的距離，和他正面相對。

他赤手空拳，大井卻有槍。滿身泥濘、胳臂骨折，他連想藏身都辦不到。

緊跟在大井身後，麻須美也從車上露出臉。她以雙手支撐，拔出身體，從車門爬到車身上，將兩把槍交給在下面等候的大井。然後，她謹慎地抓著車身，跳到地上。

槍有兩把。有兩把，問題是，哪一把是哪一把？

修治躺在積水般的淺灘中，腦袋不停運轉。是哪一把？哪一把是慶子加工過的槍？

像修治這種外行人，根本無法分辨口徑的差異。可是，只要看到槍口就會知道。織口說過，沒動手腳的槍，上下兩個槍口都套著扼流器；動過手腳的槍，只有下方槍口才套著扼流器。湊近一瞧，便一目瞭然。

關鍵在於，必須先面對槍口。

大井從斜坡滑下。麻須美微微跛著腳，蓬頭散髮，臉上沾著泥巴。走兩、三步，她就蹲下，消失在修治的視野中。

「欸，怎麼辦？」只聽到她的話聲。「我受夠了，要逃走嗎？我動不了耶。」

「少囉哩囉嗦的。一定會有辦法，因爲我們有槍。」

大井說著靠過來，矗立在修治頭頂上方。他穿著整套運動服，是個高瘦的年輕人，光看年紀，幾乎和修治差不多。

「你們幾個在搞什麼？到底來幹麼？是什麼人？」大井質問。

修治努力想發出聲音，卻頻頻失敗，好不容易擠出一句：

「是來測試你們的。」

「測試？」

「沒錯，可惜你們不及格。」

大井以袖子抹去額頭的血，略帶困惑地問：

「你們不是三田老大的同夥啊。他明明說過，只要我準備好錢，隨時會幫我逃出去。」

修治茫然想著。原來如此，原來……是這麼回事，你們果然打算逃走啊。

織口先生是對的。

不曉得他情況怎樣……之前看到他遭警官射中倒下。是打中哪裡？不知傷得重不重。

不，搞不好他死了。

（我想試探他們。）

這應該是法院的工作，不能動私刑。你只不過是想殺掉他們，才替自己找這種藉口吧——當初，這些話是誰說的？

是我，是我這麼對織口先生說的。

可是你看看，結局卻是這樣。在這種情況下，你還說得出那些話嗎？

織口可能已死。想到這裡，在越中境休息站對決時，從他頭上飄散出的整髮劑氣味，突然再次復甦。那是最能代表織口的氣味。

那是父親的味道。

「很遺憾，我們不是那個什麼老大的同夥。」

由於一眼視力模糊，愈來愈看不清。修治試著抬頭注視大井，繼續道：

「你乾脆放棄逃走的念頭，回醫院如何？再這樣下去，下場可想而知。」

然而，對方的回答很無情，宛如利斧和柴刀，一旦揮下，便無法停止。

「別開玩笑了，警察和法院我都不想再次領教。」

修治閉上眼，腦海浮現亡父的臉。欸，老爸，該怎麼辦？如果是你會怎麼做？你曾向我保證，我絕對不會變成一個人渣。此刻，我說不定要死在一個很可能打骨子裡就是人渣的傢伙手上。

該怎麼做？要是老爸還活著，會像織口先生一樣，帶著槍為我趕來嗎？

無意識中，修治似乎笑了。緊追著大井他們撲上車，說穿了，純粹是一種反射動作，根本沒有明確目的。他只是覺得，不管怎樣，絕不能讓他們逃走。

可是，眼下修治被迫握有決定權。他應該繼承織口的意志，完成織口原本的計畫嗎？還是，該唯唯諾諾地等著對方殺死他？

修治睜開眼。

大井俯視修治。或許是對修治的笑容感到困惑，他皺起眉。看著那困惑的表情，修治感到一陣痛快，於是下定決心。

是死是活，在此一舉。要繼承織口未完成的任務，只能在這裡動手。

二選一，只能賭賭看。

好，大井拿的會是哪把槍呢？只有一個扼流器是修治贏，如果有兩個，繼那對遇害的母女，修治將光榮地成爲第三個犧牲者……

「三田老大？嘿，像你這樣的人渣，居然有人願意來救你。」

修治慢條斯理地吐出一句，大井的眼角猛然一動。

「什麼？」

「我在問你，就算人渣如你，也有夥伴願意伸出援手嗎？」

大井彷彿黏土人偶逐漸壓扁，面孔緩緩歪曲。這就對了。生氣吧，生氣呀。在這裡斃了我沒任何好處，可是你很想開槍吧？你開槍啊。

「去死啦，豬頭。」簡直像兄弟鬥嘴，大井滿臉笑容：「吃我這一槍吧。」

大井舉起槍，修治的目光追隨著。槍伸向修治的頭。

是死是活，在此一舉。只能二選一。

千鈞一髮之際，修治看到上下並列的槍口，都套著扼流器。

十

與其說是槍聲，更像爆炸聲。

眾人全聽見了。包括趕至木田診所庭院前支援的警官，衝出來拯救傷患的醫護人員，及藏在病床下大氣都不敢喘的住院患者。

另外，當然也包括神谷、織口，和範子。

首先送進診所內的是織口。在場的巡警和醫院警衛等不及擔架，合力抬著織口的頭和腳，進行搬運。

神谷離織口最遠。他搞不清哪裡中彈，只覺得側腹異常寒冷，腦袋陣陣作痛，無法站起來。不過，急救人員抬起織口的頭時，神谷躺在地上，看到他半開的眼睛。

你到底闖下什麼禍？神谷只有這個念頭。你怎麼會做出這種事？

令嫒不是要生頭一胎嗎？你到底是誰？

細小的腳步聲傳來，微溫的手摸著神谷下巴，是竹夫。

他仰望兒子的小臉。

（伯伯！）

這孩子開口了。

神谷想跟竹夫講些什麼，可是喉嚨鯁住，發不出聲。

「爸爸？」微弱的話聲，戰戰兢兢地呼喚。神谷閉上眼，這孩子在說話。佐紀子，他說話了。

「爸爸，你沒事嗎？」

神谷點點頭，摸索著竹夫的手，用力握緊。別處傳來腳步聲，及消毒藥水的氣味。

「小弟弟，不要緊的。來，你讓開，擔架……」

這時，遠處響起槍聲。

範子爬起，坐在地上。一名白衣人走到她身旁，要她乖乖坐著不要動。漸漸地，不只是聲音，還有胳臂伸過來，試圖制止她。看情況，她自以爲坐著，其實正拚命掙扎，想站起來。

修治呢？修治在哪裡？

「小姐，請別動。」某人叮囑。

「妳不能動，妳的頭上流這麼多血……」

修治在哪裡？織口呢？

這時，她也聽到槍聲。簡直像爆炸一樣，她默默想著。

只有一發，爆炸般的槍聲響起。

之後，出現一段空白。類似火藥味的焦臭，帶著血腥味的空白。

隨後，現實回到眼前，就在倒臥的他頭上一公尺處。爲了抓住像雲朵般蓬鬆飄渺的現實，他從泥水中起身。

應該相當痛，他卻毫無所感，只覺得身體沉重。搞不好，連內臟都浸染泥水。

躺在旁邊的年輕男人，一頭栽進池中。

槍在哪裡？

左右張望，他發現倒臥男人的手前方，隱約可見槍的尾端，泡在池中，載浮載沉。

他緩緩起身。

雜木林、斜坡、翻覆的車子，由於一眼看不見，周圍似乎突然變得很狹小。

一步，又一步。他按著和一旁的樹木沒什麼分別、毫無知覺的腿，試著爬上斜坡。柔軟的草皮，飽含水分的地面，導致他的腳跟不時打滑，身體大幅傾斜。

「不准過來！」突然傳來叫聲，他仰起頭，以剩下的那隻眼凝視聲音的主人。

對方蹲在身旁的草叢中，架著霰彈槍，槍口對準他。

「善彥呢？」那個女人——井口麻須美喊道。

「你到底做了什麼？善彥究竟去哪裡？」她繼續喊叫：「你算什麼東西！你把善彥怎麼了？」

可是，他——佐倉修治並未回答。他的半邊臉沾滿血污，左臂無力地垂在身側，無法動彈，彷彿稍微一推就會頹然倒下，再次一路滑落到池塘畔。

然而，他猶如著魔，單眼凝視著麻須美。

「開槍啊，」修治出聲，「妳很想開槍吧？妳開槍打我呀。」

一度中斷音訊的警車鳴笛聲傳來，似乎仍十分遙遠，還沒發現這裡。善彥說過，絕不會錯過逃走的機會。正因如此，兩人才會不惜冒著危險，費盡心機瞞過醫生的眼睛住進醫院。

絕對能逃出去——他們深信這一點，所以不想錯過機會吧。

「妳說他啊，他死了。」修治溫吞地回答，語尾含糊不清。「他死掉了，不信妳可以親眼確認。妳去看呀。」

大井善彥一頭栽進池子，倒臥不起。掰掰，這下終於沒戲唱。

麻須美抓緊槍。「別過來！否則我殺了你！」

修治抬起還能動的右手，張開手掌，像要招手。「好啊。妳開槍吧，殺了我。」

麻須美艱難地舉起槍，手指勾入扳機。

修治沒動。從這個距離開槍，絕對打得中，他卻無意逃走。

麻須美渾身顫抖。「我問你，你對善彥做了什麼？」

她哭喊著，將霰彈槍往前戳。由於支撐不住沉重的槍管，槍口猛烈地東搖西晃。

「開槍吧。」修治重複一次。那是操縱靜止機械的咒語，是誰也無法抗拒、充滿確信的命令。那種語氣像在責備麻須美，她注定要開槍，要是心生猶豫，將會違背命運。

「妳爲什麼不開槍？」

麻須美乾脆放聲大哭。槍垂落膝上，她不顧一切地痛哭。

修治再度驅動雙腿，爬上斜坡。警車的鳴笛聲逐漸接近，這次似乎十分確定方向。在修治每走一步就變得更朦朧的視野中，紅色燈光閃爍著停下。

有人走下車。是刑警，還是巡警？

來人一直走到修治面前。由於他的模樣實在太慘，簡直像連人帶衣服投入絞肉機過，加上一副空虛的表情，對方當場愣住，不敢立刻出手攙扶。

「大井善彥呢？他怎麼樣了？」刑警問。

修治腳步未停，經過刑警身邊時，回答：「他死了，是我殺死的。」

刑警斂起下巴，審視修治後，視線移向下方的池塘。

這時——

原本背對修治、癱坐在斜坡上的麻須美，突然抓起槍轉過身。修治聽到她大吼一聲「畜生」，只見刑警露出驚愕的神情，一邊企圖保護修治，又要自我防禦，急忙衝過來。

再一次，響起爆炸般的槍聲。

修治背對著麻須美，所以他並未親眼目睹。麻須美握著槍，不管三七二十一地瞄準修治的背影扣下扳機時，那把槍——闞沼慶子動過手腳、子彈會從下方鉛塊堵塞的槍管射出的毀滅性槍枝，究竟發生什麼事？

沒聽見尖叫聲。

（麻須美想開槍。）

織口先生，果然到最後一秒你都還是正確的。

修治的背後噴散出火藥味。他緩緩轉身一看，麻須美滾下斜坡，一直滾到大井伸長腿、倒臥的池邊才停下。

麻須美是從斜坡往後跌落的。鉛塊堵住的子彈在槍管裡爆炸，將機匣向後轟，順帶轟掉她的臉。

目擊整個經過的刑警，似乎忘了修治也在場，呻吟著說：

「那是……槍管塞住的……」

修治這才正眼看著刑警。此刻，其他刑警和巡警如雪崩般衝下坡，來到呆立的兩人身邊。

「對，沒錯，是井口麻須美拿的那一把。」

「那你是怎麼殺死大井的？」

利用池水，修治笑著解釋。至少，他自認爲在笑。

關沼慶子提過，槍口絕對不能抵著東西開槍，非常危險。所以……

「那傢伙想射擊我時，我一把抓住槍管，讓槍口劃過水面，對著池水。那是情急之下的反應，等於是奇蹟。」

是水的力量。在游泳池跳水時，如果技術不好，大腿和肚子不是會一片通紅？往水面啪嚓一撞，不是會發出很大的聲響？

水面像板子一樣平滑，像鋼鐵一樣堅硬。槍口劃過水面，近距離射擊，等同是槍口抵著東西扣下板機。

而且，按照順序從下方槍管射出的，是慶子只準備一發的紅色嬰兒麥格農彈。

「所以……大井的臉就被轟掉了。」

說完這一句，修治再也沒有力氣，頽然倒在刑警的懷裡。

附記【一】

織口邦男，在六月三日上午木田診所前發生的槍戰中，遭巡警開槍射穿右胸，雖然立刻送往該診所急診室，仍在當天下午兩點三十二分死亡。

神谷尚之，在同一天遭大井善彥開槍射擊，造成右側腹至胸部之間中五顆霰彈彈丸，於該診所急救後，轉送金澤市內的外科醫院，接受住院治療。

據病房護理長表示：

——由於他的出血量較少，恢復得很快。詳細案件我不清楚，不過犯人大井舉槍對著神谷先生時，不是有個小姐直接去撞犯人，把槍口撞開嗎？那個小姐只受到輕傷，所以多次來探望他。眞是勇敢。

——在病房中，神谷太太一直陪伴左右。接到消息後，她立刻趕來。之後，他太太的母親也追來，吵著說他太太的心臟不好啦，是什麼病人啦，我倒是看不出。

——哦，他太太之前也在住院啊？可是，她看上去很健康，一定是心病吧。碰到老公性命垂危的關頭，她馬上振作起來，照顧得無微不至。他們的兒子乖巧可愛，受到驚嚇實在可憐。

——我跟神谷先生談起這件事時，問他是個恐怖的體驗吧？他沒立刻回話，還說什麼「唯一能確定的是人生改變了」，彷彿在打啞謎。

——織口？對，我知道，就是偷走霰彈槍的男人吧？眞可怕。不過，神谷先生和他太太，對那個人似乎沒多大反感……

「哥哥？」

「慶子？是慶子嗎？妳在哪裡？」

「地點不方便說。我還要跟警方談談，不會到處躲藏，你放心吧。」

「這教我怎能放心？爲什麼不讓我知道妳在哪裡？引起那麼大的騷動……」

「對不起。」

「不是要妳道歉，是希望妳好好告訴我理由。妳怎會企圖自殺……居然和那個叫國分愼介的男人走到那一步，我們完全沒聽說。」

「……」

「慶子？妳在聽嗎？」

「我在聽。」

「妳到底在哪裡？我去接妳，告訴我地點。」

「哥哥，這次的事，我想靠自己的力量解決，所以不打算躲避新聞媒體。爲了避免給哥哥你們添麻煩……不，其實早就添了麻煩……我會加油。」

「慶子……」

「過去的我其實是個小孩，才會惹出這種事。」

「可是，妳畢竟是我的妹妹。對我來說，發生在妳身上的事，等於發生在我身上，意義重大。畢竟我們是相依爲命的兄妹……慶子？妳在聽嗎？」

「電話卡快用完了。那麼，我要掛斷嘍。」

「慶子！」

「對不起，哥哥。不過，謝謝你。」

嗶、嗶、嗶……

七月二日，國分範子寫給關沼慶子的信——

聽練馬北分局的黑澤刑警說，妳的傷勢好多了。在那起案件中，哥哥企圖殺害慶子姊，所以警方也找我過去訊問。

我很好，每天生活還過得去。想到在木田診所的經歷，居然已過一個月，總覺得難以置信。由於許多事仍歷歷在目，不時還會作夢，不過沒有修治那麼嚴重。

修治常常在半夜呻吟，滿身大汗地跳起。折斷的左臂術後恢復得不太理想，我實在頗擔心。在一起時還好，可是當我回稻毛的家，想到修治孤零零的，難免坐立不安。

我曾問他，在他夢囈呻吟時，是作什麼夢。據他表示，通常是夢到大井善彥。夢到大井善彥拿著霰彈槍，槍口對準他，擋在他面前。而且，他一次又一次地夢到抓著槍管往池中一插，目睹反彈的霰彈彈丸轟掉大井善彥的臉。

我問他，都沒夢到織口先生嗎？他說，一次也沒有。或許是我和修治連織口先生的喪禮都沒能去參加，到現在還無法相信他眞的去世，才會有這種現象。電視媒體那麼一鬧，感覺上一切變得亂七八糟。但比起我們，慶子姊想必更難熬。現在這個住址，妳會待到什麼時候？

我和修治接受各方人馬的質問，到頭來，還是不太清楚究竟發生什麼，又留下什麼。不過，周遭的人事皆已改變。

修治住院期間，「漁人俱樂部」的同事曾來探望他，但總覺得，雖然沒寫在臉上，大家卻像是一邊慢慢退後，一邊跟他說話。

慶子姊，有個名叫野上裕美的女孩，妳還記得嗎？就是當初差點成爲修治女朋友的小姐。她也變了。案發的過程中，聽說她很擔心修治……現在卻不是如此。

不過，這也不能怪裕美小姐，其實大家或多或少都是這樣。

畢竟原因在於——修治殺了人。

因爲他殺了大井善彥。

連井口麻須美，也有一些人認爲，她的死是修治害的。

因爲修治向她挑釁，煽動她開槍。因爲修治明知她手上拿的，是那把槍管堵塞的危險武器，還要她開槍。

可是，不管別人怎麼說，我都不在乎。當時他除了那樣做別無選擇，我相信這一點。

不過，看著修治自責的模樣，我實在於心不忍。

「或許當時不用那種手段也行，或許還有其他方法吧。可是，我卻那樣殺了大井善彥——縱使在法律上算是正當防衛——其實是我想殺他。煽動麻須美開槍，也是我有明確的殺意的緣故。」

他非常自責。

「我本來就想殺了他們。」

站在我的立場，眞的不曉得能爲他做些什麼。如今，我唯一能做的就是陪在他身旁。

跟我在一起，說不定反倒會令他回憶起那件事。一想到這裡，我就會很難過，有時甚至會在半夜獨自哭泣。不過，只要他仍需要我，我就會繼續陪伴他。

之前修治想寫《金銀島》那種冒險故事，慶子姊也知道嗎？雖然還不是時候，但我認爲，遲早有一天他會開始動筆。

對了，妳聽過《獵捕史奈克》這個故事嗎？修治告訴我，這是路易斯．卡羅（註）寫的，一則十分古怪、像長詩一樣的故事。所謂的史奈克，是出現在故事中，身分不明的怪物名字。

而且，抓到怪物的人，會在那一瞬間消失無蹤。就像殺死影子，自己也會死掉的那種恐怖小說一樣。

聽到那個故事時，我不禁想著：

織口先生企圖殺死大井善彥，因爲他認爲大井是「怪物」，才會舉起槍，瞄準大井的腦袋。可是那一刻，織口先生自己也變成怪物。

不僅是織口先生。慶子姊，當妳在芙蓉廳外舉起槍時，妳也變成怪物。當我寫出那封信，等著慶子姊來鬧事，期待妳把哥哥的婚禮搞得一塌糊塗時，我也變成怪物。而我哥，國分愼介，在他企圖殺慶子姊時，同樣變成怪物。

至於修治——修治多少也變成了怪物。

所以，抓到怪物時，還有案件落幕時，我們全會消失無蹤，或幾近消失吧……

這是我的感覺。

不過，像織口先生那樣的人，居然必須變成怪物，我非常不甘心。做錯事的並不是織口先生或修治，也不是我們，總覺得問題應該出在其他地方。

讓織口先生搭便車去金澤的人，喏，就是那個姓神谷的人，他說過相同的話。

「我覺得，我們是一群受害者在自相殘殺，彼此傷害。」

慶子姊，妳認爲呢？現在，妳過得如何？

我們應該還會有再見面的一天吧？

註：Lewis Carroll，著有《愛莉絲夢遊仙境》等作品。

附記【二】

以結果而言，警官造成織口邦男死亡的那一槍，由於沒先鳴槍示警，引起新聞媒體乃至一般市民的非議，警方內部進行綿密的調查，並召開審問會。可是，一個月後官方正式發表的結論是，警方並未企圖射殺他（當時是瞄準右肩），有鑒於事態緊急與確保人質生命安全等狀況下，現場的警官開槍是不得已的選擇，也是妥當的處置，因此不予處分。

解說

我所體驗到的宮部美幸

既晴

一

很久沒有看到一部這麼扣人心弦的小說了。

自從翻開第一頁起，我的目光就緊緊被《獵捕史奈克》所攫捕。序場是一名「哀莫大於心死」的年輕女子手持霰彈槍潛入前男友的婚禮，以及另一支線——心懷祕密的中年男子，在酒館內與其下屬態度陰鬱地道別的場面，展開了充滿懸疑、刺激張力的劇情布局，而一波波令人驚愕、訝然的連續意外狀況，綿密地構成了巨大的網絡——那是存亡交關、生機一線的死神之網。

直至劇末，則收攏於甘醇、苦澀交雜的人咀嚼餘韻，與恍然醒悟的社會洞悉後味，給予讀者無限惆悵。若以戲劇的形容詞來說，本書可謂「絕無冷場」，乃是一場激昂絢爛、濃郁瑰麗的情感會戰。

對我來說，這不單是一部精采絕倫的懸疑小說，還是一堂創作視野的大啓發。

評論家池上冬樹在原書解說中，曾稱《獵捕史奈克》是宮部文學中讀來最有電影感的一部，眞令我心有戚戚焉。他說，宮部的小說雖然洋溢著影像風格，卻並非類似一些西洋推理般，完全依照分場、分鏡及對話在堆疊壘砌，不停地跳換場景以使讀者目不暇給，彷若電影劇本的前置作業。我想，宮部文學之所以與純粹的電影分鏡有根本上的差異，是因爲她將影像的感官式衝擊和文學的意境式含蓄，天衣無縫地結合了。

事實上，宮部美幸素來擅以結構複雜的多線敘事手法鋪陳，對日本社會下的平凡國民更有一份溫婉和煦的關注，但在面對人間至惡時，卻也一反柔弱地挺身對抗。如此平易近人、勇敢堅強的女性書寫特質，使得文字間所透散出來的影像感，呈現出既鮮烈又柔和、既寫實又唯美的動人構圖。

概觀日本推理文壇，由於宮部美幸出道前期的十多年，皆屬於新本格浪潮的鼎盛時期，因此一般推理作家追求的總是驚天動地的殺人詭計、異想天開的前衛實驗，甚至到了「惡搞」、「破格」的超常理層次——亦即，在日本推理中「推理」與「小說」孰重的拔河比賽，此刻的力道過於偏向「推理」了。

於是，重視「小說」的新生代推理作家變得不再多見，而像宮部美幸這麼強調文學技巧，並以乾淨犀利、敏銳明晰、充滿說服魅力的筆法，去尋求新一代對影像需求較多的讀者之認同的作家，更是鳳毛麟角哪。

二

觀乎宮部文學的庶民情懷，除了生於深川、居於深川的東京下町「江戶子」之成長背景，以及年輕時在法律事務所擔任速記員，接觸許多法律案例之工作經驗以外，還有一點，我認爲應是宮部對「家庭」的關注。

家庭是社會結構的單位元素——同時，也可以說是人類血緣追跡史的組合現狀。

不過，對傳統的推理小說而言，血緣只是嫌犯的名單範圍之所及。在遺產爭奪戰或變態的親子權力結構中，家庭才有解謎或犯罪上的意義。偵探在推理過程中，經常會把死者的祖宗八代全挖出來，爲的僅僅是揪出那位心懷利害關係的神祕親屬。

至於偵探自己，則像是一位客觀的第三者，冷靜地握持邏輯的解剖刀演繹分析，有時平和得不帶情感、有時激動得義憤塡膺，但他畢竟是第三者，身爲謎案的解答者，讀者關心的是偵探的腦袋，而非偵探的家世。

然而，宮部卻爲推理小說賦予了家庭截然不同的意義，她比其他作家更關心偵探的家庭關係。無論是《魔術的耳語》的日下守、《Level 7》的緒方祐司、《火車》的本間俊作、《模仿犯》的塚田眞一及有馬義男等人，宮部皆不厭其煩地詳述主角們的生活背景，在故事的起點給他們一個現實定位。

更重要的是，宮部筆下的這些主人翁，全都處於一個不完整、不穩定的家庭結構之中。正是這般確實、如此氣悶的不圓滿，彷彿陳年舊傷在隱隱作痛，致使他們的心裡出現了一種「若不行動就無法弭平」的缺憾，驅使他們突破人生的現狀，毅然面對邪惡，朝謎團的眞相前進。

於是，主角們一邊追索眞相、看清現實，一面調整自己審視家庭的心理狀態，這其實是一個重新尋找自我、重新發現自我的過程。有了穩固牢靠的新家庭關係，才能復而振作，在生命的旅程中信念堅定地再度出發。

好些時候，我在宮部文學中總能夠讀出一股勵志的興奮感，大概就是這個緣故吧。

三

美國懸疑推理巨匠康乃爾．伍立奇（Cornel Woolrich）曾寫過一部《夜半血案》（*Deadline at Dawn*，一九四四），敘述一對年輕男女在深夜偶然發現一具遭到謀殺的屍體，而涉嫌最重者就是自己。這對男女必須在天亮後屍體被發現之前找到眞凶，才能洗雪罪嫌，安然搭乘巴士返回家鄉。這是早期一部充分融合「限時破案」（Time-limited）元素的懸疑傑作。

夜晚降臨，黑色籠罩大地，往往令人失去了時間流逝的知覺。闇夜總是會揚發出一股未知、疑懼的危險氣氛。

《獵捕史奈克》給我的第一印象，就是它使用了相同的手法，既有黑夜羅布的詭譎悚慄，亦有倒數計時的分秒必爭。同時，在多線平行發展的敘事結構下，各個影響事件主軸的人物輪番登場，彼此衝突、對立、探查、解決等複雜關係一層接一層的急走不變，意外之後還有意外，驚奇之後還有驚奇，在一氣呵成地讀完之後，猶然聆聽完一部磅礴壯闊的交響樂曲，很難不佩服宮部思維之纖膩縝密。

對我來說，閱讀宮部文學的一大享受，即是閱讀她精心設計的細節。

我記得曾有次機會，偶然與一位電視圈前輩聊過天，他說好的創作都是「重視細節」的。所謂的細節，不是清澈明白地告知讀者你心中的意圖，而是透過小事小物的特殊安排，誘導讀者主動來建構、描繪出作者心中意圖的整體輪廓。

這似乎是一種有點表現主義——或者該說是有點「蒙太奇」的解釋。《獵捕史奈克》正好就是一個絕佳的說明範例。

宮部寫故事，喜歡從人物的尋常生活切面下手。她筆下的角色，極少一開始就是來歷不明、身懷絕技的。這個平凡人偶然遭逢生命中的某種事故，改變了他的人生，於是他或自願或被迫地驅策自己去做一些自己也想像不到的行爲。

然而，一個平凡人只是宮部筆下眾多人物的其中之一，他提供了故事的某個單一角度。讀者無法一開始就了解整樁事件的發展，必須小心翼翼地拾集字裡行間的些微訊息，才能在故事人物一個接一個陸續出場後，逐漸拼湊出完整的故事全貌。

於是，就在讀者未曾特別注意，但已在宮部踏雪無痕、潛意識地遺留痕跡的這些細節裡，驀然一看卻察覺猶如印象派的畫作一般，隨著觀賞的距離拉長，才意外地發現原來謎團的眞相是如此環環相扣、巧奪天工。

《獵捕史奈克》的核心細節圍繞在一把狩獵用的霰彈槍上。主題既是狩獵，宮部當然不會輕忽「追獵者」的心理刻畫。絕對致命的武器一旦落入凡人手中，究竟會引發持有者何種微妙異常的心理轉變？最後，宮部給了我們一個令人深思低迴的答覆。

而，在故事的尾聲天漸大白，象徵人生過去慘澹的一切皆可放下。譬如昨日死。宮部美幸依然沒有讓讀者絕望，終於還是給了我們期盼的晴朗光明。

本文作者簡介

既晴

推理小說家。

宮部美幸

作品集 / 07

Miyabe Miyuki

獵捕史奈克

國家圖書館出版品預行編目資料

獵捕史奈克 / 宮部美幸著 ; 劉子倩譯. - 三版.- 臺北市 : 獨步文化 : 家庭傳媒城邦分公司發行, 民 106.05
面 ;　公分. --（宮部美幸作品集 : 07）
譯自 : スナーク狩り
ISBN 978-986-5651-94-7（平裝）

861.57　　106003968

原著書名 / スナーク狩り・作者 / 宮部美幸・翻譯 / 劉子倩・責任編輯 / 陳盈竹（三版）・編輯總監 / 劉麗眞・總經理 / 陳逸瑛・榮譽社長 / 詹宏志・發行人 / 凃玉雲・出版 / 獨步文化 城邦文化事業股份有限公司　台北市中山區104民生東路二段 141 號 5 樓　電話 / (02) 2500-7696　傳眞 / (02) 2500-1966; 2500-1967・發行 / 英屬蓋曼群島商家庭傳媒股份有限公司城邦分公司 台北市中山區民生東路二段 141 號 11 樓・讀者服務專線 / (02)2500-7718; 2500-7719・服務時間 / 週一至週五 : 09 : 30-12 : 00、13 : 30-17 : 00・24小時傳眞服務 / (02)2500-1990; 2500-1991・讀者服務信箱 e-mail / service@readingclub.com.tw・劃撥帳號 / 19863813 書虫股份有限公司・香港發行所 / 城邦（香港）出版集團有限公司 香港灣仔駱克道 193 號東超商業中心 1 樓 / (852) 25086231 傳眞 / (852) 25789337 E-mail / hkcite@biznetvigator.com 馬新發行所 / 城邦（馬新）出版集團 Cite (M) Sdn. Bhd. 41, Jalan Radin Anum, Bandar Baru Sri Petaling,57000 Kuala Lumpur, Malaysia. 電話 / (603) 90578822 傳眞 / (603) 90576622・封面設計 / 蕭旭芳・排版 / 游淑萍・印刷 / 中原造像股份有限公司・2006年（民84）7月初版・2017 年（民106）7月11日三版二刷・定價 / 350 元
Printed in Taiwan　ISBN 978-986-5651-94-7

城邦讀書花園
www.cite.com.tw

獨步文化
APEX PRESS

廣　告　回　函
北區郵政管理登記證
台北廣字第000791號
郵資已付，免貼郵票

104台北市民生東路二段 141 號 2 樓

英屬蓋曼群島商家庭傳媒股份有限公司

城邦分公司

請沿虛線對摺，謝謝！

獨步文化
APEX PRESS

書號：1UA007Y　**書名**：獵捕史奈克　**編碼**：

請於此處用膠水黏貼

獨步文化 APEX PRESS

讀者回函卡

謝謝您購買我們出版的書籍！

請費心填寫此回函卡，我們將不定期寄上城邦集團最新的出版訊息。

姓名：________________ 性別：☐男 ☐女

生日：西元________年________月________日

地址：________________________________

聯絡電話：________________ 傳真：________________

E-mail：________________________________

學歷：☐1.小學 ☐2.國中 ☐3.高中 ☐4.大專 ☐5.研究所以上

職業：☐1.學生 ☐2.軍公教 ☐3.服務 ☐4.金融 ☐5.製造 ☐6.資訊

☐7.傳播 ☐8.自由業 ☐9.農漁牧 ☐10.家管 ☐11.退休

☐12.其他________________

您從何種方式得知本書消息？

☐1.書店 ☐2.網路 ☐3.報紙 ☐4.雜誌 ☐5.廣播 ☐6.電視

☐7.親友推薦 ☐8.其他________________

您通常以何種方式購書？

☐1.書店 ☐2.網路 ☐3.傳真訂購 ☐4.郵局劃撥 ☐5.其他

您喜歡閱讀哪些類別的書籍？

☐1.財經商業 ☐2.自然科學 ☐3.歷史 ☐4.法律 ☐5.文學

☐6.休閒旅遊 ☐7.小說 ☐8.人物傳記 ☐9.生活、勵志 ☐10.其他

對我們的建議：________________________________

____

____

為提供訂購、行銷、客戶管理或其他合於營業登記項目或章程所定業務需要之目的，家庭傳媒集團（即英屬蓋曼群島商家庭傳媒股份有限公司城邦分公司、城邦文化事業股份有限公司、書虫股份有限公司、墨刻出版股份有限公司、城邦原創股份有限公司），於本集團之營運期間及地區內，將以mail、傳真、電話、簡訊、郵寄或其他公告方式利用您提供之資料（資料類別：C001、C002、C003、C011等）。利用對象除本集團外，亦可能包括相關服務的協力機構。如您有依個資法第三條或其他需服務之處，得洽詢本公司服務信箱cite_apexpress@cite.com.tw請求協助。相關資料不提供亦不影響您的權益。

☐我已詳讀權利義務之相關條款，並同意遵守。

請於此處用膠水黏貼

宮部みゆき